U0093157

奇石

倪匡奇情作品集

木蘭花傳奇 19

（含：沉船明珠、無價奇石）

倪匡 著

沉船明珠

目錄

無價奇石

【總序】

木蘭花VS.衛斯理——倪匡奇幻系列的兩大巔峰

秦懷玉

對所有的倪匡小說迷來說，《衛斯理傳奇》無疑是他最成功、也最膾炙人口的作品了，然而，卻鮮有讀者知道，早在《衛斯理傳奇》之前，倪匡就已經創造了一個以女性為主角的系列奇情故事，甫出版即造成大轟動，《木蘭花傳奇》遂成為倪匡眾多著作中最具特色與最受讀者喜愛的兩大系列之一；只因衛斯理的魅力太過強大，使得《木蘭花傳奇》的光芒被掩蓋，長此以往被讀者忽視的情形下，漸漸成了遺珠。

有鑑於此，時值倪匡仙逝週年之際，本社特別重新揭刊此一系列，希望藉由新的編排與介紹，使喜愛倪匡的讀者也能好好認識她。

《木蘭花傳奇》是倪匡以筆名「魏力」所寫的動作小說系列。原載於香港新報及《武俠世界》雜誌，內容主要是以黑女俠木蘭花、堂妹穆秀珍及花花公子高翔三人所組成的「東方三俠」為主體，專門對抗惡人及神秘組織，他們先後打敗了號稱「世界上最危險的犯罪集團」的黑龍黨、超人集團、紅衫俱樂部、赤魔團、暗殺黨、黑手黨、血影掌，及暹羅鬥魚貝泰主持的犯罪組織等等，更曾和各國特務周旋、鬥法。

如果說衛斯理是世界上遇過最多奇事的人，那麼打擊犯罪集團次數最高的，即非東方三俠莫屬了。書中主角木蘭花是個兼具美貌與頭腦的現代奇女子，在柔道和空手道上有著極高的造詣，正義感十足，她的生活多采多姿，充滿了各類型的挑戰；她的最佳搭檔：堂妹穆秀珍，則是潛泳高手，亦好打抱不平，兩人一搭一唱，配合無間，一同冒險犯難；再加上英俊瀟灑，堪稱是神隊友的高翔，三人出生入死，破獲無數連各國警界都頭痛不已的大案。

若是以衛斯理打敗黑手黨及胡克黨就得到國際刑警的特殊證明文件的標準來看，木蘭花在國際刑警的地位，其實應該更高。

相較於《衛斯理傳奇》，《木蘭花傳奇》是入世的，在滾滾紅塵中演出令人目眩神搖的傳奇事蹟。衛斯理的日常儼然是跟外星人打交道，遊走於地球和外太空之間，事蹟總是跟外星人脫不了干係；木蘭花則是繞著全世界的黑幫罪犯跑，哪裡有犯罪者，哪裡就有她的身影！可說是地球上所有犯罪者的剋星！

而《木蘭花傳奇》中所啟用的各種道具，例如死光錶、隱形人等等，一如倪匡慣有的風格，皆是最先進的高科技產物，令讀者看得目不暇給，更不得不佩服倪匡驚人的想像力。

尤其，木蘭花等人的足跡遍及天下，包括南美利馬高原、喜馬拉雅山冰川、北極、海底古城、獵頭族居住的原始森林、神秘的達華拉宮及偏遠隱密的蠻荒地區等，讀者彷彿也隨著木蘭花去各處探險一般，緊張又刺激。

《衛斯理傳奇》與《木蘭花傳奇》兩系列由於歷年來深受讀者喜愛，書中主要角色逐漸由個人發展為「家族」型態，分枝關係的人物圖越顯豐富，好比《衛斯理傳奇》中的白素、溫寶裕、白老大、胡說等人，或是《木蘭花傳奇》中的「天使俠女」安妮和雲四風、雲五風等。倪匡曾經說過他塑造的十個最喜歡的小說人物，有三個在木蘭花系列中。白素和木蘭花更成為倪匡筆下最經典傳奇的兩位女主角。

在當年放眼皆是以男性為主流的奇情冒險故事中，倪匡的《木蘭花傳奇》可謂是開創了另一番令人耳目一新的寫作風貌，打破過去女性只能擔任花瓶角色的傳統窠臼，以及美女永遠是「波大無腦」的刻板印象，完美塑造了一個女版〇〇七的形象。猶如時下好萊塢電影「神力女超人」、「黑寡婦」等漫威女英雄般，女性不再是荏弱無助的男人附庸，反而更能以其細膩的觀察力及敏銳的第六感，來解決各種棘手的難題，也再一次印證了倪匡與眾不同的眼光與新潮先進的思想，實非常人所能及。

《女黑俠木蘭花傳奇》共有六十個精彩的冒險故事，也是倪匡作品中數量第二多的系列。每本內容皆是獨立的單元，但又前後互有呼應，為了讓讀者能更方便快速地欣賞，新策畫的《木蘭花傳奇》每本皆包含兩個故事，共三十本刊完。讀者必定能從書中感受到東方三俠的聰明機智與出神入化的神奇經歷，從而膾炙人口，成為讀者心目中華人世界無人能敵的女俠英雌。

沉船明珠

1 大將號

北風在窗外淩厲地呼嘯著，在木蘭花的寓所中，不但可以聽到風聲，而且還可以聽到浪花拍擊在岩石上所發出的轟然聲。

天氣很冷，夜也很深了，但木蘭花、穆秀珍和安妮三人卻都沒有睡，木蘭花和穆秀珍正在研究一項無線電遠控設備，她們的設計如果成功，裝置在她們的車中，就可以對她們的車子進行遠程控制了。

安妮坐在一旁，她坐在輪椅上，膝上蓋著一條氈子，屋內又有著暖爐，她是不應該再感到寒冷的了，可是，她一面咬著手帕，一面津津有味地看著一本書，一面卻在不住發著抖，她抖得如此劇烈，甚至發出不斷的「格格」之聲來。

穆秀珍抬起頭來，咦了一聲，道：「安妮，你做什麼？」

安妮一呆，道：「我在看書啊。」

「那麼，你別發抖好不好？現在你就覺得冷了？那麼你在歐洲的時候是怎麼過日子的？看你那面青唇白的樣子，哼！」穆秀珍瞪著安妮。

安妮道：「秀珍姐，我不是冷，我是緊張！」

「緊張？」木蘭花笑道：「你在看什麼書？」

「鬼船！」安妮回答，「我正看到，在加勒比海中航行的船隻，往往會遇到一艘鬼船正在傾側，要沉下海中去，他們甚至可以聽到那艘鬼船之上有人呼叫求救的聲音，可是當他們駛向前去的時候，那鬼船就突然消失了，好幾個著名的船長在航海日記中都記著這件事哩！」

看安妮說得那樣一本正經，木蘭花不禁笑了起來，道：「尤其是一個約克・古根船長的日記，記載得更詳細，是不是？」

「是啊，蘭花姐，」安妮興奮地回答，「現在我在看的，正是約克船長的日記，他說他記得那艘鬼船的樣子，還將之畫了下來，後來，根據記載，那是一艘在他那時代兩百年之前，十六世紀的沉船，船是由西班牙海軍上將阿塞西斯所指揮的，船上載滿了珠寶和金幣，但是在加勒比海中遇到了風暴因而沉沒。」

穆秀珍一伸手，待去搶安妮的書，道：「那麼有趣的書，我怎未曾看過，快給我看看。」

安妮卻將書抱在胸前，道：「秀珍姐，等我先看完了！」

木蘭花笑道：「秀珍，這本書放在書架上至少有好幾年了，你就是沒有耐性看書，現在人家看到好看了，你又要來搶！」

穆秀珍卻還不服氣，道：「每一本書從外面看來都是一樣的，誰知道哪一本好看，哪一本不好看？要我一本一本去找，我可不耐煩。」

安妮問道：「蘭花姐，你常說世界上每一件事都是可以由科學來解釋的，那麼，這許多鬼船的記載，怎樣解釋呢？」

木蘭花徐徐地道：「那些記載是真的，記下那些鬼船出現的船長，全是出色的航海家，他們確實親眼看到了鬼船，約克・古根船長更是十八世紀最知名的人物。」

木蘭花那樣的回答，多少有點出乎安妮和穆秀珍兩人的意外，她們異口同聲問道：「蘭花姐，那你以為世界上真是有鬼的了？」

木蘭花笑了起來，道：「秀珍，安妮，你們兩人在思想方法上所受的邏輯訓練不夠，你們應該抽多點時間去讀一些哲學方面有關邏輯概念的書。」

「為什麼？」穆秀珍仍然不服，「不是你自己說的——」

木蘭花打斷了她的話頭，說道：「我說了些什麼？」

「你說那些記載是真的，他們確實看到了那些鬼船！」安妮立即回答，「那難道還不足以證明世界上真存在著鬼船麼？」

「當然不能，安妮，從有人真看到了鬼，絕不能印證到世界上真有鬼。你是不是明白其中的道理？」木蘭花想要安妮自己來解答這個問題。

安妮皺起了眉，呆了半晌，道：「是。」

木蘭花進一步問道：「為什麼不能？」

「第一，」安妮分析了起來，「那人可能是眼花，在他而言，是真的看到了鬼，但那只不過是他的幻覺。第二，可能是有人扮鬼來嚇他，那麼，他看到的是人而不是鬼，至少已有兩個可能，證明一個人見到了鬼，世上並不一定真有鬼！」

木蘭花十分高興地笑了起來，安妮的思想如此之靈活，她立即明白了一個相當深奧的邏輯上的問題，這對於思考推理許多疑難的事情，是有莫大幫助的，所以木蘭花十分高興，道：「對了，那麼，關於鬼船的事，想來也不必我多解釋了？」

安妮點頭道：「我明白了，那可能是由光線折射所造成的『海市蜃樓』現象，但是我仍然不明白，何以他們所看到的船全是一樣的呢？」

木蘭花道：「這就是心理上的因素了，那艘沉沒的船隻，叫作『大將號』，曾經替當時縱橫七海的西班牙人擔任過征服美洲的工作，當它沉沒之際，它上面又載運著驚人的財寶，數百年來，所有的航海人對於『大將號』全有根深蒂固的印象，所以他們在一駛進加勒比海之際，心中所想的事，總離不開『大將號』，一旦有幻影發生時，他們自然而然也以為自己真的看到那艘鬼船了！」

經過木蘭花的一番解釋，「鬼船」之謎已經一點神秘性也沒有了。安妮剛才還覺得越看越緊張的那本書，此際也頓時變得索然無味了。

她將那本書向穆秀珍遞去，道：「秀珍姐，我不看了！」

穆秀珍卻並不去接書，只是懶洋洋道：「我也不看了。」

木蘭花笑了起來，道：「秀珍，你可還記得那個包發達博士？」（故事詳見木蘭花傳奇12《死城》一書）

「當然記得，」穆秀珍立時說：「為了他，我們差點死在北非的沙漠中，真是危險之極，現在想起來，我還覺得害怕哩！」

木蘭花道：「可是包發達博士對於一切古代財富的研究，卻也真了不起，可惜他已死了，不然，聽聽他對『大將號』的研究，倒是很有趣的。」

「你是說，『大將號』現在還沉在海底？」

「當然還沉在海底，自它沉沒之後，到現在的五百多年來，人人都想找到它，尤其在潛水工具得到改進之後，幾乎每一年都有人去探險，想找到這艘沉船！」

「可是都沒有結果，」穆秀珍雙手一攤，「那是必然的事，說不定根本就沒有一艘那樣載滿了珍寶的大船！」

「不，秀珍，是有的，歷史清楚地記載著『大將號』自古巴的一個港口駛出的日期，也記載著它所裝運的許多珍寶，其中包括自墨西哥南部運到古巴，準備再運回西班牙，著名的墨西哥馬雅人的太陽神鏡在內！」

穆秀珍吃了一驚，道：「就是那面由五噸純金鑄成的太陽神鏡？是馬雅人放在山坡的神廟上，用來迎接太陽東昇的？」

「正是那面，你想想，只是那一面純金鑄成的太陽神鏡，已經值多少錢？但是據專家的估計，那和船上其他的寶物比較起來，它的價值至多是百分之一！」

「嘩！」安妮叫了起來，「我們去找找這艘沉船！」

穆秀珍搖頭道：「我不去，多少人配備了不知多少新型儀器也找不到，我們怎能找得到？而且，根本沒有正確的沉船地點，怎樣找法？」

安妮的興趣卻十分高，說道：「蘭花姐，你說呢？」

木蘭花笑了起來，道：「我今天收到了一封信，是一個我所不認識的人寄來的，提及了有關『大將號』沉船的事，所以我才將這本書取下翻一翻，又給安妮順手拿去看的，秀珍，這封信上還提起了你，說你是世界上最好的潛水家！」

穆秀珍聽了，心中也不禁高興，問道：「那是誰？」

木蘭花笑道：「說出來，或許你想得起，你可記得那件海底暗藏武器庫的事？

那國家的蛙人隊長，和你一齊去潛水完成任務的那個？」

穆秀珍臉紅了起來，笑道：「見他的鬼！」

木蘭花也笑了起來，道：「秀珍，想起當時他一本正經向你求婚，而你嚇了一大跳的樣子，真是好笑，他現在被他的國家派出去，做了駐外大使館的武官，而那國家，是加勒比海海濱的國家，他外交事務十分清閒，所以又想起了你！」

穆秀珍高聲叫道：「蘭花姐！」

木蘭花笑道：「你別以為我在打趣你，他一次求婚失敗，自然不會再來糾纏你的了，而且他也已經結婚了，他想起你，是因為他無意中得到了一份有關『大將號』的資料，而你又是最出色的潛水家，他想和我們一齊進行尋找『大將號』沉船工作！」

安妮連忙插嘴道：「那太好了，秀珍姐，我們去吧！」

穆秀珍是最活躍的人，也是最怕悶在家中，沒有地方供她走動的人，可是她竟然搖頭道：「尋寶遊戲，那是傻瓜的事情。」

木蘭花拉開了抽屜，取出了一封厚厚的信來，道：「你們看，他雖然是一個武官，但是詞藻卻十分動人，他將加勒比海的風光描寫得極其動人，他說加勒比海是世界上海水最明澈潔淨的海，乾淨得就像是不帶一絲雲的藍色天空一樣！」

安妮已將信紙取了出來，大聲誦讀了起來，等到她念完，穆秀珍也聽得十分出神，她道：「我們只知道牙買加的民族十分動人，原來它的風光是如此之好。」

安妮忙道：「秀珍姐，我們去不去？」

穆秀珍的心活動了，道：「去麼，自然可以去，但是要我去尋找那艘沉船，我卻不去，那可以說是根本沒有希望的事！」

木蘭花笑了起來，道：「安妮，秀珍那樣說，你千萬別信以為真，她口中說得強，真要到了那裡，她一定比誰都起勁！」

穆秀珍一本正經地道：「你以為？」

木蘭花並不和她爭論，只是道：「秀珍，如果我們決定去的話，那應該和對方通一個長途電話，好讓他在那邊替我們準備一下。」

穆秀珍望了望安妮，她看到了安妮充滿期望的眼色，是以她站了起來，拿起電話，撥了兩個字，道：「請接牙買加的長途電話！」

安妮笑了起來，閉上了眼睛。

窗外的北風呼號聲，雖然還十分凌厲，但是安妮卻彷彿已經置身在四季如春的加勒比海的海灘上去了。她自然不能游水，但是正因為如此，她也特別喜歡明媚的陽光，清澈的海水和美麗的貝殼，她更喜歡拉丁美洲的動人民族！

三天之後，木蘭花、穆秀珍和安妮離開了本市。

她們離開本市的那一天，天氣更冷，前來送機的高翔和雲四風，心中實在想跟她們一齊去，但是他們都是十分繁忙的人，自然也只好忍受一下別離的滋味。

他們目送著飛機起飛之後，雲四風和高翔也是難得見面的，兩人在機場餐室的酒吧前，各要了一杯酒。

雲四風道：「高翔，蘭花她們去牙買加，是為了去尋找十六世紀的西班牙沉船，如果真給她們找到，那真轟動極了！」

高翔輕輕地轉動著酒杯，道：「那可能性太少了。」

雲四風忽然笑了起來，高翔立時猜透了他的心意，道：「你可是想起了我們在北非的事麼，那次，其實我們是成功了的。」

雲四風答道：「是啊，那麼多的黃金，真是奇觀！」

高翔一口喝乾了杯中的酒，道：「她們如果真要在加勒比海中搜尋沉船，應該利用『兄弟姐妹號』，那是最好的搜尋工具了。」

雲四風也喝乾了酒，道：「我們該走了！」

他們一起離開了酒吧，才一出門，便看到幾個記者匆匆忙忙地向外走去，看到了高翔，那幾個記者一齊和他打了一個招呼。

高翔隨口問道：「可有什麼消息？」

幾位記者一起笑了起來，道：「高主任還要向我們問消息？這不是太好笑了麼？」

高翔自己也覺得好笑，他道：「外地的消息，自然是你們比我來得靈通，我忙得甚至連看報紙的時間也沒有了！」

一個記者道：「我剛和報館通過電話，十分鐘之前，外國通訊社報導的消息說，亞洲某國駐牙買加的一個武官遭人暗殺了！」

那記者顯然是將這件消息當作一件十分普通的事，順口告訴高翔的，他在講出這消息之際，是決計料不到高翔會對之感到興趣的。

可是，高翔聽到了之後，卻陡地一呆。

他連忙問道：「那武官叫什麼名字？是政治暗殺？」

這兩個問題，卻連那記者也答不上來，高翔也沒有再問下去，就和雲四風匆匆來到了電話間前，高翔立時打電話到通訊社去詢問。

等到高翔從電話間出來的時候，他雙眉緊鎖。

雲四風忙問道：「怎麼樣了？」

高翔苦笑了一下，道：「蘭花她們想去渡假休息，好好地鬆弛一下，將搜尋沉船作為消遣，只怕是難以如願，她們的東道主死了！」

「真是他？」雲四風驚問。

「是的，消息說，那武官是在他的住所中，背後被尖矛刺死的，牙買加的警方正在傾全力調查，但是看來不會有什麼結果，因為當地的治安一向十分好，那樣的凶殺案，是十分罕見的。四風，你說，那是不是巧合？」

雲四風嘆了一聲，道：「我看不是巧合，事情只怕和那艘載有珠寶的沉船有關，或許那武官獲得的資料，真是十分有價值的，而他又將之洩漏了出去，所以反倒招致了殺身之禍，我看蘭花她們，只怕一到那裡，也會發生危險的。」

高翔「唔」地一聲，他也開始感到事情相當嚴重，點頭道：「在飛機上，蘭花可能根本不知這消息，我要和京士頓的機場聯絡，要蘭花一下機就來聽電話！」

雲四風也點頭道：「對，好叫她有準備。只要有準備，她們三個人倒是可以應付任何危險的環境的。」

高翔和雲四風在機場大廈的門口分了手，高翔回到了警局之後，立時吩咐手下，用本市警方的名義，和京士頓國際機場聯絡。

在取得了聯絡和知道了木蘭花乘搭的那班飛機到達的時間之後，京士頓機場方面，答應在飛機一降落就立時播音，要木蘭花小姐聽電話。

作了那樣的安排之後，高翔就放心得多了。

而木蘭花、穆秀珍和安妮，在飛機上，她們卻是不知道這個消息的，她們也決計想不到，請她們去的主人已經死了。

飛機在牙買加首都京士頓機場停下，木蘭花等三人下了機，她們才一進入機場大廈，便聽到了要她們聽電話的播音。

木蘭花呆了一呆，道：「奇怪，什麼人找我聽電話？」

穆秀珍道：「我看一定是昆格隊長，他知道我們來了，就找我們聽電話。」

「不會的，」木蘭花搖著頭，「他一定會親自到機場來接我們，他又是認識我們的，為什麼還要我們去聽電話，可能是高翔的長途電話！」

穆秀珍笑了起來，道：「蘭花姐，什麼時候起，你和高翔才一分開，便又想念起來了？他為什麼要打長途電話給我們？」

木蘭花瞪了她一眼，不理睬她，逕自向外走去，她遇到了一個機場服務人員，就問道：「電話在哪裡？我就是廣播要我去聽電話的木蘭花。」

那服務員道：「請跟我來。」

木蘭花跟著那服務人員向前走去，一面走，一面轉過頭去，想去吩咐穆秀珍別到處亂走，以免她們的主人昆格隊長接不到她們。

可是當她回過了頭去之後，她不禁一呆，穆秀珍和安妮都不在她的視線之內！兩人剛才還是跟在她身後的，一轉眼之間，她們是到什麼地方去了呢？她四面看著，機場中的旅客十分擁擠，也難以發現她們。

木蘭花想要轉身去尋找她們，可是擴音器中又傳來了聲音道：「木蘭花小姐請注意，木蘭花小姐請注意，有你的長途電話，是十分緊急的事，請你立即來接聽，請你立即到機場的警務室中接聽這個十分重要的長途電話！」

木蘭花只得暫且放下去尋找她們的念頭，跟在那服務人員之後，來到了機場的警務室，向一名警官表明了自己的身分，那警官立時將電話交到了她的手中。

木蘭花一拿起電話來，就聽到了高翔的聲音，高翔劈頭第一句話就道：「蘭花，昆格隊長死了，你知道麼？」

木蘭花陡地一怔，道：「不知道。」

「在你們的飛機起飛之後不到半小時，電訊便已發到了本市。他是被人用長矛刺死的，刺殺的原因不明，蘭花，昆格的死，和他所得的沉船資料是不是有關？」

這消息實在來得太突然了，假使在起飛之前一刻，木蘭花得到了這一消息，她一定會取消此行的。而如今，她才踏上牙買加，事情卻已有了那樣突如其來的變故，一時之間，她實是茫無頭緒，不知道該從哪一方面著手去想才好。

她呆了片刻，道：「很難說，我現在什麼也不知道。」

「蘭花，昆格隊長如果是因為獲得了那份沉船的資料而遭人暗殺的話，那麼你們現在的處境，也就十分不妙，我想你們還是立即回來的好。」

「你的話很有道理，但是我還想調查一下他的死因，他究竟是我們的朋友，當然，我會盡快離開這裡的，你放心好了。」

木蘭花放下了電話，向那警官道了謝，便向外走去。

她自然先要找穆秀珍和安妮兩人，將這個不幸的消息告訴她們。同時，昆格隊長已然被刺死了，當然也不會再有人來接她們了，那麼，她們就得另作打算，先找地方住下來再說。

她來到了行李認領處，看到她們帶來的兩隻衣箱還在傳送帶上，海關人員正在研究那兩隻箱子，分明以為那是無人認領的了。

木蘭花看到這兩隻衣箱，她就知道事情已十分不對頭了，因為那證明穆秀珍和安妮並沒有到這裡來過。

照說，穆秀珍和安妮不跟在她的後面，最大的可能就是來這裡認領行李，而如今兩者都不是，那麼她們到什麼地方去了呢？

木蘭花心知一定有什麼意外發生了！

尋常人在那樣的情形下，一定是心亂如麻，焦急異常了，但是木蘭花卻是最知道心急和心亂，是絕對於事無補的，是以她只是皺起了雙眉，保持鎮定，先走了過去，道：「對不起，因為我有緊急的長途電話，所以來得遲了！」

海關的檢查人員請木蘭花打開箱子，約略檢查了一下，木蘭花提著箱子走了出來。

剛才那班航機帶來的人，已全離去了，機場大廈中，人少了許多。穆秀珍和安妮應該出現了。但是放眼看去，卻根本不見她們的影子。

木蘭花將衣箱放在身邊，自己問自己：「我應該怎麼辦？」

高翔說得對，昆格隊長死了，那可能是和他獲得的那份「大將號」的沉船資料有關，只可惜昆格的信中未曾說明那份資料究竟是什麼。

而如今，昆格的敵人顯然也將自己當作了敵人。

如果敵人已對付了穆秀珍和安妮，那麼決計不會放過她的，她只要等著，敵人一定會來找她的，她就算發急，也沒有用的！

果然，她站立了不到兩分鐘，便看到一個穿著剪裁合體，雪白西裝的黑人，來到了她的身前，向她禮貌地行了一個禮，問：「木蘭花小姐？」

「是的。」木蘭花回答。

「我是奉命來接你的，小姐。」那黑人說。

木蘭花笑了一下，道：「還有兩位小姐，也被你們接走了，是不是？」

「是的，我正準備奉告這個消息。」

「哼，」木蘭花冷笑著，「強行劫走客人，就是你們這個島上的禮貌麼？你們究竟是什麼人？為什麼要那樣對付我們？」

那黑人又有禮貌地鞠了一躬，道：「小姐，請你跟我去，就可以明白了，小姐，你一定會獲得極其禮貌的款待的！」

木蘭花抬頭看去，只見至少有七八個身形魁梧的黑人，那幾個黑人，全都穿得十分整齊，但不論他們穿著得如何好，總掩飾不了他們打手的身分。

木蘭花自然不會怕他們，這裡是機場大廈，警方人員的力量十分大，對方看來雖然不易惹，但是卻也不會敢胡來的。

在那樣的情形下，她要脫身，當然不是什麼難事。

但是，木蘭花卻根本不想脫身！她必須跟著那黑人走，因為穆秀珍和安妮顯然被他們帶走了。

木蘭花的念頭轉得十分迅速，她立時向一個打手模樣的黑人招了招手，大聲吩咐道：「過來，替我拿這兩隻衣箱！」

那黑人呆了一呆，但還是立時走了過來，拿起了箱子。

在木蘭花前面的那個黑人，則有禮貌地道：「請！」

木蘭花昂然向外走去。

2 屈健士家族

牙買加的首都京士頓，是一個十分美麗的地方。

雖然它是一個城市，但是一點也沒有大城市那樣的繁忙和擁擠，它是十分恬靜優雅的，只看到行人輕鬆地在散步，居民大多數是黑人，由於曾經過英國長期統治，白人也不少，更有相當數量的華僑。

才走出機場，一輛十分華貴的汽車便駛了過來。

那輛汽車是如此之華貴，倒令得木蘭花頗感到意料之外，那是「勞斯萊斯」車中最大型的一種，全車都是奪目的銀灰色。

而車門打開之後，車座上所鋪的，全是紫紅色的天鵝絨車墊，車子一共有三排座門，有六扇車門，車身特別長，因之它的後輪是四個，而不是兩個。

那樣豪華的汽車，據木蘭花所知，全世界不會超過十輛！木蘭花心中之所以驚訝，倒不單是為了車子的豪華而已。

她心中驚訝，是由於她肯定那些黑人既然先用不法的手段，將穆秀珍和安妮兩人「請」走，然後又來威脅她，那自然不是什麼好路數了。

不單如此，木蘭花也已立即感到，他們和昆格隊長的被謀殺是有關連的，也就是說，他們可能是屬於一個大規模的犯罪組織的。

然而，這樣的汽車卻是人人矚目的，在整個島上，這當然是獨一無二的一輛，車子主人定是島上極其知名的豪富，難道他同時又是大組織的主持人？

但就算是的話，他也沒有必要派出那輛車子來迎接自己的，因為一看到那輛車子，他的身分也就無法隱瞞了！

木蘭花一時之間，也想不出是什麼道理來。

但這時，她的心情卻輕鬆了許多，因為對方既然不怕暴露身分，那麼，對她也就不會有太大的陰謀，至少穆秀珍和安妮在目前是安全的！

她跨上了車子，在她的身邊各坐了一人，在她的前面，擠了四個人，在司機之旁又坐了兩個人，車門關上，車子向前疾駛而去。

木蘭花道：「這車子不錯啊！」

那黑人道：「是，我們的主人以擁有這車子為豪。」

「你們的主人是——」

「屈健士先生，小姐，他是島上屈健士家族的唯一傳人，小姐，他雖然沒有擔任什麼公開的職位，但是人人都知道他對全島的控制力的，小姐。」

那黑人的談吐，十分有禮貌。

木蘭花笑了笑，道：「當然，我雖然是初到，但也可以看出這一點來，如果不是他有絕對的控制力，和我同來的兩位小姐怎麼會一轉眼就不見了。」

那黑人的神色十分尷尬，難以回答。

木蘭花也不再理會他們，逕自打量著街道上的景色。她足跡雖然遍及全世界，但是西印度的一系列島嶼，她到過的卻不多。

車子的速度相當高，她看到整潔的馬路，和大多數是白色的建築物，也看到高大的棕櫚樹，和閒閒散散穿著花花綠綠的黑人。

車子直向市區之外駛去，二十分鐘之後，駛上了一條上山的斜路，可以看到碧藍的大海，那當然就是加勒比海了。

在牙買加周圍的加勒比海，全是淺水區，海水看來呈現一種極其美麗的淺藍色，有一種明微的光輝，美麗得無可比擬。

從山上看下去，還可以看到有很多揚著五顏六色風帆的帆船，和一些帶著潛水者的快艇，和平恬靜，真是海上的天堂。

木蘭花覺出車子越駛越高，而她也看到了那幢純白色的，極其新型的宏大的建築物。那幢房子的建築線條，特出之極，每一幅牆都反射著陽光，看來奪目之極。

在車子駛到白色的房子之前，便是在山頂上被開闢出來的一大片草地。那片草地上的草，經過悉心料理，美麗得如同一張碧綠的地毯一樣。

在那樣碧綠的草地中，一所如此美麗的白色建築物，被拱托得格外突出，可見那屋子的建築師，一定是一位出類拔萃的天才。

車子在草地中的道路上駛向前去，在屋子前停了下來。

車子在房子的前面停下，幾個穿著制服的黑人早已侍立在側，其中一個打開了門，道：「屈健士先生和兩位小姐在平台上。」

車中的黑人一齊跨了出來，等著木蘭花。

木蘭花跨出了車子，仍由那黑人帶領著，繞過屋子高大的玻璃門，向屋後走去。屋後是一個大平台，在那個大平台上，更可以遠眺海景，因為那平台的盡頭便是峭壁，而峭壁之下，就是大海了！

平台上，有好幾副桌椅，都是籐製的，木蘭花已看到了穆秀珍和安妮，她們正和一個穿著大紅衣服，身形十分粗壯的黑人坐在一起，在她們前面的桌上，堆滿了食物，看來她們的確受著第一流的款待。

安妮眼尖，先看到了木蘭花，她立時叫了起來：「蘭花姐！」

穆秀珍被她一叫，立時轉過頭，她看到了木蘭花，便向木蘭花奔了過來，奔到木蘭花的身前，叫道：「蘭花姐，我們——」

木蘭花道：「不必多說，大概的情形我已知道了，那黑人是屈健士？他這樣對待我們，究竟有什麼目的？」

「我還不清楚，」穆秀珍回答著，「但是除了在機場大廈中，他手下的人用強迫的手段逼我們前來之外，他一直十分客氣。」

木蘭花和穆秀珍兩人，一面說著，一面向前走去。

而屈健士也站了起來，他的身形非常之高大，從他那種壯健的身形看來，他完全不像是富甲一方的豪富，只像是一個極其出色的運動家。

他大約有四十歲，露出一副潔白的牙齒，以一個十分有教養的微笑來歡迎木蘭花，當他向前走出兩三步，伸手出來和木蘭花相握之際，他的行動，使木蘭花想起美洲黑豹來。

他首先自我介紹，道：「屈健士十七世，很榮幸能夠見到你。」

他說的是一口標準牛津的英語，從他這一口英語中，可以聽出他是一個受過良好教育的人。在還未知道他究竟有什麼用意之際，木蘭花自然也保持著禮貌，她說道：「我也有同樣的感覺，屈健士先生。」

他們一齊來到桌前坐下，當時有一個僕人躬身侍立在木蘭花的身邊，屈健士道：「小姐，你要些什麼，只管吩咐。」

木蘭花道：「謝謝，我現在需要的，是知道你分別將我們三人請了來的用意，屈健士先生，希望你開門見山，只管直說。」

屈健士先生搓著手，向侍立在桌子周圍的僕人望了一眼，他雖然未曾說任何的話，但是僕人卻已明白了他的意思，一齊向後退去。

但僕人卻也不是退得十分遠，而是在七八碼之外圍立著，在那樣的距離下低聲講話，僕人自然是聽不到的。

屈健士嘆了一聲，道：「小姐，在昆格上校的敘述中，我早已認識了你們兩位……和這位小妹妹，又在很多人的口中，證實了昆格上校的敘述，三位能來到牙買加，真是幸事。昆格上校死了，他實在是一個好人，更是一個十分出色的潛水家。」

木蘭花的臉上已然現出了不耐煩的神色來，但是她並沒有打斷屈健士的話頭。

屈健士也已發覺了這一點，所以他用兩句話來結束了他的開場白，道：「我也喜歡潛水，我搜集有加勒比海所出的全部軟體動物的貝殼！」

安妮立時歡呼了起來，說道：「那正是我的愛好！」

「當你們離去之際，我一定將我的藏品全部奉送給安妮小姐。」屈健士立即慷慨地說，令得安妮興奮得臉都紅了。

加勒比海確是熱帶性海洋，也是美麗貝殼的集中地，許多罕有美麗的貝殼雖全在加勒比海中，但要搜集它們，絕不是易事！

屈健士的慷慨，可以證明至少到目前為止，他沒有惡意。但是，也證明他決計不是無所求的，木蘭花輕微地咳嗽了一下，提醒他轉入正題。

屈健士顯然十分聰明，立時道：「我的家族在島上一直擁有龐大的勢力，我們是島上的原始統治者，最初是西班牙人的勢力入侵，後來又變為英國人的統治，現在，牙買加獨立了，但是，我並無意置身於政治活動之中，而我仍然受著島上民眾的尊敬。」

木蘭花點頭道：「我們明白這一點。」

屈健士又道：「請別怪我說話囉嗦，我必須從頭說起，當十六世紀，西班牙人入侵之時，我們曾經反抗過，使西班牙人吃了不少虧，但是後來，西班牙人卻和我們合作，和平相處了一個時期，在那個時期中，我們的家族是和西班牙佔領者一齊住在一個大堡中的，各佔一半的地方，在我和昆格上校成為朋友之後，因為我和他都喜歡潛水，我們自然而然地提到加勒比海中的西班牙沉船。」

他講到這裡，略頓了一頓。

穆秀珍已聽得十分出神，在旁催促道：「那又怎樣？」

「加勒比海中的沉船十分多，但最著名的則是『大將號』，我在一次閒談中，忽然記起『大將號』沉沒的日子，正是我的祖先和西班牙人合作的時期，可能會有一些資料留下來的，我和昆格上校費了好幾天的時間，來整理那些殘舊的資料——」

木蘭花道：「是在那個古堡中？」

「不，那古堡早在兩百年前的一次戰爭中便已被焚燬了，但是好幾箱文件則事先被運了出來，一直保存了下來。」

「嗯，你們發現了什麼？」

「我們的發現是極其驚人的，小姐，我們發現了一份來自古巴當時統治者的信，是西班牙高級人員之間的私人函件，在這封函件中，曾提及一個著名伯爵的小女兒，是乘搭『大將號』回西班牙去，所以要求當時在牙買加附近的艦隊予以保護。」

木蘭花皺著眉，道：「那也不能說明什麼。」

「在那封函件上，有著『大將號』確切的航線。」屈健士立即道：「這一點，我想應該是十分重要的——如果是有意搜尋那沉船的話。」

這一句話，木蘭花倒是同意的。

屈健士又道：「而且，我們還獲得一項極其寶貴的資料，牙買加的海軍方面，派出了兩艘戰艦去護送『大將號』，那兩艘戰艦，是和『大將號』一起遇到了颶風的，而兩艘艦上，總共有七個人生還，在海上飄流了幾天之後，回到了牙買加！」

木蘭花、穆秀珍和安妮三人一聽，不禁聳然動容！

如果屈健士所說屬實的話，那麼這項資料實在是太重要了，那生還的七個人，自然對失事的經過有詳細的報告，也自然對失事的地點有詳細的記載！

她們三人在呆了一呆之後，木蘭花才緩緩地道：「那不可能吧，如果當時就有這份資料，為什麼西班牙人不搜尋『大將號』？」

「當時的情形是沒有法子搜尋的，因為船已沉到了海底，人類還不會潛水，只好任由大批寶物浸在海水中，而且，另一批文件指出，『大將號』沉沒之後，西班牙國內的指責十分嚴厲，古巴方面和牙買加的高級西班牙貴族、將領全被撤離，所以事情也耽擱了下來。」

穆秀珍緊張地道：「那樣說來，你知道正確的沉船地點？」

屈健士點頭道：「是！」

穆秀珍還想說什麼，但是木蘭花立時揚起手來，阻止穆秀珍再說下去，她道：「多謝你告訴我們這些，但這是和我們沒有關係的。」

屈健士忙道：「小姐——」

可是木蘭花不等屈健士的話講出口，便立時打斷了他的話頭，道：「屈健士先生，我們希望你說說有關昆格隊長死亡的事。」

屈健士的臉上現出憤怒的神色來，道：「那一天晚上，他在我這裡，我們討論到深夜，他具有十分豐富的海事知識，他還根據所有的資料，根據『大將號』的航線，肯定了出事的地點，他帶走了所有資料和一幅草圖，準備回去繪製一幅更精確的沉船地點圖，可是第二天一早，卻傳來了他被刺死的消息！」

「你以為他是不是因為知道了沉船的秘密而死的呢？」

「不能肯定。」

「你發現了『大將號』的資料之後，有過什麼打算？」木蘭花的雙目直視著屈健士，十分直率地問著他那種問題。

「我自然打算和昆格隊長一齊去打撈這艘四百年之前的沉船，因為它載著價值以億計的珠寶黃金，昆格隊長就提起了你們，又說穆秀珍小姐是世界上最好的潛水家，如果要打撈那舉世知名的『大將號』，那最好有你們兩位的參加！」

「不錯，」木蘭花的聲音十分低沉，「他寫一封信給我，提到了這件事，並且用很多筆墨來描述牙買加的風光，唉！」

想起昆格隊長那麼熱切地希望和她們會面，但是她們來到之後所聽到的第一件事，便是昆格已被人刺死了，木蘭花的心頭也不禁黯然！

屈健士先生道：「我們的警方人員已傾全力在查辦這件案件，但是他是一個外交人員，他的國家似乎不想這件事太張揚了，在他遇害的第二天，他的遺孀就帶著他的靈柩回國去了，以致警方想調查昆格的真正死因，也變得十分困難！」

木蘭花不出聲，她站了起來，來回踱了幾步，才道：「多謝你對我們的款待，屈健士先生，我們也不準備在牙買加多逗留，要回去了。」

屈健士的臉上，現出無比失望的神情來。

不但是屈健士如此，連穆秀珍和安妮也絕不掩飾她們在聽到了木蘭花的話後，那種失望的神色！

屈健士嘆了一聲，道：「木蘭花小姐，如果你的主意十分堅決，我自然無法強留。但是，所有的資料，雖然那天晚上被昆格帶走，而且在他死後，該國的外交官員也不准進入屋去，是以無法知道這批資料是不是還在，但是有關這批資料的一些重要部分，我卻還記得的，我們可以——」

他話還未曾講完，穆秀珍實在忍不住了，迫不及待地道：「蘭花姐，我們可以根據這批資料，找到『大將號』的沉船！」

木蘭花狠狠瞪了穆秀珍一眼，嚇了穆秀珍老大一跳，連身子也縮了一縮，不敢再言語，木蘭花則搖著頭，道：「先生，我不明白你的意思。」

「你應該明白，木蘭花小姐，我想找到『大將號』。」

「我就是指這一點而言的，屈健士先生，你有著無可比擬的財富，在這裡又享受著崇高的地位，你何必再為不可捉摸的財寶而勞心勞力？」

屈健士如果是白種人的話，在聽了木蘭花的話後，他或者會臉紅的。但是他卻是黑人，是以根本看不出他臉色的變化來。

木蘭花又說道：「因為這件事，昆格上校已死了——」

「昆格上校不一定是為了這件事死的。」

「你能舉出他別的死因麼？」木蘭花立時問。

屈健士先生苦笑了一下，攤了攤雙手，表示不能。

木蘭花道：「昆格上校因為是外交人員，他的國家不想這件事太張揚，那是便宜了凶手，同時也壯了凶手的膽子，你明白我的意思？」

屈健士吃了一驚，道：「你是說，如果我再去進行這件事的話，連我也會有危險，就和……昆格上校一樣？」

「是的，」木蘭花用十分肯定的語氣道：「你如果再念念不忘『大將號』，你會有危險，這是我給你的忠告，而我們，絕不參加這項工作。」

屈健士的身子向後微仰，坐在椅背上，望著海面，過了足足二分鐘，他才道：「多謝你給我的忠告，但是我卻不能接受。」

木蘭花只是嫣然一笑，說道：「那由你自己決定。」

她那樣說法，已表明事情和她已然完全沒有關係的了，屈健士在緊皺雙眉片刻之後，神情也突然變得開朗，他笑著站了起來，道：「好，我們的問題討論到這裡為止，在峭壁下面，是全島最美麗的一個海灘，我帶三位下去看看。」

木蘭花等三人用十分疑惑的眼光望著他，峭壁十分陡直，至少有三百呎高，而安妮又是行動不便的，如何可以到下面的沙灘去？

但屈健士立即道：「我有特製的升降機，可以直通到海灘去，請跟我來！」

他向前走去，木蘭花本來連屈健士的那一項邀請都想拒絕的，但是她轉念一想，屈健士已經十分失望了，沒有必要令得他再不高興的。

是以她向穆秀珍點了點頭，穆秀珍立即推著安妮，和木蘭花一起，跟著屈健士走去，走向一個看來像是一座涼亭也似的建築物。

等到他們來到了那「涼亭」之中，才知道那是一架升降機，因為它已在緩緩向下沉去。

升降機的上半部，是完全沒有遮攔的，海風撲面而來，令人神氣清爽，向下看去，下面是潔白的一片沙灘，沙子白得使人幾乎疑心那是一灘積雪！

沙灘上有五六個人在，但那五六人顯然不是在沙灘上遊樂，而是在負著守衛之責的。

不一會兒，升降機便已停止，跨出了升降機，就到了沙灘。

那的確是美麗之極的沙灘，當浪花湧過來之際，明澈的海水噴起許多白沫，就像是湧上來的不是海水，而是萬億顆大小不同的珍珠！

他們向前走著，直來到了最接近海水的地方，穆秀珍已跳上了一塊大石，那大石下的海水已有好幾呎深，但一樣清澈見底。

木蘭花也忍不住掠了掠被風吹亂了的秀髮，道：「這真是個好地方，屈健士先生，你有著一個神仙般的居住環境。」

屈健士忙道：「那麼，我可以請三位在這裡居位幾天麼？你們可以無拘無束，根本不當我這個主人存在一樣，享受這優美的環境。」

木蘭花笑著，拒絕了屈健士的邀請，道：「不，我們甚至不準備多作逗留，我們要告辭回去了，很謝謝你。」

屈健士笑了起來，道：「小姐，我想，我總還可以做個君子，你不願意參加搜索沉船的工作，在你逗留期間，我絕不提任何有關沉船的事，我自然不是放棄進行這件事，而是將這件事押後，到你們離去之後，我再開始！」

「那樣，不是耽擱了你的正事麼？」

「這艘船已經在海底躺了四百多年，也不在乎多躺上一兩個月，而你們的光臨，卻使我感到無比的榮幸，請相信我的話是出自真心的。」

木蘭花無法斷定屈健士的話是不是出自真心，不但這樣，而且她還懷疑，昆格上校被刺一事，和屈健士可能是有關的。因為屈健士那麼熱中於搜尋沉船，他的目的，自然是沉船中的黃金和寶物。但是他肯和昆格上校一齊分享那些寶物麼？他的貪念再進一步，就足以構成他殺害昆格上校的動機了！

木蘭花之所以堅決拒絕參加他的搜尋沉船計劃，以及想立時告辭，主要也是為了這個原因，可是現在，屈健士卻如此誠懇地挽留她們！

木蘭花心中迅速地在轉著念，她還是想弄清楚昆格的死因，而她既然想到屈健士可能和昆格之死有關，那麼她似乎應該留下來繼續觀察一下的了。

所以，在考慮了一兩分鐘之後，她點頭道：「好的，我們在這裡住三天。屈健士先生，只是三天，請原諒我不會改變我的決定。」

屈健士立即高興地笑了起來，道：「雖然三天的時間太短，但是也太好了，我替你們舉行一個盛大的舞會，介紹所有的顯貴富商給你們，我陪你們遍遊全島，我有很好的遊覽飛機，而在各處，全有我私人的機場，我想你一定不會覺得留下三天是不智之舉的。」

木蘭花也為屈健士那種好客的熱情所感動，她向穆秀珍招了招手，大聲叫道：「秀珍，快來，我們要在這裡住上三天哩。」

穆秀珍看來比屈健士更高興，她從大石上跳下來，叫道：「那太好了，我可以享受一下那麼美妙的海水，不必只是看著了。」

屈健士先生拍著手，道：「對，我們第一個節目，便是游水，我帶你們到海水最明澈的地方去，二千多呎的海水，可以一望見底！」

他向侍立在旁的幾個人一揮手，其中的一個立時打開了一隻手提箱，木蘭花只向那手提箱看了一眼，便看出那是一具效能十分之高的無線電通訊儀。

接著，便看到一艘快艇，鼓浪而來。

快艇在岸邊泊定之後，他們便上了艇，快艇將他們載到了一艘極大的遊艇，遊艇立時向前駛去。

當天下午，他們遊遍了牙買加附近美麗的海灣，穆秀珍最玩得興高采烈，木蘭花雖然對屈健士似有三分提防之心，但是屈健士絕口不再提「大將號」的事，而海上的風光實在太美妙，也令得木蘭花樂而忘憂。安妮更是高興得難以形容。

等到他們又回到京士頓之際，已是滿天晚霞，燈火點點了。

遊艇是泊在一個離市區很近的碼頭之上，幾輛大房車已等在那裡了。

然後，他們一齊到最著名的一家飯店去進餐，那裡的龍蝦共有十二種煮法之多，更令得木蘭花三人讚不絕口。

等回到屈健士的住所之際，屈健士的僕人立時帶她們去看已為她們整理好的房間，那是臨海的一間大房間，當窗簾拉開之後，是一整面玻璃窗，海上的景色可以一覽無遺！

她們三個人休息了片刻，換了衣服，女僕便又來叩門，道：「三位小姐，主人請你們去聽音樂，島上最好的樂隊正在演奏。」

木蘭花道：「好，請你們去回報，我們就來。」

穆秀珍低聲道：「蘭花姐，他待我們那麼客氣，我們就答應他，幫他去尋找那艘沉船好麼？我們不就是為這個目的而來的麼？」

安妮也道：「秀珍姐說得對啊！蘭花姐。」

木蘭花半晌不語，才道：「你們不知道，昆格隊長的死如果和屈健士無關，一定另有凶手，如果屈健士再去搜尋沉船，他就有危險！」

穆秀珍忙道：「所以我們要幫他。」

木蘭花搖頭道：「但是，你怎知昆格隊長的死和他完全無關呢？他對你們的款待，難道竟使你們的頭腦不清楚到這等地步？」

3 無聊把戲

穆秀珍和安妮兩人，都呆了一呆，她們顯然從未想及這一個問題！

木蘭花笑道：「所以我們現在不應出什麼主意，也不能答應屈健士的任何要求，先看看再說。來，我們去聽出色的拉丁美洲音樂去！」

她們一齊下了樓，一隊由五個人組成的樂隊，正在大客廳中演奏，客廳中除了屈健士之外，還有七八個客人在，客人幾乎全是白人。

屈健士向她們一一介紹，那些客人不是名作家，就是到牙買加來遊歷的畫家和音樂家，這一類的小型音樂會的氣氛是極其高雅的。

第二天一早，直升機降落在屋子前的平台上，載著木蘭花等三人和屈健士到了一個小型機場，一架飛機已停在機場上。

屈健士曾說他有很好的遊覽飛機，真是一點也沒有說錯，那架飛機很小，至多只可以乘搭十個人，但是卻有四個引擎，而且它的窗子特別大，使機中的人可以全不費力便看到外面的情形。

飛機上的其他設備，自然也是豪華之極的，她們登上了飛機，飛機起飛之後，屈健士不斷地向她們解釋島上的風景和名勝。

從京士頓往北飛，是一大片連綿不斷的山巔，據屈健士說，山中還有很原始的印地安人居住著，過著完全與世隔絕的生活。

飛機一直飛到島北部，才在另一個機場上停了下來，在驅車遊玩了一會之後，再繼續開行，這一天，她們遊歷了整個島。

而當黃昏時分，他們回到屈健士的住所之際，木蘭花三人全呆了一呆，在暮色之中，她們看到了輝煌奪目的光芒，屋內外全是燈光。

那顯然是新佈置的，屈健士笑著道：「今天晚上的宴會，將是上帝創造了牙買加以來，在島上最盛大的一次，我送出去了兩千份請帖！」

木蘭花並不是喜歡那樣熱鬧場面的人，但是她卻也不禁感謝屈健士那樣熱烈的款待。

她道：「原來今晚便舉行舞會，可是我沒有適合的服裝。」

屈健士微笑著道：「全島上最佳的時裝設計師已在等你了，他們會迅速地令三位穿著最出色的衣服參加舞會的！」

木蘭花沒有說什麼，而在接下來的時間中，直到凌晨，她和穆秀珍兩人根本沒有什麼說話的機會，自明月初升開始，賓客就絡續前來。

那可能是世界上最豪華的一次宴會了，一九〇七年的醇酒香檳不斷地開著，最好的七隊樂隊輪流演奏。木蘭花和穆秀珍成為整個舞會中的中心，她們在禮貌上不能拒絕跳舞的邀請，於是她們便不斷地跳舞。

安妮是唯一沒有跳舞的一個人，人人都在跳舞，侍者在送上美酒時所走的步伐也是舞步，而安妮並不是不想跳，而是她不能跳！

所以，在午夜之後，舞會正到了高潮之際，安妮卻感到疲倦了，她吩咐兩個僕人將她的輪椅推回到她的臥室去。

那幢建築物是第一流的建築物，在安妮回到臥室，關上了門之後，樓下舞會一點喧鬧的聲音也傳不過來，寧靜得整幢房子之中，像是只有安妮一個人一樣。

安妮拉開了窗簾，在大玻璃前，望著黑沉沉的海面，海面上還有些遊艇在，可以看到自遊艇上發出來的點點燈光。

安妮輕輕地嘆了一聲，今天她玩得興奮之極，但是她還是不能和常人相比，她不能跳舞，不能游泳！

但是安妮對於這一切，似乎也習慣了，是以她只是輕輕地嘆息了一聲，並沒有再想下去，她凝視著黑暗，過了十分鐘，她打了一個呵欠，準備上床去睡了。

可是，她未曾轉過輪椅來，忽然聽得身後傳來了一下輕微的聲響。

安妮是一個對任何聲響都有著極敏銳反應的人，她連忙轉過輪椅來。

她一轉過輪椅來，向前看去，不禁大吃一驚，失聲叫了起來：「蘭花姐！」

但是她只是叫了一聲，便沒有再叫下去。因為她立即知道，自己叫下去也是沒有用的，下面的大客廳中，正在舉行著兩千人參加的舞會，在房間中一點聲音也聽不到，那麼，她在房間中就算叫破了喉嚨，也是不會有人聽到的。

而且，她第一聲叫聲是自然而然的反應，但接之而來的恐懼，使得她幾乎不能再發出聲來！

當她轉過輪椅來之後，她看到，就在她的面前站著一個人，那人穿著一套古舊的海軍服裝，腰際還佩著很長的佩劍。

如果在大廳中正在舉行的是化裝舞會，那麼看到了這樣的一個人，也絕不會使安妮感到驚訝的，但是事實上，在舉行的卻不是化裝舞會，那麼，這突然出現在面前的，穿著十六世紀服裝的是什麼人？

安妮瞪著那人，想問他一句，可就是發不出聲音來。

而那人也只是站在那裡，一動不動，一副愁眉苦臉的樣子。

足足過了兩分鐘之久，安妮才勉力鎮定心神，發出聲音來。

她大聲問道：「你是什麼人？」

那人在安妮一問之後，也開了口，可是他的聲音卻十分之濃濁，只聽得他道：「小姐，你是和木蘭花一齊來的麼？你看到了我，有什麼特別的感覺？」

安妮呆了一呆，道：「你這是什麼意思，你……你……你……」

那人道：「我是從船上來的，我的船……在海底，海底很平靜，我在海底已有好幾百年了，我不想有人來打擾我，小姐，你明白麼？」

那幾句話，不禁聽得安妮全身生寒！

這是什麼話？他從船上來？他的船在海底，那麼他……他……竟不是人，而是鬼了？安妮簡直差點昏了過去！

她張大了口，不知說什麼才好。

而那人則繼續用十分濃濁的聲音道：「我不想見更多的人，我只要見你就可以了，請你轉告屈健士先生，別來打擾我們！」

安妮道：「你……你……你……」

在她連說了三個「你」字間，她一直是瞪大著眼的，是以她也親眼看到了那人慢慢地消失。

那人的確是慢慢消失的，而不是離去。

那人一直站著不動，但是他卻像是溶解在空氣中一樣，慢慢地不見了，安妮的雙手冰涼，她在那人消失之後的五分鐘之內，就像是浸在冰水之中一樣！

然後，她鼓足了勇氣，拉動著輪椅，向門口衝去！

安妮來到了門口，用力拉開了房門，大聲叫了起來。

她一叫，立時有兩名女僕向她奔了過來，安妮喘著氣，道：「快，快去叫木蘭花或是穆秀珍小姐來，我有極要緊的事！」

她蒼白的臉色已說明她的確有極要緊的事了，是以一名女僕立時奔了開去，另一名女僕則留在安妮的身邊陪著她。

安妮漸漸定下神來，可是她心中仍然十分害怕，她向那女僕問道：「你……你們這裡，可是時時有鬼魂出現的麼？」

「鬼魂？」那女僕是一個十分健壯的黑種婦人，可是她確實是一個十分迷信的人，因為當安妮提及「鬼魂」之際，她的臉色也變得蒼白起來。

就在這時，已聽到了穆秀珍的聲音。

穆秀珍是一面叫著，一面向前奔了過來的，她大聲叫著：「什麼事？安妮在什麼地方？小安妮，有什麼人欺負你了？」

她直奔到了安妮的身前，安妮立時握住了她的手，叫道：「秀珍姐！」

安妮的身子一直如同浸在冰水之中一樣，全身發涼，直到此際，她握住了穆秀珍的手，這才令得她感到有一股生氣。

她在叫了一聲之後，立即道：「我剛才……看到了一個鬼，秀珍姐，你別笑我，我真的是看到了一個……鬼魂！」

穆秀珍本來是想縱聲大笑的，但是，她看到安妮的神色仍然是那樣緊張，她便笑不出聲來了，只是安慰道：「安妮，你一定太疲倦了。」

安妮嘆了一聲，道：「秀珍姐，你以為我是眼花麼？但是我絕不是眼花，絕不是，我真看到了那鬼魂，就在那房間中。」

穆秀珍推著輪椅，走進了房間中，那個穿著古代海軍大將制服的鬼魂，當然已經不見了，穆秀珍四面看了一下，道：「當時的情形怎樣？」

安妮還未曾開口，木蘭花也走了進來。

跟在木蘭花後面的，則是主人屈健士先生，屈健士先生關心地問道：「什麼事？小姐，可是僕人的侍候不夠周到麼？」

穆秀珍想說出安妮遇見「鬼魂」的事，但是安妮卻拉了拉穆秀珍的衫角，搶著道：「蘭花姐，你還不來睡覺麼？時候不早了。」

木蘭花是一個十分細心的人，她立時看出安妮的神態有異，所以她也立時點著頭，道：「好的，屈健士先生，我要休息了！」

屈健士也並不堅持，只是道：「啊，那樣的話，樓下的許多賓客一定要失望了，但是我會應付他們的，祝你有一個舒適的睡眠！」

他鞠躬如也，退了出去。

穆秀珍連忙過去將門關上，道：「蘭花姐，安妮說她剛才在這房間之中，看到了一個鬼魂，詳細情形，她還沒有對我說哩。」

木蘭花「哦」地一聲，並不斥安妮無稽，只是反問道：「安妮，你怎可以肯定你見到的是個鬼魂呢？你以前難道也見過鬼魂麼？」

「我……他突然出現，而且……是漸漸消失的！」安妮敘述著，「他站在那裡，一講完了話之後，就像是放進了咖啡中的方糖一樣慢慢的溶化……消失了。」

「他說了些什麼？」

「他說，他在海底幾百年，很安靜，要我們別去打擾他，他……他穿著古代西班牙海軍的制服，看來，他好像是『大將號』上的……」

安妮講到這裡，不曾再講下去。

而穆秀珍則已機伶伶地打了一個寒戰，道：「蘭花姐，那真是鬼了，要不然，怎麼知道我們已有了『大將號』的沉船線索？」

木蘭花笑了起來，道：「秀珍，你忘了麼？我不是曾經說過，就算是親眼見到了鬼，也未必是一定真有鬼的？」

安妮道：「我明白，可是我見到的是什麼？」

「你再將當時的情形詳細說一遍。」

安妮點了點頭，她將發生的一切，一點也不遺漏，詳詳細細地講了一遍，木蘭花和穆秀珍都十分用心地聽著。

安妮講完了之後，又向木蘭花問道：「那……是什麼？」

木蘭花的雙眉蹙得十分之緊，她緩緩搖著頭，道：「現在我無法回答你這個問題，因為我還是一點頭緒也沒有，但是我們為了要探求事實的本質，不妨來一個假設，我們先假定那不是真的鬼，而只不過是一種人為的花樣。」

「可是這究竟是怎樣人為的呢？」穆秀珍問。

「這一點我們先不去研究它，因為我們一點頭緒也沒有，但如果假定那是人為的花樣，你們想想，他的目的是為了什麼？」

穆秀珍側頭想了片刻，道：「是想我們不去理那『大將號』的沉船？」

木蘭花搖頭道：「你料錯了，恰恰相反，他的目的，是想引起我們對『大將號』沉船的好奇，因而參加沉船的搜尋工作。」

「那不正是屈健士先生要我們做的事！」安妮說。

「是的，招待我們的主人，表面上雖然絕口不再談『大將號』的事，但是在暗中進行周密的佈置，那鬼魂正是他的傑作之一。」

「可是他有什麼辦法弄一個鬼魂來呢？」安妮和穆秀珍異口同聲問。

「我相信那一定是光學上的把戲，你們可覺得，一進房間之後，外間所有的聲音全都隔絕了？可知這些牆一定十分厚，那就有足夠的空間來玩把戲了……」

木蘭花講到這裡，突然提高了聲音，大笑道：「屈健士先生，我說得可對？」

安妮和穆秀珍更是大吃了一驚，因為屈健士先生早已退出去了，房子之中，只有她們三個人在！

但是木蘭花卻仍然朗聲道：「屈健士先生，你的行動未免太鬼祟了，那不是君子的所為，而且，如果你嚇壞了我們的小妹妹，我也就不客氣了！」

穆秀珍拉了拉木蘭花的衣袖，用極低的聲音道：「他在哪裡？」

木蘭花朗笑道：「如果屈健士先生還是一個君子的話，那麼，他一定立即就會來和我們相見的！」

木蘭花那樣說著，安妮和穆秀珍都現出不信的神色來，但是，不到一分鐘，她們的房門上便傳來了敲門聲。

「進來，」木蘭花立時道：「屈健士先生！」

房門打開，一個身形高大的黑人推門進來，他不是別人，正是牙買加島上最顯赫富有的人物，屈健士先生！

這時，他的神色十分尷尬，他在門口略站了一站，將門關上，然後搓著手，道：「唉，我……我實不知該說什麼才好。」

「我想你應該先向安妮道歉。」木蘭花說。

「是的，是的。」屈健士來到了安妮的面前，向安妮鞠了一躬，道：「安妮小姐，請接受我的道歉，我用無聊的把戲，使你受了驚！」

「噢，」安妮又驚又喜，「不必介意了，你連日來對我們的招待，可以抵消你對我的戲弄，但是你怎有召喚鬼魂的本領？」

「那不是鬼魂，只不過是一個演員！」屈健士先生神色尷尬地解釋著，「他的出現，只不過是已拍好的電影的放映而已。」

木蘭花微笑著，但是穆秀珍和安妮卻還是不明白。

木蘭花道：「屈健士先生，我想你有重演一遍的必要，請開始。」

屈健士略現出了忸怩的神態來，但是他隨即自身邊取出了一隻煙盒，打開那煙盒，裡面卻並不是香煙，而是許多按鈕。

屈健士先生手中的那「煙盒」，顯然是一具無線電遙控的儀器，他按下了一個掣，安妮和穆秀珍只覺得眼前一花。

在她們覺得眼前一花間，像是屋中的陳設傢俬在那瞬間，都以極高的速度在移動著，然而轉眼之間，卻一切都恢復了正常。

穆秀珍呆了一呆，道：「有什麼不同？」

木蘭花道：「你走前幾步試試。」

穆秀珍向前走去，可是她走出了幾步，突然「砰」地一聲撞在硬物上，穆秀珍大吃了一驚，雙手向前按去，她按到了一堵牆！

那自然不是牆，而是一面玻璃，在那玻璃上，繪印著傢俱，和原來陳列在房間中的傢俱是一模一樣的。那面玻璃，在屈健士先生按下了按鈕之際，從牆上移了出來，將房間分為兩部分，但是在黯淡的光線下，卻像是那面玻璃完全不存在一樣！

然後，屈健士先生又按下了另一個掣。突然，那古代西班牙海軍大將出現了，講著話，栩栩如生地動作著，再然後，他消失了，就像是鬼魂一樣。

屈健士向牆角指了一指，道：「放映機就在那上面，一切全是無線電遠端控制的，木蘭花小姐，你的觀察力真使我佩服之極！」

「鬼魂」之謎已然有了答案，想起剛才自己的害怕，安妮只覺得好笑，她忙問道：「蘭花姐，你是怎知道那不是真的鬼魂呢？」

木蘭花微笑著，道：「屈健士先生，請將『銀幕』縮回牆中去。」

屈健士先生又按下了掣，那面玻璃迅速地縮了回去，簡直一點聲音也沒，木蘭花向地上一指，道：「你們看，地毯上有一道相當深的痕跡！」

穆秀珍和安妮一齊低頭看去，果然，地毯上有一道將房間分隔成兩半的直痕，分明像是被重物壓過的一樣。

木蘭花道：「我在聽安妮敘述當時的情形之際，就發現了這道痕跡，當時我想，為什麼保養得如此之好的地毯上，會有那樣的一道深痕呢？那當然是有重物移過的緣故了，而那東西一定是一個扁平體，橫過整個房間，可能是一幅幕，而那地方恰好又是安妮所說的鬼魂站立的所在，所以我進一步斷定，所謂鬼魂，實際上只不過是簡單的光學遊戲而已！」

穆秀珍吸了一口氣，道：「那麼，蘭花姐，你何以肯定屈健士先生一定會來見我們？」

「秀珍，你怎麼了？你想，這房間中有著如此精密的裝置，難道竟會沒有偷聽器麼？屈健士先生自然可以聽得到我們的談話的。」

屈健士先生滿臉皆是羞慚之色，道：「三位小姐，請原諒我，因為我實在太想你們參加搜尋『大將號』的沉船工作了。」

安妮低聲道：「蘭花姐，你連他的目的也料到了！」

屈健士又道：「蘭花小姐，你是昆格上校的朋友，搜尋『大將號』的沉船，可以說是他最後的志願，難道你竟一點也不想參加麼？」

木蘭花緩緩地道：「可是他卻被人謀殺了。」

屈健士道：「但警方已在追查兇手！」

「可是也一無結果，對麼？」木蘭花的聲音很嚴肅，「為了你自己的安全著想，你也應該放棄搜尋，除非你根本不必擔心你的安全！」

木蘭花的話中像是藏著一柄鋒利的匕首一樣，令得屈健士先生的面色立時變了，而且他也是一個十分聰明的人，他立時道：「小姐，你那樣說，是懷疑昆格上校的死和我有關了？」

木蘭花只是冷冷地望著他，並不出聲。

屈健士先生攤了攤手，道：「小姐，這樣的懷疑，實在是太可笑了，我和上校是最好的朋友，我們計劃在找到了沉沒在海底幾百年的寶藏之後，在島上設立一所大學，一所醫院，和一所世界上規模最大的海洋水族館，這三者都是新獨立的國家所急需的，照我們的估計，我可能還要拿出很多錢來才夠完成這些！當然，或者沉寶的數量十分多，那就用來開發島上的公路，總之，我們絕不會為自己打算，我為什麼要害上校？」

屈健士這一番話，講得十分誠懇，木蘭花聽了之後，半晌不語，才道：「但事實上，昆格之死，你負著最大的嫌疑，只不過你的地位十分高，所以才沒有人來懷疑你而已。」

屈健士苦笑著道：「他是我最好的朋友，他突然死亡，使我的搜尋沉船計劃受到阻礙，而這個計劃，卻正是我們窮畢生之力也要完成的。」

木蘭花揚了揚眉，道：「屈健士先生，如果你剛才所說的一切，全是你真心誠意講出來的，那麼我們可以留下來，代替昆格上校來幫助你！」

屈健士突然一呆，他張大了口，卻不知該講些什麼才好。

木蘭花的話一出口，不但屈健士高興，連穆秀珍和安妮也一齊歡呼了起來。

屈健士用他的黑色大手抓住了木蘭花的手，用力搖撼著道：「那太好了，那真太好了！」

木蘭花道：「既然我答應了你，那麼我們就要立即開始工作，首先，我們自然要確定『大將號』沉沒的可能地點，有關資料——」

「有關資料在昆格處失去了大部分，然而那些資料我都是看過的，我可以憑記憶繪出最可能的沉船地點來。」屈健士回答。

「我們不必雇潛水人員，你，我和秀珍三個人就夠了，安妮可以在水面上掌握一切，我們自然要一切潛水設備，和海底使用的金屬電波探測儀。」

「那都已齊備的了。」

「還要一艘性能極之優良的船。」

「我的遊艇是全世界最優良的遊艇之一，它本來是造給美國石油大王的兒子作新幾內亞探險之用的，後來他改用了飛機，所以給了我。」

「那很好，我想你該去工作了，我們明天就可以出發，對了，偷聽器在什麼地方，我們實在不想每一句話都被人聽到！」

屈健士走到一幅油畫前，將畫框上的偷聽器拆了下來。

那偷聽器簡直就是畫框中的一格，製造得十分巧妙，只怕用心檢查，也是不容易發覺它的存在的。屈健士先生禮貌地道：「我要去工作了，三位請安歇。」

木蘭花道：「好，明天見。」

屈健士先生退了出去，安妮忽然叫道：「蘭花姐——」

木蘭花卻不等她講完，便推開輪椅，來到露臺的玻璃門前，推開玻璃門，來到了露臺上，穆秀珍自然也跟了出來。

木蘭花低聲道：「你們要幹什麼，可以在這裡低聲說。」

穆秀珍不禁一呆，道：「蘭花姐，他還是靠不住？」

木蘭花點頭道：「是的，我想安妮已經在懷疑這一點了，對不，安妮？你剛才想什麼？」

「我在想，那幅能移動的屏障，那隱藏得如此巧妙的放映機和偷聽器，這一切，全不是幾天之內能夠準備得好的——」

安妮才講到這裡，穆秀珍已一拍掌，道：「是啊，他簡直將我們當作小孩子了，豈有此理，待我去質問他！」

木蘭花瞪了穆秀珍一眼，穆秀珍不敢再言語，木蘭花才道：「我懷疑屋中還有偷聽器，但我們也不必再去找它，我們見機行事！」

木蘭花的話，令得安妮和穆秀珍的臉上也顯出十分嚴肅的神情來。

木蘭花又道：「秀珍，尤其是你，特別要注意，切記不可現出我們懷疑他的神情來，要就是他是一個無辜的人，要就是他是一個極之狡猾的犯罪者，我們要小心。」

「蘭花姐，如果他是，他會怎樣害我們？」

「在找到『大將號』沉船之前，我們是絕無危險的，但是秀珍，我們在潛水之前，一定要用心檢查潛水工具，而且我們自己也要有所準備，明天上午，我們以遊覽市區為名，去買一些應用的物事。」木蘭花說著，又推著安妮進了房間。

一進了房間，她便打了一個呵欠，道：「今天玩得太疲倦了，接下來還有很多工作要做，我們應該睡了！」

穆秀珍和安妮兩人答應著，穆秀珍將安妮抱上了床，不一會，她們三人全睡著了，那時，已經是凌晨一點多了！

陽光普照，在牙買加，幾乎是沒有陰沉沉的天氣的，木蘭花，穆秀珍和安妮在京士頓的街頭上漫步，她們都覺出有人在遠遠跟蹤她們，然而她們卻裝出一點也不知的神情來。

安妮和穆秀珍已不止問了木蘭花一次：「跟蹤我們的人，是誰派來的？」但是幾次，木蘭花的回答都是一樣的：「不知道。」

木蘭花並不是在賣關子，她的確不知道跟蹤者是誰派來的，可能是屈健士。如果是屈健士，那麼事情就簡單得多，因為她正在懷疑屈健士。

但是跟蹤者也可能和屈健士無關。

如果跟蹤者和屈健士無關的話，那麼，或許可以證明昆格隊長不是屈健士殺死的，而如今的跟蹤者，就是謀殺昆格的人。

在京士頓的街道上，有許多出售潛水工具的商店，木蘭花在一家規模較大的一家中，買了六枝筆形的壓縮氧氣。

這種壓縮氧氣，每一枝可以使人在水中支持十分鐘，她和穆秀珍各人藏起了三枝，以備不時之需，她又問那家商店，屈健士先生的潛水工具是不是在當地買的。

她得到的答案是否定的，商店主人用十分神秘的語氣告訴她，屈健士先生所用的一切潛水用品，全是直接從美國運來的。

當她們在商店中的時候，那兩個跟蹤者就站在對街，木蘭花略轉過頭去，隔著櫥窗玻璃打量著他們兩人。

4 老虎非克

那兩個人是白人，衣服並不很整齊，從他們站立的姿勢來看，一望而知他們決然不是受過高等教育的人，而只不過是流氓！

這幾點，和屈健士先生手下的人卻是不大相同的。

到目前為止，木蘭花他們接觸到的屈健士的手下，幾乎全是黑人，而且也全是彬彬有禮，服裝整齊，和那兩個跟蹤者是大不相同的。

木蘭花又轉回頭來，向商店主人問道：「對街的那兩個人，你可認識麼？他們一直跟著我們，我想要通知警員來對付他們了。」

商店主人抬頭看了一眼，道：「這兩個粗魯的傢伙，如果他們對小姐有什麼不利的話，只管通知警員好了，一點別便宜他們。」

「你認識他們？」

「他們是非克先生的船員。」

「誰又是非克先生？」

「一個美國遊客，有著一艘十分豪華的遊艇，據說他是美國德克薩斯州的一個大牧場主，但是卻又十分喜歡海洋，每年都來牙買加渡假。」

「謝謝你。」木蘭花付了錢，走出了商店。

她在走出門口的時候，低聲道：「秀珍，如果那兩個傢伙再跟在我們後面，我想你應該知道怎樣對付他們的。」

穆秀珍磨掌擦拳道：「我早就知道了！」

木蘭花笑了一下，仍然推著輪椅向前走去，穆秀珍故意落後了些，那兩個傢伙又跟了上來，木蘭花加快了腳步，迅速地轉過了街角，穆秀珍也跟著轉了過去，但穆秀珍立時在街角處站定。

她一站定，便聽得一陣腳步聲奔了過來。

那顯然是那兩個跟蹤者怕失去了她們的蹤跡，急步跟了上來，穆秀珍早已準備妥當，就在第一個人將轉過牆角時，她突然伸足攔去。

那人猝不及防，撞在穆秀珍的小腿上，身子向前一俯，穆秀珍伸手按住了那人的後頸，用力向下一按，那人一個「狗吃屎」，重重地跌在地。

在他身後的另一人見勢不妙，他也算是十分見機，立時站定了身子，但是穆秀珍已然揚起手來，在他的臉上重重摑了一掌！

那人的身子一晃，穆秀珍一伸手，已抓住了他胸前的衣領，用十分不客氣的話罵道：「賊種，為什麼要跟在我們的後面？」

跌在地上的一個，已經站了起來，但是穆秀珍如何肯放過他，飛起一腳，重重踢在他的小肚上，令得他又立時痛得彎下腰去。

另一個面色蒼白，穆秀珍一揮手，那人踉蹌向外跌去，撞在一根電燈柱上，令得他抱住了電燈柱，好一會難以站直身子！

穆秀珍拍著手，道：「不怕死的，只管再跟我們！」

安妮笑著道：「秀珍姐，你真行！」

這一場打鬥的時間雖然短，但是卻也吸引了不少路人，大家看到一個中國女郎將兩名大漢打得無還手之力，也一齊鼓起掌來。

穆秀珍也覺得十分有趣，向眾人抱了抱拳，像是她是走江湖賣藝的人一樣。木蘭花向她使了一個眼色，穆秀珍連忙向前走去。

木蘭花低聲道：「如果他們繼續要找麻煩的話，一定仍然會跟了來的，我們到前面的露天咖啡座上去等他們光臨好了。」

她們三人向前走著，來到了一個露天的咖啡座上，有一隊三人樂隊，正在彈奏著熱烈的西印度音樂，穿得花花綠綠的黑人女侍在穿來插去，她們來到了一張桌子旁坐了下來。

她們才坐下之後不久，便看到七八個大漢氣勢洶洶地走了過來，帶頭的兩個，正是剛才捱了穆秀珍打的那兩人，其中的一個，半邊臉上還又紅又腫，腫起老高，那是穆秀珍剛才重重摑了他一掌的結果。

那七八個人一到，任何人都可以知道他們是存心來生事的，連那隊樂隊也立時停止了演奏。

木蘭花若無其事地斟滿了一杯咖啡，笑著道：「安妮，等一會我們或者不能照顧你，希望你能自己照顧自己，你和我們在一起之後，還沒有機會看過我們大開拳腳，今天可有熱鬧看了。」

安妮笑著點頭，道：「你放心，我會照顧自己的。」

木蘭花端起杯子，喝了一口，一個大漢已經站到了她的身後，看那個大漢的樣子，像是伸手想搭住木蘭花的肩頭。可是，他才一伸出手來，木蘭花的右手已突然向後揚去，手中滿滿的一杯滾熱的咖啡向後潑了出去，潑在那人的臉上！

那人發出了一下呼叫聲，雙手掩著臉，忙不迭向後退去，而木蘭花則已霍地站了起來，穆秀珍立時躍身跳了過來，和木蘭花背對背而立。

那一個人冷不提防便受了傷，其餘七個大漢怒叫著，口中不斷地罵著，可是卻沒有一個人敢衝過來，就在那劍拔弩張之際，突然一輛小型跑車疾馳而來，那輛跑車來得如此的急，以致衝翻了兩張桌子，才停了下來。

而一停下之後，車中便跳出了一個身形極高的男子來，那男人穿著一件花襯衣，手臂上全是黑茸茸的體毛，足有七呎來高，身形壯碩之極！

當他一出現之後，那七個人立時向後退去。

木蘭花和穆秀珍互望了一眼，木蘭花低聲道：「這一定就是那個非克先生了！」

那大漢直來到了木蘭花和穆秀珍兩人的身前，伸出手來，但是木蘭花和穆秀珍卻不去和他握手。

非克訕訕地一笑，縮回手去，道：「這是誤會了，整個京士頓的人都在說，屈健士請到了兩位東方女俠，我也想一瞻風采，所以——」

木蘭花打斷了他的話頭，道：「所以你便派了兩個手下來跟蹤我們？」

「那是誤會，我只不過吩咐我的手下，如果有機會和兩位交談的話，那麼就請兩位到我們的遊艇上來，讓我能結識兩位東方女俠。」

木蘭花冷笑著，道：「原來是這樣，你一定就是非克先生了。」

「正是，正是，約翰．非克，美國德克薩斯人。」非克自我介紹著，「旅行是我的愛好，而我更愛好在西印度群島旅行。」

「為了什麼？」木蘭花不客氣地問。

「那自然是為了它們的風光好，太美麗了，是麼？」

木蘭花的態度仍然十分冷漠，道：「不是為了加勒比海的海底，有著很多吸引人的寶物麼？」

非克的面色變了一變。

就在這時，兩輛大房車駛到了近前，車門開處，跳出了七八個黑漢子來，一齊奔到了木蘭花和穆秀珍兩人的身前。

其中一個道：「小姐，聽說你們出了些意外，屈健士先生命令我們來保護你的，什麼人敢對你們沒有禮貌？」

木蘭花笑著道：「沒有什麼，我們還不至於軟弱到要人保護，什麼人惹我們，吃虧的只會是他自己，而不會是我們！」

那七個黑人一趕到，非克已帶著他的船員退走了，他自己又靠著那輛小跑車，以極高的速度駛了開去。

木蘭花道：「我們也該回去了。」

穆秀珍嘆了一聲，說道：「可惜，未曾大打出手。」

木蘭花大有深意地道：「你放心，一定還會有事的！」

當木蘭花等三人，回到了屈健士豪華的住宅前面時，只見屈健士已在門口等候了，他的精神顯得十分疲倦，眼中也佈滿了紅絲。

他一見到了木蘭花，立時迎了上來，道：「究竟發生了什麼事？」

從他的神情來看，他對木蘭花三人的安全十分關心。

木蘭花微笑著道：「沒有什麼，只不過是和一個美國遊客的幾個船員打了一架。」

屈健士像是十分不滿意，道：「你們是我的貴賓，其實不必要在街頭和別人起衝突的，有什麼事只管通知警員好了。」

木蘭花只是笑了笑，將話題岔了開去，道：「你昨天晚上一定是在通宵工作的了？地圖是不是已繪製好了，那我們最好快些行動。」

屈健士先生的神情立時興奮了起來，道。「已繪製好了，請跟我來看，如果要開始工作的話，那我們現在就可以到我的遊艇去，我們可以在遊艇上研究行動的計劃，反正一切工具都是現成的，隨時都可以使用，不知你的意思如何？」

木蘭花笑道：「我是最性急的了，那正合我的意思。」

屈健士先生揮著手，高聲叫著道：「準備好車子！」

那輛華貴的黑色大房車，在不到一分鐘之內，便由穿著制服的司機駕駛著來到了面前，他們四個人一齊登上了車。

車子在寬闊、潔淨的街道上駛著，二十分鐘之後，便停在碼頭邊上，海中停著很多遊艇，大大小小，不下數百艘之多。

但是從外形來看，卻沒有一艘有屈健士先生的那一艘那樣壯觀的。

然而，當木蘭花在登上了遊艇，站在甲板上四下觀看之際，她卻指著不遠處一艘外表看來相當殘舊的遊艇，道：「這是一艘性能十分高的船，這艘船的主人是誰？」

屈健士皺起了眉，他對木蘭花的話顯然不表同意。

在木蘭花身後的一個船員答道：「那是一個美國遊客的船，船主是非克先生！」

木蘭花點了點頭，道：「請給我望遠鏡。」

屈健士道：「這是一艘舊船，不值得注意。」

可是木蘭花還是從船員的手中接過了望遠鏡來，向那艘舊船望去。

她第一眼就看到船上有一個身形十分高大的人，也正用望遠鏡在向自己觀察，而他有點狼狽地躲到了船艙去。從那人高大的身形來看，他應該正是非克先生。

木蘭花繼續觀察著船身的構造，她足足看了三分鐘之久，才放下望遠鏡，道：「屈健士先生，你的觀察錯誤了，我敢斷言，那是整個港灣中最好的一艘船，在全世界性能優良的遊艇中，這艘船至少也可以輪到第三位了！」

屈健士面上現出不信的神色來，為了禮貌的緣故，他不便和木蘭花辯駁，但是他還是不以為然地道：「比我的遊艇還好？」

「好得多！」木蘭花卻不客氣地回答，「它的速度至少是你這艘遊艇的一倍，而且，據我的觀察，它可以在最短時間內變成一艘潛艇。」

屈健士失聲地叫了起來：「一個遊客要那樣性能的遊艇做什麼？」

「你問得對，所以，我們可以得出一個結論，這位非克先生，絕不是普通的遊客，極可能他就是我們的敵人，今早在市區和我們發生衝突的，就是他手下的船員，我們一進入市區，他就派人跟蹤我們，後來他又自己現身，屈健士先生，你船上有無線電話麼？」

「有的，你要——」

「我要向國際警方調查一下這位非克先生，看看他究竟是什麼來歷，安妮，你負責這件事，我們和屈健士先生去研究地圖。」

屈健士連忙命令一位船員，帶著安妮到通訊室去，而他自己，則帶著木蘭花和穆秀珍來到了船艙之中。

不消說，船艙中的一切都是極其豪華的，當人走進船艙中的時候，只像是走進了一所華麗的別墅，而絕不像是置身於一艘船上。

屈健士自他的上衣袋中取出了一個信封，自信封中取出一張小心摺疊好的地圖，攤了開來，道：「我繪製好了這地圖，就小心藏在身邊，而我在繪製的過程中，是十分秘密的，絕沒有人知道——我自然不想步昆格上校的後塵。」

「當然。」木蘭花湊過頭去看那地圖。

地圖是繪在極薄的一種紙上的，是以打開來之後，鋪滿了那張方桌，地圖上是加勒比海及海中的島嶼，還有兩條紅線，一條是「大將號」的原定航程，另一條則是牙買加方面海軍護航艦的路線。

一個紅色的圓點，表示護航艦見到「大將號」的地點。然後，一行藍色的虛線，表示「大將號」繼續它的航程。而在那藍色的虛線延續了吋許之後，便是那場颶風的行進路線和波及的範圍。

屈健士解釋著，道：「這一切資料全是十分可靠的，尤其是風力和風向的資料，那場颶風的風速，估計每小時二十五里，『大將號』一定被吹離了航線，向西飄去，我們幾乎可以肯定它離開航線的地點是在這裡——」

屈健士指著地圖上一個綠色的圓點。

木蘭花點著頭，道：「是的，那麼剩下來的問題，就是『大將號』在颶風之中可以支持多久方才沉沒了，對不？」

「是的，我和昆格翻查過不少資料，也問過對古代船隻的性能十分有研究的人，他們都認為，在那場颶風之中，『大將號』可能支持七小時到十小時，那麼，『大將號』沉沒的範圍，應該是在這個黃色虛線所劃的圓圈之內。」屈健士先生指著地圖。

他手指所指的那個黃色圓圈，直徑大約是一百海浬，位置是在牙買加以東，海地以南。

木蘭花道：「那是說，如果『大將號』真的支持了七小時到十小時，如果它支持得更久，或者是支持得不足，那麼，它沉沒的地點便不在這個圓圈之中了。」

屈健士先生點頭道：「是的。」

穆秀珍本來是滿腔熱誠的，可是在聽了屈健士對他繪製的地圖作了詳細的解釋之後，她卻已經洩了氣，道：「天……要在一百海浬的範圍之內，找一艘沉沒了幾百年的船，那實在和找一枚針差不多，更何況沉船可能還根本不在那範圍之中！」

屈健士似乎有點尷尬，他攤開了手，道：「可是，小姐，我相信我所繪製的這張地圖，已是『大將號』沉沒以來，對它的沉沒地點所能作出的最正確的估計了！」

穆秀珍望著木蘭花，看她的神情，分明是對這次搜尋工作已不感到多大的興趣了，但是木蘭花卻全神貫注地望著地圖，並不理睬她。

木蘭花足足看了五分鐘之久，才道：「請將地圖收起來。」

然後，她靠在沙發之上，閉起了眼睛，也不知她心中在想些什麼。

穆秀珍等了兩三分鐘，實在忍受不住了，才問道：「蘭花姐，你在想什麼？我看，那幾乎是沒有可能找得到的，我們不如——」

木蘭花突然睜開眼來，伸手拍了拍穆秀珍的肩頭，道：「秀珍，越是沒有法子做得到的事，我就越有興趣，你如果想退出的話……」

木蘭花故意不說下去，穆秀珍立時道：「誰想退出？」

木蘭花笑道：「那就好了，屈健士先生，還不啟航？」

「是！」屈健士先生平時頤指氣使，是發慣了命令的，但這時，他卻自然而然接受了木蘭花的命令，取出了無線電對講機，道：「啟航！」

遊艇拉起了汽笛，在「嗚嗚」的汽笛聲中，遊艇已向外駛了開去。

就在遊艇開動之後不久，安妮控制著輪椅，也來到了船艙之中。

她一進船艙，便道：「蘭花姐，那位非克先生在國際警方有十分詳細的檔案，他的正式名字叫泰格·非克，就是老虎非克。他雖然在美國德州有一個大牧場，但是他實際上卻是——」

木蘭花突然插了一句口：「他是西班牙人。」

安妮訝異地望著木蘭花，木蘭花微微一笑，道：「那沒有什麼可奇怪的，我們都聽過他講話，他的口音中有濃重的西班牙音。」

安妮點點頭道：「是的，他是西班牙人，而且還是西班牙貴族，在西班牙的共和革命成功之後，他曾帶著大量財寶逃到北非，在那裡收買了幾族的北非土人，但隨後，他又到過義大利，和黑手黨搭上了關係，曾居黑手黨的高位，他就是在那時候到美國的。」

木蘭花道：「他可有犯罪的記錄？」

「沒有，一點犯罪記錄也沒有，在美國，他是大牧場主人，他的經濟情形相當好，為了他女兒十五歲生日，他派出兩百架飛機，到世界各地去接貴客到他德州農莊的巨廈中，去參加他女兒的生日舞會，那是三年之前的事，他的嗜好是旅行，他是無國籍的，但是卻持有摩納哥發出的護照。」安妮一口氣講到這裡，才頓了一頓。

木蘭花點頭道：「很不錯，我們已知道他的底細了，但對他來牙買加的目的卻還不知道，屈健士先生，請你和你在京士頓的手下聯絡，叫他們切實留意老虎非克那艘船的行動，最好能製造一些事端，在我們行動期間，使港務當局扣留他的船，不讓它出海。」

屈健士先生咧開了嘴，露出了兩排雪白的牙齒來，道：「那太容易了，我甚至可以設法連他人也扣留起來的。」

木蘭花道：「好，請去進行！」

屈健士先生退出了船艙，木蘭花走前幾步，拉開了窗簾，那艙是在遊艇的艇首部分，前面是半圓形的，而那半圓形的部分，全是玻璃的，所以，當窗簾移開之後，身在艙中，和身在甲板之上可以說是完全一樣的，碧藍的天，碧藍的海，看得人心曠神怡！

穆秀珍卻在咕噥著道：「我看我們是在白費時間，上次到非洲去找寶藏，資料那麼詳細，結果也還不是空手而回？還虧了不少本！」

木蘭花笑道：「可是我們找到了寶藏啊！」

穆秀珍道：「還提它呢，不提反倒沒有那麼的氣人！」

木蘭花道：「你不要提不起精神啊，昆格隊長說過，你是世界上最好的潛水家，在海底找尋寶藏，一大半要靠你來努力了！」

穆秀珍聽得木蘭花那樣說，心中又高興了起來，甚至哼起歌曲來，道：「我們大約要多久才能駛到估計的沉船範圍？」

「大約明天早晨。」屈健士已經走了回來，回答著。

木蘭花道：「所以，我們今天可以好好地休息一下，等休息夠了，再開始工作，屈健士先生，請先帶我去參觀你準備好的一切工具。」

「好！好！」屈健士先生沒口的答應著。

等到木蘭花看過了一切應用的工具，而她認為滿意之後，天色已黑了下來。

雖然是在船上，但是他們享受的晚餐仍是極之豐盛的，連一向食量不大的安妮，也吃完了整整一隻大龍蝦！

在一望無際的海洋上，太陽才一浮上來，海面之上便充滿了光明，木蘭花坐起身來，拉開了一角窗簾，向外看去，只覺得遊艇像是浮在充滿了金光的雲端一樣。

遊艇的速度相當高，這從船首濺起的浪花可以看得出來。

木蘭花叫醒了穆秀珍和安妮，當她們梳洗完畢之後，屈健士已派人來請她們了。她們一齊到了甲板上，享受著早晨的陽光。

木蘭花道：「我們不如等船駛到那圓圈的中心才開始工作，早餐之後，休息一會，就可以開始潛水了，這一帶的海事資料呢？」

「有，吃完早餐，我們進行研究。」

木蘭花不再說什麼，他們一齊用完了早餐，船員已將各種應用的工具搬了出來，木蘭花和穆秀珍一齊研究著海事圖。

她發現，這一帶的海水，有的地方雖然相當深，但卻是潛水的好地方，因為從來也沒有鯊魚出現的記錄，也沒有洶湧的暗流。

他們研究了半小時，屈健士先生已然穿上全副潛水配備，遊艇也已停止前進，木蘭花和穆秀珍也換上了潛水裝備。

他們每一個人都攜帶一具水底推進器，而靈敏度極高的金屬波探測儀，就裝置在水底推進器的前端，如果水底有金屬，表針就會轉動。

他們三人之間可以隨意通話，因為他們的頭罩上有無線電通話系統，他們也配備了水底的武器，以防海底的大魚來襲。而且，他們的身上也有著無線電波發射儀，在船上的安妮，可以在一大幅示蹤屏上，得知他們離船的距離和方向。

他們和安妮之間也有著通話系統，如果遇到了危險，隨時可以呼救。海底的一切，是最難預測的，所以他們必須加強安全措施。

他們三人相繼下了水，海水澄澈得像是一整塊綠玉一樣，而他們就在綠玉之中前進。他們一下了水之後，就四下散了開來。

穆秀珍雖然是極心急的人，可是這時，她卻一點也不心急，因為她知道，在海底要找一艘沉船，絕不是三天兩天可以有結果的事情！

別說現在，根本沒有正確的沉船地點，就算有，幾百年來，海底沙床的變遷，也可能將沉船深深地埋在海底，難以看得到。

明知急也急不出來的事，穆秀珍自然是不會著急的，她本就喜歡潛水，是以一下了水，便向下沉去，一直沉到了海底。

她看了看海底的深度表，水深三百七十呎。

在海底的岩石上，佈滿了各種美麗之極的海葵，穆秀珍一沉下去，張開的海葵都吃驚地收了攏來，令得一大叢小魚自海葵叢中游了出來。

那一大群美麗的小魚，就在穆秀珍的身邊打轉，穆秀珍伸出手指來，就可以碰到牠們的身體，穆秀珍樂得「哈哈」笑了起來。

她一笑，便立時聽得木蘭花道：「秀珍，你做什麼？」

穆秀珍道：「一大群的魚圍著我轉，我覺得很好玩。」

木蘭花也忍不住笑了起來，她道：「秀珍，我們不是來玩的，你要留意我們的任務，別錯過了可以發現沉船的機會！」

穆秀珍道：「當然，我知道！」

雙手扶在水底推進器中前進，是一點也不費力的，人的感覺就像是在雲端上一樣，十分舒適，而且雲端也決不會有眼前如此美景。

這一天，他們一直到海底下開始暗了下來時，才在海底會合，屈健士又通知遊艇，駛到他們會合的地點來，登上了艇。

當然，一下午的搜索，並沒有結果。

他們三人中，也沒有什麼人感到氣餒，因為他們誰也不會存著在一個下午就發現沉沒了幾百年的沉船的想法，他們互相交換著意見，興高采烈。

但是，在十天之後，他們仍然一無所獲之際，穆秀珍便已經有點沉不住氣了。

那一天黃昏時分，她上了甲板，脫去了頭罩，便大聲道：「我看，那黃色圓圈範圍內的海域，我們全已找遍了吧，唉，日日浸在深水中，滋味可也不怎麼好受，昨天晚上，我就做了一個惡夢，夢見我自己變成了一條魚！」

木蘭花和屈健士在搜索了十天而毫無結果之後，自然多少也有點失望的心情，可是聽得穆秀珍說她做夢變成了一條魚，他們不禁哈哈大笑起來。

但穆秀珍卻並不覺得好笑，只是瞪著他們。

安妮在一旁卻突然道：「秀珍姐，如果你已厭倦了潛水，那麼……那麼……可不可以讓我來代替你？」

安妮顯然是鼓足了最大的勇氣，才提出了這個提議來的，是以當她講出來的時候，她的臉漲得十分紅，木蘭花等三人立時向她望來。

「不要用那樣的眼光望我，」安妮急急地道：「在水中，我可以握緊水底推進器，我也懂得如何操縱它，那還不可以麼？」

穆秀珍雙眉一揚，立時向木蘭花望來。

木蘭花點頭道：「理論上是可以的，但是你一點潛水的訓練也沒有，只怕會發生危險，還是不要冒險的好！」

安妮的雙眼之中含滿了淚，道：「蘭花姐，你想想，秀珍姐十天來不斷地潛水，她就感到了厭煩，而我，十年來一直坐在輪椅上！」

屈健士也道：「我認為可以給她試試。」

穆秀珍道：「明天我和安妮一齊下水，三天之後，她就可以單獨行動了。」

木蘭花道：「好的，我留在船上。」

「可以由我的船員在船上照料一切。」屈健士提議。

但是木蘭花卻立時表示不同意，她道：「不，船上的工作關係著潛水者的安全，我不敢將那麼重要的工作委託給別人。」

屈健士沒有再說什麼，一切就那樣決定下來了。

第二天，安妮一早就醒了，她一生之中，從來也未曾接觸過如此遼闊的大海，是以她心情的迫不及待和興奮，是人人皆知的。

為了安妮，他們提前了半小時下海，木蘭花在船艙中注視著示蹤屏，和穆秀珍通著話，通話器中，不斷傳來安妮喜悅的叫聲。

一切都很順利，木蘭花的工作是很單調的，她有時間可以去想一想，她首先想到屈健士所繪製的那一張藏寶地圖。

如果屈健士得到的資料是正確的，那麼，根據那些資料繪製而成的地圖，自然也是合理的。然而，原始資料卻已全隨著昆格的被殺而失去了。

木蘭花對屈健士的疑心也未曾去盡，可是這十天來，屈健士的行動並沒有什麼可疑的地方。

那也並不使木蘭花更感到意外，因為木蘭花知道，就算屈健士另懷鬼胎，要對她們不利，那也必然是在發現了沉船，找到了埋在海底的寶物以後的事！

木蘭花自然也想到了那個不尋常的人物非克，不管非克的目的是什麼，能將他扣留在京士頓的港口，不讓他行動，總是好事。

木蘭花更將這十天來在海底所見的情形，詳細回想了一遍，如果沉船是在這裡的話，那麼應該被發現了，為什麼還一無所獲呢？

5 承認失敗

木蘭花正在想著，突然聽得甲板上傳來一陣船員奔動的腳步聲，接著，一個船員便來到了艙房門口，道：「有一艘船正在接近我們。」

木蘭花一怔，道：「什麼樣的船？」

「像是非克先生的遊艇。」另一位船員道。

木蘭花深深吸了一口氣，道：「我們船上可有武裝？」

大副也在這時候來到了艙口，他答道：「有的。」

「通知全船船員，武裝戒備！」木蘭花一面說，一面跨出了艙房，來到了甲板上，她不必用望遠鏡，也可以看到那艘船了。

那是非克先生的遊艇，正以相當高的速度向前駛來。

木蘭花回頭看了一眼，看到船員都持著武器，站在有利的地方，大副則站在她的身後，木蘭花道：「發信號給他們，說我們不歡迎接近。」

大副立即轉達了木蘭花的命令，信號被發出去，對方回答的信號也立即傳來，大副道：「非克船長請求登船，有要事商量。」

木蘭花略想了一想，道：「好的，叫他立時停船，他自己一個人搭小艇上來，我可以見他，如果不是他一個人，我們立時開槍！」

大副點著頭，又將木蘭花的話譯成信號，拍發了出去，木蘭花則已回到了艙中，將非克要來的事和屈健士、穆秀珍說了，然後道：「你們快回來，在水底要當心被人暗算，非克的來意可能不善，但我會小心應付他的！」

當木蘭花吩咐完了之後，她已看到非克的遊艇停止了前進，而一隻小艇正飛快地向前駛了過來，艇上的確只有非克一個人。

十分鐘之後，非克在監視下登上了遊艇，被大副帶到了船艙中，在這十分鐘之內，木蘭花已命令六名船員潛水前去接應穆秀珍她們。

非克神情瀟灑地走進了船艙，道：「我來得實在太突兀了，真抱歉，請原諒我的拜訪，同時，我要來說一聲，我是在港務官的監視下逃出來的。」

木蘭花淡淡地道：「是麼？你違反了港務官的監視，以後你再想到牙買加來，便不免有點困難了，我勸你還是回去自首的好。」

非克有點放肆地笑著，道：「小姐，你們的手段未免太惡劣了吧？老實說，對於『大將號』的沉寶，我本來是沒有興趣的。」

木蘭花的態度仍然十分冷漠，她道：「那麼，不消說，現在你一定已改變了看法，而變得對之十分有興趣了，是不是？」

「對的，因為我獲得一些資料。」

木蘭花呆了一呆，她有點意外，因為她料不到非克竟會那樣講，他那樣講，豈不是承認了他和昆格隊長的被謀殺有關係？

木蘭花「噢」地一聲，說道：「原來是你下的手！」

這一次，卻輪到非克發呆了，他怔了一怔，道：「什麼叫我下的手，那是什麼意思？我完全不明白你是指什麼而言。」

「你得到了資料，當然是從昆格上校那裡得來的了？」

「昆格上校是他媽的什麼人？」非克顯得十分不耐煩，是以他脫口講了一句十分粗俗的話，「我從來也沒有見過他。」

「你不必見過他，」木蘭花的聲音變得十分嚴厲，「因為你是用長矛在背部將他插死的，現在，你或許記起誰是昆格隊長了？」

非克又呆了片刻，突然怪聲笑了起來，道：「是的，我聽到過這件案子，但那是我這一次到牙買加前兩天發生的，案子發生之時，我正在古巴，有一百個以上的人可以證明這一點，而且我絕不知道那個死者握有『大將號』沉船的秘密！」

「哦，」木蘭花多少有點尷尬，「那麼，你獲得的『大將號』沉船的資料是怎麼來的？是有人向你兜售，還是你拾到的？」

非克卻並不回答，只道：「請你看看這個，小姐。」

他將一隻牛皮紙信封遞到了木蘭花面前。木蘭花看到信封上寫著「非克先生收」幾個字，她搖頭道：「你將信紙取出來念給我聽好了，我不會碰你給我的東西的。」

非克聳了聳肩，將信紙取了出來，念道：

「非克先生，隨信附上一份有關『大將號』沉船的原始資料，屈健士和那兩個東方女子，正是根據這份資料在尋找『大將號』的沉船，或許你會奇怪何以我會給你那些資料，我的目的是十萬美元，那是非常值得的，等我取到了十萬美元之後，我還會將資料的最重要部分送上。如果你答應了我的要求，請將十萬美元的支票，寄到京士頓第七街郵局，賓臣先生收，我會去取信的。」

木蘭花道：「你付出了十萬美元？」

「是的，在寄出支票之後的第三天，我又接到了另一些資料，那的確是可以導致尋獲『大將號』沉船的，你認為我們是合作好呢？還是各管名的好？」

木蘭花冷笑著：「如果合作，你拿什麼來入股呢？你所得的資料，對我們來說，並不是什麼新得從未聽過的東西。」

木蘭花講到這裡，甲板上人聲嘈雜，屈健士和穆秀珍他們已經回來了，他們不及除下潛水設備，便已經走進了船艙之中。

木蘭花指著非克道：「這位是非克先生，他想成為我們尋寶集團中的新股東，我正在問他，他憑什麼想加入作為股東！」

屈健士先生對非克怒目而視，現出明顯的敵意來。

「我有那些資料，而我也研究過那些資料，我可以單獨進行的，但如果我單獨進行的話，你們可能一點希望也沒有了。」

「你只管去進行到夠，快離開我的船！」

非克站了起來，他有點陰森森地道：「我們會在海中遇到的，屈健士先生，你可以想一想，那時的情形或者會十分尷尬！」

屈健士怒得緊揑了拳頭，看樣子想一拳揮過去！

非克也知道多留下去，只怕要吃眼前虧，是以他急急向外走去，但木蘭花卻叫住了他，道：「等一等，我有一個問題。」

非克站定了身子，木蘭花道：「如果你不能和我們在一齊進行搜索，那麼，你打算如何，可以告訴我們麼？」

非克笑了一下，道：「『大將號』沉在海底已有好幾百年了，它是無主之物，每一個人都可以得到它，我們如果不合作，我自然只好單獨進行了！」

屈健士大怒叫道：「你就是殺害昆格隊長的凶手！」

非克冷冷地望著屈健士，道：「你的指責在這裡不起作用，這裡已是公海，不但你的指責沒有作用，連你的誣陷也沒有用了。」

屈健上突然冷笑道：「可是你忘了，你在我的船上！」

他一面說著，一面陡地一揮手，立時有四名大漢一齊向前踏出了一步，將非克圍住，但是非克卻是神色自若，面上掛著一個冷笑。

屈健士重複道：「你在我的船上，我可以將你帶回京士頓去。」

非克滿不在乎地聳了聳肩，道：「你究竟不是牙買加的皇帝，牙買加還是有法律的，而且，只怕你也不能將我帶走。」

「為什麼？」屈健士怒吼著。

「因為如果我再不回自己的船上去，我的船員會不耐煩，自然會對你的船展開攻擊，我想這種攻擊，絕不是你的船能夠抵禦的！」

屈健士冷笑道：「好像你自己可以置身事外一樣？」

非克攤開雙手，道：「我是無所謂的，你應該知道，我是亡命之徒，有什麼關係？而你，如果放棄了目前的地位，卻太可惜了！」

屈健士的怒意越來越甚，但是他還是向木蘭花望來，因為在他們發生爭執時，木蘭花一直保持著沉默，並沒有出什麼聲。

木蘭花開了口，她的語調十分緩慢，道：「非克先生，希望你不要過高地估計自己的力量。還有，我們已決定絕不與你合作，也沒有不讓你去單獨尋找『大將號』的沉船，但是如果你要和我們為難的話，那麼這將是你一生之中最大的錯誤！」

非克揚起眉來，他那種神情，和他「老虎非克」的名字倒是十分相配的，他道：「謝謝你的忠告，我可以走了麼？」

「再見。」木蘭花簡單地回答。

屈健士像是要說什麼，但是非克已向船舷走去，落到了那小艇之中，接著，小艇的引擎發動，小艇便已鼓浪而去，離開了屈健士的遊艇。

屈健士兀自憤然道：「這傢伙實在太可惡了，他如何會獲得那些資料的？如果不是他殺了昆格上校，他如何會獲得那些資料？」

木蘭花卻像是對這個問題一點也不感到興趣，道：「他說，他是花了十萬美金，向一個不知名的神秘人物買來的。」

「他的話可靠麼？」屈健士進一步地問。

但是木蘭花卻不想再討論這問題了，她轉變了話題，道：「屈健士先生，請你吩咐你的船員，用長程望遠鏡嚴密監視非克的遊艇。」

「好的，我們的行動怎樣？」

「今天先停止工作再說。」木蘭花轉身走進了艙中。

穆秀珍和安妮忙跟著木蘭花一齊來到了艙中，她們兩人都可以看得出，木蘭花剛才對非克如何獲得那些資料這件事，似乎一點也沒有興趣。但是，實際上，她心中正在竭力思索這一個問題，而這個問題，和昆格隊長之死，自然也有著莫大的關係！

穆秀珍心中有很多話想問木蘭花，可是一進了艙，木蘭花便道：「不要來煩我，我要休息一會，看看書。」

她在床上躺了下來，果然全神貫注地看起了書來。

穆秀珍忍住了話不說，可是當她向木蘭花所看的書看了一眼時，她心中卻大是有氣，因為木蘭花這時在看的那本書，是和她們這次行動一點也沒有關係的一本古典文學。

穆秀珍賭氣推著安妮，又來到了甲板上，道：「安妮，我們再潛下水去玩玩吧。」

安妮猶豫道：「那……不好吧，蘭花姐會不高興的。」

「讓她去不高興好了，」穆秀珍故意大聲道：「在加勒比海上，不去海中玩，卻躲在船艙中看書，大抵也只有她一個人了！」

安妮笑著，低聲道：「蘭花姐若是怪起來，我可不管。」

穆秀珍「啪」地在安妮的頭上打了一下，道：「小鬼頭，你自己想玩，就自己負責，你一生之中，可有試過比潛水更有趣的玩意兒麼？」

安妮想了片刻，也不得不承認道：「沒有。」

「那還猶豫什麼？還不快下水去！」

屈健士走了過來，道：「兩位要下水？剛才，非克和他的船員，一共是四個人，也下水去了，我看兩位還是暫時的避一避——」

屈健士的話還未講完，穆秀珍已然瞪起了眼，道：「屈健士先生，你如果怕他們，那麼，你就也躲在船上看書好了！」

屈健士的神情十分尷尬，他道：「我的意思是……兩位如果要下海，那最好別游得太遠，而且，也應該注意攜帶水底的武器。」

穆秀珍是十分任性的，她還想反駁屈健士的話，但是安妮卻搶著道：「是，我們知道了，請你在船上擔任我們的聯絡。」

屈健士鬆了一口氣，道：「好的。」

只花了十分鐘時間，穆秀珍和安妮雙雙配好了潛水設備，兩人一齊潛下水去，各自抓住了一具水底推進器，在八十呎的水深處向前推進著。

在岸上，安妮是殘廢人，但是到了水中，她靠著水底推進器的幫助，卻可以和穆秀珍那樣第一流的潛水家同樣地行動，她殘廢的感覺消失了。海水的浮力，使得她的身子在感覺上變得十分輕盈，她可以隨意地在水中來去，追逐著魚群。

因為安妮的體質究竟相當弱，而且她沒有適當的潛水訓練，是以穆秀珍雖然大膽，也不敢帶她到水太深的地方去，反倒是安妮，過不多久便沉了下去，要穆秀珍一再警告，她才肯浮上來。

兩人在初下水的時候，心中還多少有些忌憚，因為如果在海底遇到了非克和他的船員的話，那麼她們人單勢孤，雖然立時可以求救，但是等到救援的人趕到時，可能已吃了眼前虧了。

但是，時間慢慢地過去，在一小時之後，她們並未曾看到有別的人，海底美麗的景色也使她們忘記了擔憂，穆秀珍帶著安妮，越潛越深，已快接近海底了。

海底的細沙看來平靜之極，但有時也會起一陣騷動，那是由於一條魔鬼魚突然游了起來。

安妮和穆秀珍是在並肩前進著的，當一條足有一張圓桌大小的魔鬼魚，突然從離她們不遠處的海底游了起來之際，穆秀珍忙道：「小心！」

安妮立時減低推進器的速度。

那條魚實在太大了，以致將澄澈的海水弄得一團模糊，安妮和穆秀珍都向下沉去，一時之間，不敢胡亂游動。

揚起的海沙又迅速地沉了下來，細沙落在她們的身上，好像是在下雪的日子，雪花飄落在身上一樣，十分輕柔舒服。

三分鐘之後，海水又回復清澈了，那條大魔鬼魚也不知所蹤，穆秀珍和安妮也向上浮了起來。

就在她們浮起來之際，安妮忽然道：「秀珍姐，你看，那是什麼，海底好像有東西露出來！」

穆秀珍循著安妮所指的地方看去，只見在離她們約有十碼處，也就是剛才那條大魔鬼魚游起來的地方，在潔白的沙中，露出了一個黑色的尖角來。

那可能只不過是一塊岩石，但是也有可能那是一隻鐵箱的一角。穆秀珍剛在疑惑間，她們卻已聽到了屈健士的聲音。

屈健士問道：「你們發現了什麼？」

穆秀珍忙答道：「還不能肯定，我們要游過去看才知道，看來好像是一隻鐵箱的角——」

穆秀珍在講那兩句話之際，早已控制著推進器游了過去，她撥開了那尖角旁邊的沙，尖角露出更多，穆秀珍也叫了起來，道：「是一隻鐵箱，快告訴蘭花姐，那是一隻鐵箱！」

屈健士的聲音之中，也充滿了興奮，道：「有多大？」

安妮和穆秀珍兩人合力將那隻鐵箱自海沙之中提了起來，那隻箱子並不是十分大，看來像是一隻放首飾的箱子。

那箱子是銀製的，雖然它已全變成了黑色，而且上面附滿了各種各樣的貝殼，但是穆秀珍還是可以肯定那是一隻銀製的箱子。

她興奮之極，大聲報告著：「那是銀製的箱子，大約有一呎長，我已可以完全將它提起來了，它……它好像是有鎖的！」

穆秀珍捧著那隻箱子，略抖了一抖，箱蓋便脫了下來。

是以她立時又道：「箱蓋脫落了，裡面——」

屈健士的聲音，聽來像是他在尖聲嚷跳著，他問道：「箱子中有什麼？」

「裡面沒有什麼，」穆秀珍道：「只有半箱沙子。」

「沙中可有什麼？」

穆秀珍伸手在沙中掏摸著，她小心將沙揚去，兩分鐘之後，她從沙中摸出了一枚戒指來，她道：「有一隻戒指，十分小，看來像是小孩的。」

屈健士忙道：「你們在那地方別動，我將遊艇駛過來，如果非克和他的船員要接近你們，設法別讓他們接近！」

穆秀珍有點不高興，因為自始至終，都是屈健士一人在講話，她聽不到木蘭花的聲音，是以她忍不住道：「蘭花姐呢，你沒有告訴她？」

穆秀珍才一問出口，就聽到了木蘭花的聲音，道：「秀珍，我全知道了，你們暫時不必有行動，等船到了之後再說。」

穆秀珍已將箱中的沙全倒了出來，除了那枚戒指之外，還有一些腐爛了的黑色碎片，根本無法辨明那是什麼東西了。

安妮道：「秀珍姐，讓我看看那枚戒指。」

穆秀珍將戒指遞了給她，她套在自己的小手指上，道：「如果那是一個和我同年齡的孩子的，那麼，她一定和我一樣瘦弱了。」

穆秀珍將箱子放在海底，又撥挖著海沙，可是卻並沒有什麼發現，二十分鐘之後，她便聽到了屈健士的聲音，道：「現在我們在你的上面，等我派人潛下水來之後，請你帶著箱子潛上水來。」

穆秀珍剛想問，木蘭花的聲音也已傳到，道：「秀珍，照屈健士先生的話去做，我們要守住這地方，同時研究那箱子。」

不一會，八名全副潛水裝備的大漢已然潛了下來，穆秀珍將發現那銀箱子的地方指給他們看，她和安妮便帶著那箱子向上升去。

等到她們上了甲板時，屈健士先生連忙將那隻銀箱接了過去，而且，立時用稀硝酸液輕輕地擦洗著，不多久，那箱子上的花紋已經可以看出來了。

木蘭花則刷洗著那枚戒指，當她洗去了戒指上的污跡之後，發現那是一枚花紋十分簡單的金戒指，在戒指內圈，有一行很模糊的文字。

木蘭花用放大鏡仔細看著，只看出那是西班牙文，其中有一個字，好像是「女兒」。她抬起頭來，道：「你的意思如何，屈健士先生？」

屈健士黝黑的臉上透現出一股紅色來，他大聲道：「毫無疑問，那是自『大將號』沉沒的數百年來，沉船上的東西，第一次被人發現。」

木蘭花的神情卻十分鎮定，道：「你何以肯定那隻銀箱子是『大將號』上的東西？沉沒在加勒比海中的船隻，可不止『大將號』一艘。」

「你看這一行文字。」屈健士將銀箱送到了木蘭花面前。

在箱上有著一行西班牙文，那行西班牙文和戒指內圈的文字是一樣的，但是箱子上的文字，不必放大鏡也可以看得到，那是：「送給我親愛的女兒」。

「這能證明什麼？」木蘭花問。

「那是絕無疑問的了，在『大將號』上，有一位將軍的女兒，是從古巴回國去的，因為有她在船上，所以駐牙買加的西班牙艦隊才派艦隻出去護送『大將號』，才有了『大將號』最後的消息，而那首飾箱，毫無疑問，便是屬於那位小姑娘的！」

木蘭花點著頭，道：「或者是，但是你看這枚戒指。」

「那不是小女孩的戒指麼？這更可證明我的話了！」

「是的，但是那小女孩為什麼不將戒指戴在手指上，而要將之放在箱子中呢？你不覺得這有點不尋常麼？」木蘭花問。

屈健士先生笑了起來，道：「那不重要了，小孩子或許不喜歡戴戒指，或許她要將戒指放在首飾箱中，總之，我們已接近成功的邊緣了！」

木蘭花笑了起來，道：「或許你太樂觀了些，但是我也願意如此，那麼，我們該在發現那箱子的地方進行發掘探測了？」

「是的，我們要清去海底的沙，看金屬波探測儀的反應，我想我們一定會有收穫的。」屈健士先生已大聲發起命令來。

當天，他們一直工作到夜晚，但是他們的收穫卻只是在沙中，又找到了一塊生滿了貝殼的木板，那木板已被海水腐蝕得不能說明什麼了！

到天黑，他們才放棄了工作，但是那總算是十多天來最值得高興的一天，那隻銀箱子已被擦洗得乾乾淨淨，上面的花紋，是明顯的西班牙風格。

他們在用了晚餐之後，一齊在船艙中討論那個銀首飾箱何以會在這裡被發現的原因。屈健士堅持沉船一定就在附近，可是，屈健士也無法解釋何以金屬波探測儀一點反應也沒有，木蘭花則一直不出聲，只是皺著眉，像是正在想著什麼嚴重的問題。

他們也未曾討論出什麼要點來，到了午夜，各自道了晚安，便回到了船中。

穆秀珍看到木蘭花緊蹙著雙眉的樣子，忍不住道：「蘭花姐，現在多少已有發現了，何以你倒反而愁眉不展起來？我看我們離『大將號』沉沒的地點已經很近了！」

木蘭花淡然一笑，道：「我並沒有愁眉不展，只不過我想到，我們像是一到牙買加便跌進了一個圈套之中，一直到現在還未曾脫出這個圈套！」

「圈套？」穆秀珍和安妮都不明白。

「是的，你想想，我們根本在人家的圈套之中，怎麼會有什麼發現？你不必想得太樂觀了，秀珍！」木蘭花的話說得十分肯定。

但是木蘭花的話，卻更令穆秀珍感到了極度的疑惑，她提高了聲音，道：「可是，蘭花姐，我們已經有了很大的發現了啊！」

木蘭花只是笑了笑，並不出聲，又拿起了那本《白癡》來，那是俄國文豪托斯妥也夫斯基的名著。

木蘭花一拿起了書，穆秀珍便知道她是不願意再和自己討論下去的了，是以她做了一個鬼臉，自言自語的道：「我看至多再過十天，我們便可以成功了！」

十天，並不是一個很長的時間，一轉眼就過去了。

那十天，和開始的十天一樣，他們雖然每天都潛到海底去進行搜索，搜索的範圍也十分廣，但是卻什麼發現也沒有！

十天之後，不但性急的穆秀珍早已洩了氣，連一心想找到「大將號」沉船的屈健士先生，也宣布失敗，放棄搜尋了。

他們開始回航，第二天，他們意外地遇到了老虎非克的船，老虎非克正站在甲板上，在指揮著船員潛水。

當兩艘船駛近之際，屈健士和非克就相互譏嘲一番，屈健士並且對木蘭花道：「我可以肯定他找不到『大將號』的沉船，沒有人可以找得到它！」

木蘭花立即表示同意，道：「你說得對！」

穆秀珍和安妮心中都覺得很奇怪，一則，木蘭花對這件事的反應十分冷淡；二則，木蘭花不是一個肯承認失敗的人，但是在搜尋「大將號」的沉船這件事上，幾乎沒有經過什麼努力，而木蘭花卻已承認失敗，不再進行了，這是很罕有的事。

而更令得她們兩人奇怪的，是木蘭花早在十天之前，便預言她們是在人家布下的圈套之中，是絕不會有什麼成績的。而現在情形果然是那樣。

可是她們卻不明白，她們是在什麼人布下的圈套之中，是屈健士麼？屈健士自己不也一樣因為找不到「大將號」的沉船而失望？

然而，她們兩人也從木蘭花的神情上看出，木蘭花是決計不願在此時討論這個問題的，是以她們都沒有表示什麼意見。

第二天傍晚時分，她們回到了京士頓。

屈健士還堅持要她們再在島上盤桓幾天，但是木蘭花卻一定不肯去，要屈健士的車子直接送她們到機場去，去搭乘最早的一班班機。

她甚至不願再回屈健士的住所去，而只要屈健士派人去將她們的東西取來，屈健士送了許多禮物給她們，也全給木蘭花退回去了。

午夜時分，飛機起飛，一直到飛機已到了上空，穆秀珍才實在忍不住了，道：「蘭花姐，你葫蘆中究竟在賣些什麼藥啊？」

木蘭花笑了一下，道：「我要屈健士相信我們真的對尋找『大將號』的沉船再也沒有任何興趣，只求快些回家，你看我做得成功麼？」

穆秀珍呆了一呆，道：「蘭花姐，你是說，屈健士一直在騙我們？可是那有什麼好處？難道他不想要我們的合作麼？」

「如果他要我們合作的話，他也不會殺死昆格了！」

穆秀珍和安妮一齊吃了一驚，齊聲道：「蘭花姐——」

「你們不必大驚小怪，」木蘭花平靜地說：「當然，到目前為止，我沒有什麼確鑿的證據，一切都還只不過是我的猜想。」

她講到這裡，略頓了一頓，然後又補充了一句，道：「但是我的想像，卻是十分有根據的，你們可要詳細聽一聽麼？」

穆秀珍和安妮兩人，立時大點其頭。

木蘭花望著窗外，飛機正在穿過一大團白雲，在黑夜之中，高空上有一種昏朦朦的光芒，她道：「首先，我斷定屈健士要我們參加尋寶，全是做作，他的目的是要我們找不到寶物，從此對那件事再也不感興趣，那麼我們就不會成為他的障礙了！」

穆秀珍吸了一口氣道：「他是要趕走我們！」

「是的，如果他硬來，我們一定不肯走的，於是他就想出這個方法來，那隻銀箱，一定也是他故意沉下去的，他要使我們在略覺得有希望之後再放棄，那麼事情看來就更加真實了，我們自然也就不會再去懷疑他了！」

「蘭花姐，你根據什麼那樣說？」安妮問。

「那指環，安妮，你如果要和你父親分離，而父親送一枚指環給你，你會不將之戴在手上，而放在首飾箱中麼？當然不會的。」

穆秀珍和安妮一齊點頭。

木蘭花道：「屈健士這樣愚弄我們，已經十分可惡，何況昆格隊長又是我們的朋友，我們雖然離去，但決不是就此干休了！」

「那我們怎麼辦？」

「首先，我們去看昆格太太，昆格是在家中被人用飛矛刺死的，那種謀殺法，是黑人慣用的方法，而屈健士的手下全是黑人，自然是他主使的了，我想，昆格受襲之後，最早來到他身邊的，一定是昆格太太，我們去拜訪昆格太太，希望得知昆格的遺言。」

「可是這一班飛機卻是飛回本市去的。」

「不要緊，我們可以在下一站轉機，問一問空中小姐，飛機將在什麼地方停，我們準備下機，轉搭別班飛機去探訪昆格太太！」

6 坐山觀虎鬥

飛機首先是在西班牙的馬德里著陸的。

在馬德里的機場中，她們等候了兩小時，換上了另一班飛往遠東的飛機，同時，她們也通知了雲四風，叫他駛「兄弟姐妹號」去那裡會合，盡可能邀高翔同行。

昆格太太是當地的望族，昆格太太是一個受過高等教育，十分賢淑的女子，當她在古色古香的客廳中接見木蘭花她們的時候，她的頭上還戴著黑紗，她臉上悲戚的神情，也還未被時間沖淡，她的年紀看來十分輕，至多只有二十三四歲。

她聽到了木蘭花的自我介紹之後，一點也沒有驚訝的神色，只是淡淡地道：「蘭花小姐，在我的想像之中，你早該來了。」

木蘭花呆了一呆，立即道：「是的，我的確早就應該來的，然而事情多少有一點意外，你那樣說，是不是早有人告訴你，我們會來呢？」

「是的。」

「是誰告訴你的？」

昆格太太的眼圈紅了起來，道：「是昆格，那一晚上，他興沖沖地回家來，才坐下，一支長矛便穿過窗子，插進了他的背中……」

昆格太太講到這裡，雙眼已十分潤濕了！

木蘭花知道要昆格太太再詳細講一遍當時所發生的事，那是十分殘忍的，但是為了要弄清昆格的死因，卻又非說不可！

昆格太太顯然也明白這一點，是以她立時抹乾了眼淚，甚至還現出了一個十分堅強的神情來，道：「那是突如其來的，當時我就坐在他的對面，甚至還完全不知道發生了什麼事，接著，便是兩個蒙面黑人衝進來，將他帶回來的一隻公事包搶走。」

「是兩個黑人？」

「是的，是黑人，他們的行動十分快，我連忙奔到他的身邊，他只斷斷續續地向我說了幾句話，便支持不住，離我而去了。」

木蘭花深深地吸了一口氣，道：「請原諒我，你可以複述他講的每一個字麼？請不要遺漏任何一個字。」

「可以的，他第一句話就說你們一定會來找我的，他要我轉告你們一句話，千萬不要相信屈健士先生，他還說，他也欺騙了屈健士！」

「他也欺騙了屈健士先生？」木蘭花等三人齊聲問。

「是的，他那樣說，他說他留下了一些東西在他的抽屜中，他叫我小心保存那些東西，等到你們來的時候，轉交給你們。」

「他還說了些什麼？」

「沒有了，他說他很愛我，就死了。」

木蘭花沉默了片刻，才道：「那麼，請問他留下來的是什麼？你是不是帶回國來了？」

「是的，我去拿給你們，請稍等一等。」

昆格太太轉身走了進去，不一會，她就捧著一隻十分殘舊的皮盒子走了出來，將那皮盒子放在几上，道：「就是這個。」

木蘭花一看那隻盒子，就知道那是幾百年之前的古物，但是昆格留下那隻盒子，顯然不是為了盒子的本身，而是為了盒中的東西。

所以，木蘭花立時打開了盒子來。

盒子之中，是一疊早已發黃的紙張，第一張繪的是一艘大船，那是這艘大船的構造圖，繪得相當詳細，而且有文字說明。從那張構造圖來看，「大將號」是採取當時最新的造船術來建造的，它不但有一根極其沉重的鉛質龍骨，而且，七個船艙是不相通的。

也就是說，即使有三個艙灌滿了海水，這艘船仍然可以在極其惡劣的情形之下繼續航行。那可以說是極其重要的資料！

因為從構造圖來看，「大將號」在颶風之中，決計不止支持七小時到十小時，它可以支持兩天，三天，甚至可以安然渡過颶風！

那麼，屈健士的估計就完全錯誤了！而屈健士可能根本未曾看到那張構造圖，或許昆格當時已發現了屈健士另有所圖，並不是為了公益而去尋寶，所以他才將那幅圖藏起來的。

在那張圖下面的一疊文件，是在「大將號」沉沒之後，追究責任，審問督造「大將號」的官員和工匠的記錄，也十分詳盡。從各人的口供中，都一致認為「大將號」不是在加勒比海中沉沒，而是被那場狂烈的颶風吹到了一個不可知的所在！

這的確是一個重大之極的發現！

多少年來，由於這些口供的供詞，是在極其秘密的情形下錄取的，而事後又沒有公佈過，是以所有人只當「大將號」是沉沒在加勒比海之中！

但實際上，「大將號」就算沉沒了，也根本可能不是在加勒比海，而不知是在什麼地方，在加勒比海中尋找沉船，是永遠找不到的。

木蘭花看了一會，關上了箱蓋，道：「昆格隊長果然留下了極重要的東西，他臨死之際，不知道誰是殺害他的凶手麼？」

昆格太太搖著頭，道：「他不知道，他只是重複著，要我轉告你們，千萬不要相信屈健士先生，千萬不要。」

木蘭花緩緩地道：「請相信我們，我們一定會找到殺害他的凶手的，而且，我們也一定盡力設法替他報仇！」

昆格太太含著淚，道：「謝謝你們。」

木蘭花等三人告辭而出，穆秀珍恨恨地道：「哼，這傢伙，表面上看來那麼殷勤有禮，原來真不是什麼好東西！」

木蘭花苦笑道：「我是自始至終就懷疑他的，因為他在機場請走你們的手段，就十分不正當，正人君子是絕不會做那樣的事的。」

安妮用十分冷靜的聲音道：「蘭花姐，我覺得你對屈健士的估計略有一點錯誤。」

「哦？」木蘭花停了下來，「什麼地方？」

「你以為昆格留下的圖樣和供詞，屈健士是不知道的？」

木蘭花點了點頭，道：「對，我可能料錯了，屈健士應該是知道的，也就是說，屈健士已推測到了『大將號』正確的遇事地點。」

「我也是那麼想，」安妮說：「還有，我想非克根本就是屈健士的同黨，他們的爭吵，只不過是在我們面前做戲而已。」

木蘭花讚許地望著安妮，道：「你說得十分有理。」

安妮高興得漲紅了臉，有點忸怩地道：「高翔哥哥他們什麼時候可以到？」

「今天晚上就可以到了，我們先到酒店去休息，他會到酒店來找我們的。」木蘭花推著輪椅，向前走著，她們是步行到酒店去的。

在酒店中，她們休息了一會，木蘭花仔細地翻閱著那些工匠和督造者的供詞，督造「大將號」的，是一位海軍將領，他指出，「大將號」遇到颶風的那一次航行，雖然載運過重，但是也決計不會沉沒的，因為它的龍骨重達三十噸，沒有什麼風浪打得沉它！

木蘭花開始繪製一張簡單的地圖，等到她快要繪成那張地圖時，高翔和雲四風都找到酒店來了。

木蘭花仍然在專心繪製地圖，而要穆秀珍和安妮將一切經過情形告知高翔和雲四風兩人，到了晚上十時左右，木蘭花已繪好了地圖。

她將地圖攤在桌上，各人都圍著桌子而坐。

木蘭花道：「這裡是『大將號』遇到颶風的地點，『大將號』如果沉沒，那麼一定是在這條航線之上，因為當時的風向是向東南吹的。但如果『大將號』不沉沒的話，那麼，那場連續了三天的颶風，就會將『大將號』一直向東南吹去，吹到南美洲北岸的一系列島嶼之間！」

「那是小安的列斯群島。」高翔說。

「是的，如果不是在那些島嶼之間的珊瑚礁或淺灘上擱了淺，那麼，它就會被吹出大西洋去，那是絕對無法找得到的了！」

「那些島上，幾百年前，全是印地安土人的世界，『大將號』如果飄到了那些小島上，那結果將是十分可怕的。」雲四風補充著說。

「當然，由於西班牙人的勢力已侵入了中南美洲，和土人的衝突也十分強烈，是以最大的可能是整艘船被拖到岸上燒去，而寶物則被藏起來。」

「人呢？」安妮問。

「當然全被土人殺了！」木蘭花道：「所以，要尋找『大將號』的寶物，目標不應該是在加勒比海的海底，而是在那一群島嶼之上！」

穆秀珍怒道：「但是屈健士卻故意引我們走錯誤的路！」

「是的，他要我們因為完全無望而放棄，那麼，他就可以去進行了，我想，他一定有更進一步的資料，指出『大將號』是飄到了什麼地方的。」

穆秀珍「啊」地一聲，道：「早知那樣，我們不應該全離開牙買加，我應該留在那裡，注意屈健士的行動！」

木蘭花笑道：「不必了，安妮說，老虎非克是和屈健士合作的，這個可能性十分大，屈健士的一些財產，在牙買加獨立之後被判為國有，他現鈔方面可能周轉不靈，要乞助於非克這個美國財主，那我們只消注意老虎非克的行蹤好了。」

「可是我們怎能知道老虎非克的行蹤呢？」

木蘭花笑了起來，道：「像老虎非克那樣的人，他的行蹤，國際警方一定一直在注意著他的行蹤，我們只要和國際警方聯絡就可以了！」

「好主意！」幾個人一起叫了起來。

雲四風提議道：「我們不必住酒店了，『兄弟姐妹號』就在碼頭上，我們一面向加勒比海進發，一面隨時和國際警方聯絡！」

木蘭花道：「好。」

穆秀珍已急忙推著安妮，走了出去。

到了「兄弟姐妹號」上，高翔開始和國際警方聯絡，國際警方的回答是，老虎非克在半個月之前離開牙買加的首都京士頓，到何處去了不詳。

高翔反倒向國際警方提供線索，說老虎非克可能在小安的列斯群島中的一個島嶼上出現，他則隨時保持著和國際警方的聯絡。

他們航行到了第五天，國際警方的消息說，老虎非克在法屬的馬提尼克島上出現，和他在一起的，是牙買加的重要人物屈健士。

這消息不但證實了木蘭花的判斷正確，而且也證明了安妮的懷疑：老虎非克和屈健士兩人的確是同黨。

那麼，昆格隊長是屈健士指使凶手去殺死的，這一點似乎也沒有疑問了。

屈健士知道木蘭花的厲害，是以才不敢和木蘭花正面為敵，而代之以十分周到的招待，他的目的，只是要將木蘭花送走，在木蘭花離去之後，他就可以照原來的計劃行事了。

但是，屈健士卻犯了一個天大的錯誤！

他竟以為木蘭花是如此易於被矇騙的！

從有了老虎非克和屈健士的第一站消息之後，國際警方不斷有他們的行蹤消息傳來，他們沿著那一連串的島嶼南下，在聖羅西亞島上出現過，在聖文孫特島上也出現過，但是都只停留了兩三天，而在聖文孫特島與格林那達島之間的幾百個小島上，他們卻停滯不前了。

那時候，「兄弟姐妹號」也已經來到了格林那達島附近了，根據屈健士和老虎非克兩人的行蹤，十分明顯地擺明：他們是在那一群小島之間搜尋。

那一連串小島，有的根本是無人居住的荒島，有的可以說只是海中凸出來的一堆礁石，但是它們卻是由加勒比海通向大西洋的咽喉。而且那一帶的海水相當淺而又多礁石，幾百年前的「大將號」一直被颶風吹到這裡來才擱了淺，那是極有可能的事。

「兄弟姐妹號」在格林那達島的聖喬治市碼頭上停泊了幾小時，補充燃料。西印度群島上的每一個島，都是極其美麗的所在，宛若世外桃源一樣。

補充了燃料之後，他們便向北航。

在聖喬治和聖文孫特島之間有定期的飛機，所用的飛機，是二次世界大戰時的舊飛機，國際警方已派人在飛機上觀察了幾次，肯定了屈健士和老虎非克的遊艇，是停泊在一個叫作褐石島的小島之旁。

那個島可稱名副其實，因為整個島，除了海灘之外，便是一座褐色的石山。

在褐石島上，根本沒有固定的居民，屈健士和老虎非克將他們的遊艇，停在那個島的一個海灣中，當然是另有作用的。

「兄弟姐妹號」在第二天下午，便已快接近褐石島了，木蘭花建議潛航，「兄弟姐妹號」潛進了水中，它的速度也更高了。

當日下午六時，在滿天晚霞之中，他們在潛望鏡中，看到了停泊在一個狹窄海灣中的那兩艘遊艇，那海灣的兩邊，全是聳天的峭壁。

兩邊峭壁，相隔最狹窄之處，甚至還不到十呎！

從潛望鏡中看去，那兩艘遊艇上似乎靜悄悄地，一個人也沒有，他們輪流觀察了片刻，木蘭花便道：「天色黑了，我們再採取行動！」

「兄弟姐妹號」仍然在水底慢慢地駛著，一直到天色完全黑了，才浮上水面，那時，離非克和屈健士的遊艇，只不過兩百碼左右。

但由於「兄弟姐妹號」是隱藏在一大堆岩石的後面，所以不易被人發現。「兄弟姐妹號」浮上水面之後，木蘭花便道：「秀珍，你和四風、安妮留在船上，我和高翔偷偷到他們的艇上去探聽一下，聽聽他們已有了什麼結果。」

穆秀珍忙道：「蘭花姐，我和你去不好麼？」

木蘭花搖頭道：「不，你留在船上。」

穆秀珍雖然不高興，但是她卻也沒有繼續爭下去，因為她知道，木蘭花既然已決定了，那麼，她再爭下去，也是沒有用的。

等到天色又黑了些，木蘭花和高翔換上了潛水的裝備，跳下了水，一齊向前游去，他們越是接近對方的船隻，便越是小心。

當他們冒上水面之際，離屈健士的遊艇已只有六七碼了，他們輕輕地向前游著，直到雙手抓住了登上遊艇的梯子。

木蘭花低聲道：「我們將潛水設備除下來，掛在這裡，我先登上去，因為我對這艘遊艇熟悉，我在這船上住了十多天。」

高翔點著頭，道：「小心！」

木蘭花脫下了壓縮氧氣筒，掛在梯上，她迅捷地竄了上去，一上了甲板，便立時伏在一艘救生艇之後，等了半分鐘，沒有什麼動靜，才向高翔招了招手。

高翔也迅速地爬了上來，兩人背貼著艙壁，慢慢地移動著身子，間或有幾個船員走出來，他們便站立不動，也沒有人看到他們。

等他們移到了屈健士的船艙之際，窗上拉著窗簾，只看到裡面有燈光射出來，卻看不到裡面的情形。木蘭花知道所有的窗子全是雙層的，不用儀器幫助，是根本聽不到發自艙房中的聲音的。

她自腰際的膠袋之中，取出了微聲波擴大儀來。

那種儀器，有點像醫生的聽診器，它有一個橡皮塞，在橡皮塞中，有著極易受聲波震盪的薄膜，可以聽到十分低微的聲音。

木蘭花先將那橡皮塞吸在玻璃上，然後，遞了一個聽筒給高翔，而將另一個聽筒塞進了自己的耳中，她立時聽到了老虎非克的咆哮聲！

老虎非克在怒叫著，道：「屈健士，如果你想像戲弄木蘭花一樣地戲弄我，那麼你只是自討苦吃，你明白麼？」

屈健士的聲音，一聽便可以聽得出他是遏抑著憤怒，他道：「你這是什麼意思，難道你以為我不想得到那些寶物麼？」

「哼，那為什麼這些日子來一無結果？」

「要慢慢地去找，先生，這並不是到銀行去提取存款，而是在尋找迷失了數百年的寶物，只要一找到，你分得一半，足可抵我欠你債務的三倍！」

老虎非克冷笑了起來，道：「這句話，要等到找到了再說，而我卻已沒有那麼好的耐性了，你說『大將號』的寶物一定在褐石島的岩洞之中，但是這幾天來，我們將所有的岩洞全找遍了，我們找到什麼？除了海燕的巢之外，什麼也沒有！」

屈健士的聲音十分著急，道：「但是他們一定是在這裡的，一定是在這裡眾多岩洞之中的一個，『大將號』被土人俘擄的人，全被殺害，但是其中有一個人冒死逃生，卻獲救生還，他當時就是被囚在褐石島的岩洞中，他描述他自己和所有的寶物在一起，土人不知道黃金的可貴，曾將好多人用那面幾噸重的太陽神鏡壓死，這一切全是我獨有的資料上所記載的！」

「哼，」老虎非克的聲音十分難聽，「那不是你的資料騙了你，就是你在騙我。屈健士，我的耐心，至多再維持七天。」

「你這是什麼意思？」屈健士大聲叫了起來。

「七天，我的意思就是，如果在七天之內，再找不到他媽的寶物的話，我便將你欠我的債務單據向外公佈，同時要法院宣告你破產！」

屈健士的聲音怒得發抖，道：「你敢？」

老虎非克「哈哈」大笑了起來，道：「為什麼不敢?兄弟，是你欠我的錢，我告訴你，你的地位不值一文錢，當你宣告破產之後，你就明白這一點了！」

屈健士沒有再說什麼，只是聽到他急速的喘氣聲，接著，便是一陣腳步聲，和艙門被打開的聲音，然後，又是老虎非克的聲音，非克道：「你記得，七天，你去祈求上帝保佑你吧！」

「砰」地一聲響，艙門被關上。

木蘭花站立的位置，可以看到老虎非克走了出來。

但是非克隨即走過了跳板，回到了他自己的船上，木蘭花仍然聽得屈健士在自言自語，道：「應該在這個島上的，一定在的！」

屈健士顯然因為焦急而有點語無倫次，他又喃喃地道：「我們一定尋找得不夠仔細，可是，幾天來，我們不是找遍了所有的岩洞麼？」

木蘭花看到高翔在向她作手勢，高翔是在問她，要不要掩進船艙去，木蘭花略想了一想，搖了搖頭，她輕輕拔起了橡皮塞，向高翔一招手，兩人迅速地來到船舷之旁，滑進了水中，提著氧氣筒，游回了「兄弟姐妹號」。

他們兩人離開「兄弟姐妹號」雖然沒有多少時間，但是穆秀珍、雲四風和安妮卻已等得十分焦急了，兩人一上了甲板，穆秀珍的問題便像是機關槍一樣。

木蘭花將情形約略說了一下，穆秀珍大是興奮，道：「那麼，我們不是大有希望了麼？寶物就在這個島上！」

「可是他們有完善的儀器也未能找到！」高翔提醒著穆秀珍。

木蘭花深深地吸了一口氣，說道：「好幾百年了！」

高翔立時問：「蘭花，你這樣感嘆，是什麼意思？」

「我的意思是，事情已經過去好幾百年了，很多岩洞會起變化，或者當時土人在將所有的寶物運到了岩洞之後，曾將洞封起來，那麼在經過了幾百年之後，要找尋那些岩洞，更加不是容易的事了，這便是他們找不到的原因。」木蘭花解釋著。

雲四風道：「而且這裡是和中美洲相連的火山地帶，一次火山爆發，就可以使整個地形產生改變，如果是海底的火山爆發，岩漿可能將整個岩洞封住！」

穆秀珍又大感失望，道：「那麼，我們豈不是一樣找不到『大將號』沉船的寶物？」

木蘭花沉聲道：「我們來，主要是為了尋找謀害昆格隊長的凶手，其次才是尋找寶物，我想，非克既然是給了屈健士七天的期限，在這七天之內，不論他們是不是發現寶藏，總有熱鬧可以一看，我們不妨來一個坐山觀虎鬥！」

高翔點頭道：「是，如果找到了寶藏，他們各自起貪心，會有事發生，如果找不到，屈健士必然不肯喪失他的地位，也會有事發生！」

穆秀珍長長嘆了一聲，道：「唉，又要等上七天！」

眾人看到穆秀珍那種不耐煩的表情，都不禁笑了起來，木蘭花道：「為了安全起見，我們還是駛遠一點，別讓他們發現的好。」

雲四風道：「希望七天之後，他們相繼離去，那我們就可以來慢慢尋找了，而且，我們可以不必去尋找那些看得見的岩洞。」

木蘭花搖頭道：「你想，屈健士獲得了那麼確切的資料，他如何肯半途而廢，他一定會不斷找下去，如果非克逼他太甚，那麼屈健士也不在乎——」

木蘭花的話才講到這裡，突然一下猛烈的爆炸聲打破了沉寂，那一下爆炸聲是如此之猛烈，幾乎令得整座島都被它撼動了！

雲四風奔進駕駛艙，按下了按鈕，「兄弟姐妹號」退出了隱蔽它的那塊大礁石，他們也立時看到，海面之上一片熊熊火光！

已經看不出在燃燒的是什麼了，火光只是直接從海面上升起，那顯然是有汽油浮在海面的緣故，而在火光的照耀下，可以看到有一隻遊艇正在一百碼開外。

那是屈健士的遊艇。

而老虎非克的遊艇，卻已消失了！

木蘭花等幾個人看到了這等情形，都不禁吸了一口涼氣，他們估計在七天之後，屈健士會對老虎非克採取行動，但是都未曾料到屈健士在一接到了非克的威脅之後，立時便採取了行動！

他將老虎非克的遊艇炸成了飛灰！

他們自然不知道屈健士是如何下的手，但是他們卻都不約而同想起昆格太太轉告，昆格臨死時的一句話來：千萬別相信屈健士！

屈健士的外表看來如此魁偉，行動談吐又是如此之有教養，而且，他又有著那麼高的地位，誰能想得到他的行為如此之毒辣？連老虎非克那樣作惡多端的人，只怕至死也不知道他的夥伴屈健士會用那樣的手段來對付他的！

木蘭花忙道：「別給他發現，我們潛下海去，事情已發生了那樣的變化，我們的行動也應該改變，我們不必再等了，大家進船艙去！」

所有的人都進了船艙，自動鋼板在按鈕控制下，覆蓋了一切可以覆蓋的地方，「兄弟姐妹號」向下潛去，雲四風又按鈕，使得電視遠攝鏡頭伸上水面。

那樣，他們每一個人都可以在寬大的電視螢光幕上看到海面上的情形，他們看到海面上的火光已經熄滅了，而屈健士的遊艇正在駛近。

自屈健士遊艇的艇首部分，兩盞強力的探照燈射出光芒來，在海面上掃來掃去，海面上有很多油漬，和一些碎片。

猛烈的爆炸，已使得非克的遊艇完全被毀了，當然也沒有什麼人可以在那樣的爆炸下生存，非克完蛋了！

他們當然無法看到屈健士，但是卻也可以想像得到，屈健士此時一定在高聲縱笑，高興他自己用那麼乾脆的辦法除去了老虎非克！

屈健士的遊艇仍然駛到了那海灣中停了下來，本來是兩艘遊艇停在一起的，但只不過相隔大半小時，事情便已起了那麼劇烈的變化！

穆秀珍最先發問，道：「蘭花姐，我們應該採取什麼行動？」

「制服屈健士。」木蘭花簡單地回答，「自然包括他的船員在內，我們先將他們交給國際警方，再將他們交給牙買加警方。」

高翔和雲四風齊聲問：「他們有多少人？」

「二十二個船員，加上屈健士，一共是二十三人。」安妮心最細，她在船上的時候，早已將船上有幾個人記得清清楚楚了。

「這二十三個人，分睡在六個不同的船艙，」木蘭花補充著，「我們在三小時後開始行動，那應該是他們全都熟睡的時候！」

「妙啊！」穆秀珍拍手高叫，「而且，他們一定絕無戒備，因為他們做夢也想不到，我們已來到這裡，準備偷襲了！」

木蘭花皺起了眉，她行事之前，喜歡考慮到每一個可能發生的不利因素，這和穆秀珍總是樂觀地向自己有利那方面想，大不相同。

「我們仍然要小心！我們可以使用麻醉氣體，令得他們全昏迷過去，然後再將他們縛起來，並且立即通知國際警方派水上飛機來，安妮！」

安妮已經知道那樣的行動，她是一定沒有份的，是以木蘭花忽然叫她，倒令得她感到十分意外，她忙道：「我沒有什麼可做啊。」

「你留在『兄弟姐妹號』上，」木蘭花說：「不要以為沒有事情可以做，你要留意我們的信號，立即駛近來，那是十分重要的事。」

安妮知道木蘭花不論在什麼場合之下，都希望她不要以為她是沒有用的人，木蘭花那樣的好意，令得安妮十分感動。是以安妮一面點頭答應，一面道：「謝謝你，蘭花姐。」

木蘭花撫摸著安妮的頭髮，道：「好，那我們先休息兩三小時，然後再將『兄弟姐妹號』浮上水面，開始行動。」

穆秀珍道：「我可睡不著，四風，來，和你下棋！」

雲四風笑道：「我不來，和你下棋啊，只許你贏，不許人家贏，誰和你下？除非事先有君子協定，落子無悔，我才來。」

「好，」穆秀珍撩臂搖拳，「落子無悔！」

大家都笑了起來，木蘭花和高翔到了另一個艙中，欣賞著輕音樂，他們當然也睡不著，只是藉著音樂鬆弛一下神經而已。

7 落在下風

四個人在水中向前游動著，像是四條魚一樣。

他們發出的聲音是十分輕微的，他們的划水聲，完全淹沒在浪花和岩石相遇時所發出的聲音中，他們在離開了「兄弟姐妹號」之後的二十分鐘，就上了屈健士的遊艇。

如他們所料的一樣，甲板和船舷上，一個人也沒有！

顯然屈健士是認為附近海域上，只有他們一艘船，是以他們是完全用不著戒備的，是以所有的人全睡了。

木蘭花為了小心起見，還繞著船游了一圈，肯定所有的人全在船艙之中，才以她為首，相繼到了甲板之上。

木蘭花指著一扇艙門，高翔只用了二十秒時間，便打開了那扇艙門，他輕輕走進去，將所有的窗子關上，然後，取出了一小罐壓縮麻醉氣體來。

他拉開了鋼罐的塞子，氣體發出輕微的「嗤嗤」聲，噴了出來，高翔也迅速地退了出來，在退出來的時候，他順便數了一數，艙中一共是八個人。

等到他退回到甲板上的時候，雲四風、木蘭花和穆秀珍也相繼退了出來，他們也完成了和高翔同樣的工作，算一算人數，只剩大副和屈健士兩人。

穆秀珍向大副的艙房走去，弄開了門，將壓縮麻醉氣像手榴彈一樣地拋了進去，「砰」地一聲，不知撞在什麼地方。

那一聲響，將大副驚醒了，因為艙中立時亮起了燈光。但是穆秀珍立時關上了艙門，艙中也沒有別的聲音傳出，大副自然也昏過去了。

穆秀珍拍了拍手，突然大聲道：「好了，只剩下一個人了！」

他們的一切行動，全是在靜悄悄進行著的，穆秀珍突然大聲講起話來，使人覺得十分突兀，但是他們也隨即感到，大聲講話也不要緊了！因為他們已佔了絕對的優勢！

穆秀珍不但大聲講著話，而且還來到屈健士的艙房門前，用力一腳，將房門踹了開來，大喝一聲，道：「屈健士，可以從夢中醒來了！」

可是，艙中卻沒有反應。

木蘭花警告道：「小心，他躲起來了，可能在暗中偷襲我們，秀珍，照原來的計劃行事！」

穆秀珍一揮手，拋進了一罐麻醉氣，立時又拉上了門，過了兩分鐘，她再度將門踢開，掩著鼻子，衝了進去，亮著了燈。

整個船艙之中還迷漫著麻醉氣體的氣味，但是，床上卻沒有人。

床上沒有人，本來也就在他們的意料之中的了，然而，當他們找遍整個船艙，都沒有找到屈健士之際，他們知道，一定有什麼在他們估計之外的事情發生了！

他們立時退出了船，木蘭花道：「快在全船展開搜索，別讓他——」

木蘭花才講到這裡，便呆住了！因為她看到「兄弟姐妹號」正燈火通明，在緩緩駛來！

高翔、雲四風和穆秀珍也看到了，穆秀珍大叫一聲，道：「奇怪，誰發信號給安妮了？她為什麼駛了過來？」

木蘭花的心陡地向下一沉，道：「屈健士在『兄弟姐妹號』上！」

「什麼？」三人齊聲反問。

木蘭花嘆了一聲，道：「而且，他一定制住了安妮，我們要沉住氣，他逼著安妮駛近之後，一定會對我們說話的，我們不可亂來。」

「兄弟姐妹號」迅速地接近，在離開只有十來碼處停了下來，這時，木蘭花等四人已經清楚地可以看到，在駕駛艙中，安妮坐在控制台之前，屈健士高大的身形正站在安妮的後面，而屈健士手中的，是一柄手提機槍。手提機槍的槍口，正抵在安妮的後頸上！安妮的神色，看來好像很鎮定，但是卻極其蒼白！

雖然木蘭花早已料到了這一點，但是在看到了那樣的情形後，他們四個人仍是呆住了，一句話也說不出來。而更令得他們感到驚愕的，是安妮並不是坐在她的輪椅上，而是坐在一張普通的椅子上，那也就是說，安妮絕無反抗的餘地！

穆秀珍怒得緊緊握住了拳，指節骨也在格格作響。

木蘭花忙低聲道：「秀珍，別太緊張，他一定對我們極其瞭解，要不然，他也不會將安妮從輪椅上抱起來了，我們千萬不能亂來！」

高翔急道：「四小時之後，他的船員全可以醒來了！」

木蘭花苦笑了一下，道：「那也是沒有辦法的事，安妮在他的手中，我們沒有抵抗的餘地，我們必須聽他的話，然後再慢慢設法。」

穆秀珍的臉漲得通紅，他們幾個人都對安妮很好，但尤以穆秀珍對安妮的感情最為深厚，而如今，安妮竟落在屈健士的手中！

她實在忍不住心頭的驚怒，大聲叫道：「屈健士，你用那樣卑鄙的方法對待一個小女孩，你，你還能算是人麼？你是個畜牲！」

木蘭花立時沉聲喝道：「秀珍！」

穆秀珍住了口，但是她還是不斷喘著氣。

「兄弟姐妹號」來到極近的地方，才減低了速度，停了下來，整艘船上是燈火通明的，是以可以清楚地看到在駕駛艙中，用手槍指住了安妮後腦的屈健士。

屈健士的黑臉上泛著一層可怕的油光，本來他是十分文質彬彬的紳士，但這時，他原形畢露了，他臉上那種奸詐險惡和凶狠的神情，使他看來和一頭野獸差不多。

他像是正在強迫安妮做一些什麼事，安妮的身子在微微發著抖，她伸指在一個鈕掣上按了一按，那是一個擴音器的掣，安妮才一按下了那個掣，便叫了一聲，道：「蘭花姐！」

但是，她只是叫了一聲，並沒有機會再講什麼，接著，便是屈健士如同豺狼也似的笑聲傳了出來，海灣兩面的峭壁都起了回音。

屈健士笑了好一會，才道：「穆小姐，你那樣指責我，是什麼意思？難道你們偷偷摸摸偷襲我的遊艇，那又是光明正大之舉？」

穆秀珍立時張口又想大罵，但木蘭花拉了拉她的手，不令她出聲。木蘭花自己則道：「屈健士先生，現在不必來討論是非了，你的意思怎樣？」

屈健士又笑了起來，道：「痛快，蘭花小姐，我很欣賞你的爽快，也欣賞你有面對現實的勇氣，現在你們是落在下風了，對麼？」

木蘭花深深吸了一口氣，道：「是。」

屈健士又轟笑了起來，道：「那就再簡單也沒有了，你們得為我工作，為我工作到找到了『大將號』沉船上的寶藏為止！」

一聽得屈健士提出了那樣的條件來，木蘭花、穆秀珍、高翔和雲四風的面色都變了一變，那實在是一個極其苛刻的條件。

剎那之間，他們四人誰都不出聲。

屈健士的聲音，在半分鐘之後又響了起來，道：「別看她是一個沒用的殘廢，但是在我來說，她卻是最有用的，是不是？」

他們四人的臉色更加難看，但是安妮的臉色卻更蒼白，她用十分尖銳的聲音叫了起來，道：「蘭花姐，不要理我，開槍射擊他！」

屈健士揚起手掌來，「啪」地在安妮的臉上摑了一掌，厲聲喝道：「住口！我雖然不會殺死你，但是也可以令你吃些苦頭。」

屈健士的那一掌，令得安妮的口角流出了鮮血來。殷紅的血和她蒼白的臉頰，成了一個強烈的對比，穆秀珍怒氣沖天，不顧一切，湧身便向水中跳去，她在水中迅速地向前游著。

那時，兩艘遊艇相距並不是太遠，轉眼之間，穆秀珍便已攀上了「兄弟姐妹號」，她也顧不得木蘭花等三人的大聲呼喝，身上還滴著水，就向駕駛艙衝去，但是屈健士惡狠狠的聲音卻令得穆秀珍在駕駛艙前突然停了下來，未曾再衝進去。

屈健士看到穆秀珍以那樣的速度，氣勢如虹地衝了過來，他的心中也是十分吃驚，但是他還是大喝道：「你再走前一步，我立刻打爛她的腦袋！」

屈健士臉上肌肉扭曲著，現出獰厲之極的神情來。同時，穆秀珍也看到，他扣住機槍的手指在漸漸收緊，穆秀珍雖然怒火中燒，但是她還可以判斷當時的情形，如果她再向前去的話，屈健士真會開槍的。

是以她停了下來，但是她還是厲聲道：「屈健士，你這畜牲，你聽著，如果你再敢像剛才那樣對付安妮，那麼我一定不放過你！」

屈健士雖然制住了安妮，但是穆秀珍的氣勢如此之盛，他也不免有點心怯，他自然不願在穆秀珍的面前現出他心中的怯意來，是以他立時冷笑道：「你敢將我怎樣？」

穆秀珍一字一頓道：「我告訴你，我們寧願死，也不願受侮辱，我是那樣，安妮也是那樣，畜牲，你可曾聽明白了？」

屈健士的面色變了一變，一時間，什麼話也說不出來。

他足足呆了半分鐘，才道：「你必須立即離開『兄弟姐妹號』，喚木蘭花來，我和她討論細節問題！」

穆秀珍冷笑著道：「我不離開，蘭花姐，他有事要和你商量，你是不是過來？」

木蘭花答應了一聲，也跳下水，游了過來。

等到木蘭花也攀上了「兄弟姐妹號」，屈健士才又道：「蘭花小姐，我想你們既然跟蹤到褐石島來，那麼你們對我的一切，一定也知道得十分詳細了。」

木蘭花的神情十分鎮定，如果只看她表面上的情形，那就像是在她的身上根本沒有發生過什麼事情一樣，她甚至微笑了一下，道：「是的，我們對你已經有了十分徹底的瞭解，你是一個最善於用陰謀的凶手，也是一個最不可信任的人！」

屈健士的臉上，開始現出了怒容。

但是木蘭花繼續向下講著，道：「你又是一個瀕臨破產邊緣的人，你借了很多外債，雖然你殺害了其中一個債主，但是那卻不能挽救你的命運！」

「住口！」屈健士大聲呼喝。

木蘭花冷笑了一聲，道：「那是你問我的問題，而我只不過是據實回答而已，你又何必發那麼大的脾氣？」

屈健士究竟是十分狡猾的人，他也隨即笑了起來，道：「不錯，你可以說對我的瞭解是十分深刻的，所以，你也應該知道，如果我找不到『大將號』寶藏的話，那我也一樣是完蛋了，你對我瞭解深，我對你們的瞭解也一樣，從現在起，我會令這艘遊艇潛下水去，我在水中等待你們的消息，我會用無線電通訊儀器和你們聯絡，我給你們十天的時間去尋找寶藏！」

「十天？不太急促麼？」木蘭花立時道。

「只有十天了，小姐，因為在十天之後，我如果再得不到大量的財寶，那麼，我就會被我的債權人起訴，到時我就完了。」屈健士講到這裡，略頓了一頓，才又道：「所以，你們應該知道，如果十天內找不到藏寶，那會有什麼結果！」

穆秀珍冷冷地插嘴說道：「你不會操縱『兄弟姐妹號』！」

「她會！」屈健士立時指了指安妮。

安妮叫了起來，道：「我不會聽從你的。」

「安妮，」木蘭花的聲音很柔和，「聽他的話，我們有十天的時間，安妮，你一定要相信我們，十天，是可以有很大的變化的！」

木蘭花雖然沒有說出來，但是聰明的安妮自然完全可以領略木蘭花話中的意思，她是在說：十天是一個很長的時間，在十天之中，一定可以設法救她的！

安妮的心中十分感動，她的眼眶也潤濕了，但是她卻絕未曾想到一個「哭」

字，她的聲音聽來也變得十分堅定和正常，她道：「我知道了，蘭花姐。」

屈健士又奸笑著，道：「我的船員現在大約都昏迷不醒，對不？但是當他們醒了之後，我會和我的大副通話，叫他們聽從你的指揮。」

木蘭花像是絕不是處在下風，被迫行事一樣，她顯得很輕鬆地道：「好的，我們有了發現，也會立時和你聯絡的。安妮，千萬別做傻事！」

安妮點著頭，穆秀珍還不肯離去，但是木蘭花強拉著她一起離開了「兄弟姐妹號」，游回了屈健士的遊艇上，他們眼看「兄弟姐妹號」駛了開去。

在駛出了幾百碼之後，「兄弟姐妹號」潛下水去。

終於，「兄弟姐妹號」在海面上消失了。

隨著「兄弟姐妹號」向下沉去，木蘭花的面色也變得凝重之極，她望著漆黑的海面，緊蹙著雙眉，一聲也不出。

穆秀珍、高翔、雲四風則一齊望著她，等待著她的決定。

難堪之極的沉默，足足維持了三分鐘之久，才聽得木蘭花道：「高翔，先將大副弄醒。」

高翔道：「弄醒他？」

「是的，令他醒過來，好叫他接受屈健士的命令。」

「蘭花姐！」穆秀珍叫了起來，「我們真要替屈健士尋找藏寶？」

木蘭花卻並沒有回答這問題，她像是突然想起了什麼似地，轉頭向雲四風望去，道：「四風，當『兄弟姐妹號』是一艘潛艇時，可以在水底由外面進去麼？」

雲四風苦笑著，搖了搖頭道：「不能，我們在設計的時候，只想到安全和不受攻擊，絕未想到有一天，我們自己會要攻擊『兄弟姐妹號』去的。」

木蘭花攤了攤雙手，道：「那就沒有別的辦法了。」

穆秀珍、高翔和雲四風三人的心頭都十分沉重，這一點，從他們的臉上就可以看得出來。

木蘭花又道：「屈健士給了我們十天的期限，十天，那很有些事可做了，在開始的六七天，我們一定要真的全心全意地尋找藏寶，你們要記得我的話，不然，只怕是救不出安妮來的，為了安妮，我們要找到藏寶。」

「蘭花，你以為我們找到了藏寶，屈健士會放我們離去麼？」高翔不無疑惑地問，因為以木蘭花的機敏，似乎不應該相信屈健士的。

「當然屈健士不會放過我們，但我的目的是要他以為我們真的是無可奈何在為他服務，我們要他深信這一點，然後才有可能救安妮！」

他們三人都點了點頭。

高翔已走進了大副艙中，將大副提了出來，用冰水浸著他的頭部，淋著他的全身，經過了幾分鐘，那大副才迷迷濛濛地醒了過來。

高翔又加淋了兩桶冰水，那大副才算是完全清醒了過來，睜大了眼，望著眼前的木蘭花等四人，根本不知道發生了什麼事。

高翔將他從甲板上提了起來，道：「去和屈健士通話，你就會明白是怎麼一回事了，他會命令你和所有的船員，接受我們的指揮！」

那大副道：「屈健士先生……在什麼地方？」

高翔將「兄弟姐妹號」無線電通訊的周率告訴了大副，大副的腳步有些踉蹌，但是他知道事非尋常，立時向通訊室走去。

十分鐘後，大副又走了出來。

高翔冷冷地道：「怎麼樣？」

「是，」大副的態度十分恭謹，「屈健士先生吩咐我們所有的船員都接受你們的指揮，可是……究竟發生了什麼事？」

高翔的面色立時一沉，道：「那不干你的事，你的任務便是將我們的命令轉達給船員，我們要你怎樣做，你就一定要做到！」

「是！」大副又答應著。

高翔、木蘭花、穆秀珍和雲四風向主艙走去，那主艙本來是屈健士住的，它華麗得像是第一流酒店的套房一樣。

四人在沙發上坐了下來，穆秀珍咕噥著道：「我真不明白，我們的行動是如此之小心，何以屈健士會知道我們上了他的遊艇！」

木蘭花輕輕地嘆了一聲。她並沒有回答，而只是發出了一下輕嘆聲，那表示她也弄不明白那是什麼緣故，而高翔和雲四風也想不出究竟來！

在「兄弟姐妹號」上，屈健士在和他的大副通了話之後，他得意地笑了起來，檢查著控制台上的儀表，看看一切都正常，他才說道：「嗯，這艘船可以說是了不起的設計，希望儲存的糧食夠我們兩個人食用才好，要不然，小妹妹，你就得捱餓了！」

安妮緊抿著嘴，一聲不出。

屈健士是悄沒聲地掩上「兄弟姐妹號」來的，當安妮聽到身後有了聲響，還以為是木蘭花他們回船來，一面叫著，一面轉過身去時，她已被屈健士一手掩著口，一手抓住了手臂，自輪椅上提了起來，放到了一張椅子上。

屈健士是如此魁梧強壯的大漢，而安妮是那樣瘦小柔弱的女孩子，她簡直一點反抗的餘地也沒有。而屈健士又知道那張輪椅的厲害，是以將那張輪椅推到了另一個艙中，那更令得安妮一點反抗的餘地都沒有了。

屈健士一面笑著，一面將安妮所坐的椅子拉開了些，他自己則走了出去。等到他回來的時候，他一手執著一隻燒雞腿，另一手執著一杯酒。

他喝著酒，道：「不壞，食物很多，小妹妹，你最好開始祈禱，祈禱木蘭花在十天之內，找到『大將號』上的寶物，要不然——」

他一仰脖子，將一杯酒喝完，又道：「不然我就要開始逃亡，而這艘遊艇，自然是我最好的逃亡工具，我不會和你一起走的，我會將你拋在海中餵魚！」

安妮仍然不出聲，只是瞪大著眼睛望著他。

安妮雖然是一個十分瘦弱的女孩子，可是她那樣眼睛一眨也不眨的瞪視，卻也令得屈健士十分不舒服，以致他不得不大聲喝道：「別望著我！」

安妮立即冷冷地道：「你怕什麼？」

屈健士哈哈大笑了起來，道：「我怕什麼？我連鼎鼎大名的女黑俠木蘭花都不怕，你說我怕什麼？你要不要知道我是如何擊敗她的？」

「你根本沒有擊敗她！」安妮憤怒地回答。

「我已擊敗她了，小妹妹，」屈健士揮著手，「她以為可以偷上我的船來，神不知，鬼不覺將我們全都弄昏過去，可是她卻不知道，她才一踏上甲板，我就知道了，報警紅燈立時閃亮，而電視攝像管也將他們四個人的身形一齊暴露在電視螢光幕上！」

屈健士越講越是得意，又用手指指著自己的腦部，道：「我是一個有頭腦的人，若是別人，一定要出去與他們為敵了，但是我卻不那樣做，我悄悄地潛水到她的船上來，我知道你一定在船上，而只要對付你，木蘭花就等於是由我牽線的木偶一樣了！」

屈健士笑得更是大聲，他的神態也是更狂妄：「人家都說木蘭花如何如何厲害，那樣說的人，只不過是他們自己沒有頭腦！」

安妮用冰冷的聲音道：「對，你有頭腦。」

「當然！」

「可惜，你的頭腦，是一副豺狼的頭腦。」

屈健士勃然大怒，目露凶光，盯住了安妮，安妮卻一點也不在乎，道：「來啊，用你的狼爪來殺我，你怕我做什麼？為什麼你不敢殺我？」

屈健士咬牙切齒，道：「你是在找死！」

「只有你那種懦夫才怕死，屈健士，你是最沒有用，最骯髒的黑鬼，如果你自己以為還是人的話，那麼你就殺我，你敢麼？」

屈健士發出了一聲怒吼，拋開了手中的雞和酒，雙手向安妮的頭頸慢慢地叉了過來，牙齒磨得「格格」響，道：「你信不信我可以將你的頭頸扭斷？」

看了屈健士黑而粗壯的大手，再看安妮瘦而蒼白的頭頸，實在是沒有什麼人會懷疑這一點的。然而安妮卻彷彿不信。

在安妮的臉上，現出極度輕視和不屑的神情來，只見她冷冷一笑，道：「黑鬼，你的豬爪若是碰一碰我，倒霉的只是你自己。」

屈健士又發出了一聲怪叫，雙手突然合攏，已經叉住了安妮的頸子，但是他的手十分大，只是叉住了安妮的頸子，而不用力箍緊的話，安妮仍是不會窒息的。但是安妮卻像是怕他不用力一樣，又冷冷地道：「用力啊，黑鬼！你又不是第一次殺人。」

屈健士掀著唇，露出了兩排白森森的牙齒來，含糊不清地道：「我會用力的，但是你不要以為我會用得那麼快，我會叫你慢慢地死，慢慢地接近死亡，我會要你感到死亡的可怖，一直到你出聲向我求饒，雖然那時可能你已不會出聲了！」

他的手指的確是在慢慢收緊的，十分緩慢，等到他的手指已開始掐住了安妮的脖子之際，安妮的身子震動了一下。

屈健士「桀桀」地笑道：「怎麼樣？」

安妮冷冷地道：「你的豬爪，比我想像之中更臭，更骯髒，黑鬼，你雖然受過教育，但你仍是一個骯髒之極的黑鬼！」

屈健士的唇掀得更高，他的手指也更用力。

安妮覺得喉間越來越緊，她的呼吸已經不順暢了，她不由自主張大了口，她的雙眼也不由自主地向外突著，她的視線也開始模糊了！

死亡已漸漸接近了她！然而在那時，她的心中卻還是十分清醒的。

她還清楚地記得，當木蘭花離開「兄弟姐妹號」時，還曾叮囑過她，叫她「不要做傻事」，她卻偏偏做了「傻事」。

但是，安妮卻認為那並不是傻事。現在，事實很明顯，是因為屈健士控制了她，所以木蘭花、穆秀珍、高翔和雲四風才不能不聽命於屈健士的。

而且，安妮自然也可以進一步想到，即使在十天之內，木蘭花他們找到了寶藏，狡猾狠毒的屈健士會讓他們順利離去麼？

當然不！

那麼，如果她能使屈健士先殺了自己，木蘭花一定會在和屈健士聯絡中知道這一點的，屈健士已無可挾持，木蘭花他們便穩佔上風了！

安妮就是想到這一點，所以才痛罵屈健士，來激怒他對她下手的，這時，她的心中一點也不後悔，只盼屈健士的手快些用力，快將她扼死！

但是屈健士的雙手動作，卻越來越慢。

安妮覺出死神正在接近她，但是接近的速度卻是極其緩慢的，那是一吋一吋的接近，她勉力吸著氣，每吸一口氣，都發出異樣的「嗤嗤」聲來。

她的視線越來越模糊，一直模糊到屈健士兩排白森森的牙齒，看來竟是隨時可以向她身上插下來的兩排利刃——她的喉間開始發出了一陣十分難聽的「咯咯」聲來，她自己也可以聽得到那種垂死的聲音，而夾雜在那種聲音之中的，則是屈健士可怕之極的獰笑聲。

安妮在那時，她的心中反倒十分平靜，她想起了自己的一生，能夠記憶的只不過六七年，那六七年中，根本未曾有過快樂，直到遇到了木蘭花和穆秀珍。

這時，安妮心中唯一感到可惜的，便是自己和木蘭花、穆秀珍相處的時間，實在太短了，快樂的時間竟是如此之短！

安妮的呼吸越來越困難，她已陷入半昏迷的狀態之中了，在她的眼前，有無數團紅色、綠色的東西在飛舞，其中還有屈健士那張漆黑的臉。

終於，她失去了知覺。

8 不虛此行

在屈健士的遊艇上，經過了一番用海水淋潑，所有的船員全醒了過來，高翔大聲道：「我們需要徹夜工作，休息採取輪流制度，如果有懶怠的，要受鞭笞！」

所有的船員排成一行，恭敬地聽著。

高翔轉過頭去，對那大副道：「由你編排輪流休息的名單，現在第一步要做的是，先將已經搜索過的岩洞，去做上記號。」

「我們已做了記號的，先生。」大副回答。

高翔道：「每兩個人為一組，配備探測儀和炸藥，即使只是一道石縫，也要將之炸開來，可能那就是我們要尋找的岩洞！」

「是！」大副回答。

「兩個人為一組，誰先有發現的，將獎給他一萬英鎊作為獎金，而且，還允許他挑選屈健士先生轄下最美麗的女郎為妻！」高翔信口許諾著。

那些船員聽了，都發出了歡呼聲。

高翔又道：「現在就開始工作，服從大副的分配！」

甲板上開始亂了起來，放下快艇，搬運器材，高翔回到了艙中，木蘭花道：「高翔，你和屈健士通一次話，告訴他我們已在開始工作了！」

高翔答應了一聲，木蘭花又道：「最要緊的是要和安妮講幾句話，你要警告屈健士，我們每天都會和他通話，也一定要和安妮講話，如果安妮訴說她受了虐待的話，那麼我們就不替他尋找寶藏！」

高翔點著頭，穆秀珍連忙跟在他的後面，道：「安妮和屈健士那樣的豺狼在一起，真令人不放心極了！」

高翔嘆了一聲，「我也是一樣不放心，但是有什麼辦法？」

來到了通訊室，高翔取起了無線電通話器，校正了「兄弟姐妹號」的周率。

「兄弟姐妹號」的通訊儀立時亮了紅燈，發出了「嘟嘟」聲。

那時，恰好是安妮剛失了知覺，屈健士的雙手還緊緊地箍在安妮的頸際的時候，那一陣「嘟嘟」聲救了安妮。

一聽「嘟嘟」聲，屈健士立時鬆開了手，他呆了一呆，還不知發生了什麼事，等他弄清楚是怎麼一回事之後，他轉過身，按下了掣。

他立即聽到了高翔的聲音：「屈健士，我們已開始工作了。」

「那很好。」屈健士抹了抹汗。

「叫安妮和我講話，安妮，你聽到我的聲音？」

屈健士吃了一驚，他不能肯定自己剛才是不是已將安妮扼死了。他絕不是一個蠢人，他自然也知道，如果自己將安妮扼死的話，會有什麼後果！

而他也已知道，安妮是故意激怒他，引他下手的。

他心中詛咒著，轉過頭去看。

安妮已睜開了眼來，她已經接近死亡的邊緣，高翔如果遲兩分鐘和屈健士通話，那麼她一定已經死了。

然而此際，屈健士鬆開了手，安妮的呼吸順暢了，自然也悠悠地醒了過來，她深深地吸了一口氣，道：「高翔哥哥，有什麼事？」

她的聲音十分乾澀，高翔也立時聽出來了，是以他問：「安妮，你怎麼了？你的聲音為什麼變了樣，發生了什麼事？」

安妮又吸了一口氣，道：「沒有什麼。」

她不說出她幾乎被屈健士扼死一事，是因為怕木蘭花他們再為她擔心，是以她又道：「我沒有什麼，我……很好。」

高翔又道：「屈健士，你仔細聽著，我們每天都會和安妮通話，如果她訴說她受了虐待，那我們將不替你工作，你聽到了沒有？」

屈健士怒道：「你們——」

然而，傳來了「搭」地一聲響，高翔卻已不再和屈健士通話了，屈健士憤然放下了通話器，道：「你如果再侮辱我，我一樣不對你客氣。」

安妮冷笑著，道：「你一定會對我客氣的，黑鬼，如果高翔再和你通話時，我一聲不出，那你就會知道有什麼樣的後果了！」

屈健士的心中陡地吃了一驚，呆了好一會，也想不出對付安妮的辦法來，他和安妮就那樣對坐著，安妮不斷地辱罵著他，屈健士學乖了，只是充耳不聞。

「兄弟姐妹號」雖然在海水中，但是也可以從海水明暗的變化中，看出天色已亮了。安妮在罵得疲倦時，已在椅上睡了一覺。

屈健士卻沒有睡過，這時，他有點支持不住了，將頭側靠在沙發的扶手上。安妮的心中一動，她不再去辱罵他，閉上了眼，像是又睡了過去一樣。

她耐著性子等了將近半小時，直到聽了屈健士發出的鼾聲，她才睜開眼來。她肯定屈健士已經睡著了！

安妮緩緩地吸著氣，她望了望窗外，一條美麗的鸚鵡魚正好奇地望著她，安妮開始俯下她的身子，俯得十分低，終於，她跌倒在地。

她坐的椅子，是和她一齊跌倒的，椅子碰在控制台的一角，發出了一下聲響來，那一下聲響，令得安妮的身子幾乎僵硬！

她伏在地上，等了半分鐘，屈健士的鼾聲一直未停。安妮開始以雙肘支地，在地上慢慢向前爬去。

安妮的雙腿完全沒有知覺，根本也不能有任何活動，是以她以肘支地，向前爬行，也顯得十分困難，幸而她的身子不很重，還勉強可以。

但是，當她來到了船艙門口之際，她卻遇到了困難。

她是想離開駕駛艙，找回她的輪椅的。只要她能夠再坐回她那張萬能輪椅上，那麼，整個局面便會大不相同的了，她可以輕而易舉扭轉劣勢！

但駕駛艙的門卻關著！

安妮自然知道如何才可以打開那扇門，只消握住門柄，輕輕一旋就可以了，那是極其簡單的事，但是對安妮來說，卻是極度的困難！

門柄離地有四十吋高，安妮只要能夠跪在地上的話，她就可以有足夠的高度，可以伸手觸及門柄，將門打了開來。

但是，安妮卻只是伏在地上！

她盡量抬高身子，盡量接近門，又盡量伸直手，但是和門柄還是相差了七八吋！安妮吸了一口氣，她側著頭，使身子再接近門些。

她的肩頭頂在門上，然後，她的臉緊貼著門，她拚命抬高身子，她用的力道是如此之大，以致她覺得背脊椎骨像是要斷折了一樣！

她的手掌心緊貼在門上，向上慢慢地移動著，一吋，兩吋，三吋，四吋……每向上伸上一吋，她都需要忍受極大的痛苦。

她的身子幾乎要斷折了，而她的氣力也幾乎要用盡了，汗水從她身上每一處地方迸出來，自她額上流出來的汗水，令得她的視線都覺得模糊了，她抬起頭向上望去，她的手指離門柄只有兩吋！

但是，她卻再也沒有法子伸高她的手了！

她頹然垂下手來，伏在地上喘氣。

屈健士還沒有醒來，那是她最好的機會，但是，她卻無法碰到門柄，而且相距只不過兩吋，安妮難過得雙手緊緊地抓住了地毯，直到手指發白！

她在心中不住地對自己說：有辦法的，一定有辦法的，一定有辦法在屈健士醒來之前，將駕駛艙的門打開來的！

但是，有什麼辦法呢？

安妮休息了幾分鐘，再一次用雙肩頂住了門，勉力向上伸著手，和盡力抬著身子，她的手向上伸著，伸著，漸漸地接近門柄。

可是，和上次一樣，仍然是相差兩吋便到了極限，如果安妮可以出聲的話，她一定會難過得號啕大哭起來的！

但是，她卻連大氣也不敢出，因為她怕吵醒屈健士，她用力拉著自己的頭髮，緊緊地咬著下唇，可是她卻一點也不覺得疼痛。

她殫智竭慮地想著，望著那門柄，可是她卻想不出有什麼辦法可以使她的手握到那門柄，因為她的下半身根本不能動彈，她是一個廢人！

她心中不知罵了自己多少次：我是一個廢人，我連這一點都做不到，我是一個一點用處也沒有的廢物！安妮終於忍不住難過得哭出了聲來。

她只哭了一聲，便立即止了聲。因為她絕不能吵醒屈健士，如果她吵醒了屈健士，而屈健士又看到了如今這等情形的話，那麼，他一定會將她綁起來的，那她就更沒有希望了！

是以，她在哭了一聲之後，立時止住了聲，向屈健士看去，只見屈健士顯然已受了她那一下哭聲的驚擾，擺了擺頭。

屈健士擺動他的頭部之際，安妮簡直感到了僵硬，但屈健士還睡著，並沒有醒轉，而且在那一剎間，安妮的心中陡地一亮！

屈健士擺了擺頭，他的領帶從一邊垂到了一邊，那令得安妮突然想到了打開艙門的辦法！

一根帶子，她只要有一根帶子就行了！

安妮連忙以肘支著地，移動著身子，四面看著。她來到了窗簾之前，拉住了拉動窗簾的繩子，用力咬著，不到十分鐘，她已咬下了三四呎長的一段繩子來，然後，她又爬回了門旁，她將繩子打了一個活結，向門柄之上拋了出去。

她只拋了兩次，那活結便已套住了門柄，她拉緊了活結，再用力拉著，她的身子慢慢向上提起，雖然她的手被繩子勒得十分痛，但是，她心中的高興卻是難以形容的，因為她知道，她可以握住那門柄了，她可以將門打開，逃出去了！

等到她終於伸手握住了門柄之際，她心頭更是一陣狂跳，她輕輕地旋著門柄，直到發出了「卡」地一聲，她拉開了門，身子向外滾去。

她滾到了一個走廊上，本來，駕駛艙外就是甲板了，但這時，因為「兄弟姐妹號」潛在海中，所以有一層保護殼罩在甲板上。

從駕駛艙射出來的光芒，並不十分強烈。安妮回頭望了一眼，屈健士仍然在睡著。安妮向前爬著，她爬得如此之快，連她自己也感到有點意外，她來到了第一個艙門前，推了一推，那門並沒有關牢，應手而開。

安妮大是高興，連忙向前看去。

可是，她卻沒有那麼幸運，她的輪椅並不在那艙內。

安妮連忙又向前爬去，不到一分鐘，她又到了另一個艙門前，那艙卻關著，安妮轉身在一艘救生艇上解下了一條繩子來，仍然用老辦法打開了那扇門。

這耽擱了她不少時間，可是當她打開那扇門之際，她心頭卻狂跳了起來！她的輪椅就在那間艙房之內，她看到了她的輪椅！

如果這次打開了門，仍然找不到輪椅的話，安妮真懷疑自己是不是還有力氣再去打開第三道門，因為她實在已經筋疲力盡了！

但是現在，情形卻不同了！她看到了她的輪椅，那令得她的精神陡地一振！她深深地吸了一口氣，正待向前爬去，但就在此際，她的身後卻傳來了屈健士的聲音，道：「小妹妹，你在尋找什麼？」

任何人在那樣的情形下，幾乎都會頹然而止，承認失敗了，但是安妮一聽得那聲音，她卻知道自己還是有最後的機會的！

她非但不發呆，而且還用盡最後一分氣力拚命向前爬去，她的身子在地毯上拖動著，向前迅速的移動，她聽到了屈健士奔過來的聲音。

屈健士向前奔來的速度和她移動的速度相比，實在相差太遠了，但是她離輪椅已經很近了，真的很近了，安妮願意付出任何代價，使她能早一點爬上她的輪椅！

但是，那一點顯然已經不可能了！

安妮已經碰到她的輪椅之際，屈健士也已趕到了門口，他喝道：「我應該將你綁起來，吊在半空之中！」

他一面吼叫著，一面便伸手抓安妮。

而就在那時，安妮向輪椅用力一推，將輪椅推得翻倒在地，就在輪椅倒地的那電光石火一剎間，安妮的手已按到了輪椅扶手上的按鈕！

那時，屈健士離她已只有一碼遠近了！

在那樣的情形下，安妮是根本沒有時間去選擇按哪一個掣鈕的。如果她按下去的那個掣，是發射小型火箭的話，那麼結果一定是她和屈健士以及「兄弟姐妹號」一起同歸於盡。

所以，在她用力按下鈕掣之際，她自己的心也向下一沉。但是突然發出了「嗤」地一聲響，噴出了一大團液體的霧沫。

那是強烈的麻醉劑！

那一陣麻醉劑一噴了出來，如果輪椅沒有翻倒，而安妮是坐在椅上的話，那麼雲四風在設計的時候，早已算好了角度，麻醉劑一定噴到輪椅前面的人的頭部，可以令得對方立時受麻醉的。但是此際，那輪椅卻是倒在地上的！是以，那一大蓬噴霧噴了出來，並沒有噴中屈健士的頭部，只是噴向他的腰際，屈健士自然也未曾立時昏過去。

但是那卻也令得他嚇了老大一跳，立時向後跳開了一步，那使安妮又爭取到了一秒鐘的時間，安妮立時又按下了另一個掣！

那個掣一被按下，「啪」地一聲，射出了一枚麻醉針來，那支針正射中在屈健士的腰際，屈健士低頭看去，他還未曾看到自己是被什麼射中時，便已經覺得雙腿失去了知覺，身子向旁一側，「砰」地倒向門上。

他手撐住了門，穩住了身子。然而緊接著，他的身子又搖晃了一下，扶也扶不住了，他的頭撞在門上，身子慢慢地滑了下去，倒在地上，一動也不動了！

直到這時候，安妮才覺出她已被自己的汗水濕透了！

那是冰冷的冷汗，剛才因為實在太緊張了，是以一點也不覺得。但是現在，她身上卻像是穿著一件冰涼的衣服一樣。

她長長地吁了一口氣，將輪椅推了起來，慢慢地爬上了輪椅，在輪椅上坐好。

她坐定在輪椅上之後，心更定了下來。她知道屈健士在三小時之內是不會醒過來的，她控制著輪椅向前去，屈健士的身子正橫在門口，安妮的輪椅就在他的身上輾了過去。

她迅速地來到了駕駛艙中。等到她來到了控制台前的時候，她剛才如此艱難才能打開門逃出去，簡直就像是一場夢一樣。

她本來想將自己已經脫險一事，立時向木蘭花報告的，但是她卻不知道屈健士遊艇通話的無線電波周率，是以她先按著掣鈕，令得「兄弟姐妹號」浮上了水面，又褪下了保護罩，她看到「兄弟姐妹號」仍然在褐石島的附近，她繞著島駛著，不一會，就看到了屈健士的遊艇。

那時正是上午，陽光射進駕駛艙來，照在她的身上，令得她感到十分舒服，她將「兄弟姐妹號」正對著屈健士的遊艇駛了過去。

她駛到離屈健士的遊艇還有一百碼的時候，只見一艘快艇疾衝了過來，安妮可以看出，快艇上的，正是穆秀珍！

穆秀珍的快艇到了近前，便聽得她罵道：「畜牲，你又在打些什麼鬼主意？」

安妮連忙出了駕駛艙，叫道：「秀珍姐！」

穆秀珍一看到安妮坐在輪椅上，從駕駛艙中出來，一時之間，她幾乎難以相信自己的眼睛，她呆了一呆，道：「安妮，你——」

安妮叫道：「秀珍姐，我打敗了他，我打敗了他！」

穆秀珍伸手拉住了船旁的欄杆，飛身翻上了甲板，她實在有點難以相信，但是安妮的確已在自由行動，而且又已坐在輪椅上了！

她上了「兄弟姐妹號」，便問道：「那畜牲在哪裡？」

安妮向前指著道：「就在那邊，他昏過去了，沒有三個小時，他只怕不會醒來，因為我用麻醉針射中了他！」

穆秀珍急急向前走去，當她看到了倒在地上的屈健士之際，她不由自主大聲叫嚷了起來！然後，她轉過身，緊緊地抱住了安妮。

她不斷地拍打著安妮的頭頂，也不斷地道：「小安妮，你真行，小安妮，你真了不起，你看，他是多麼大的一個大人，而你是那麼瘦弱！」

安妮興奮得漲紅了臉，道：「他睡著了，他以為我一定是沒有辦法的，他可能以為我根本打不開艙門——」

安妮講到這裡，略頓了一頓，才又道：「如果我不是心中想著一定要打開艙門的話，我也不能肯定我會成功的，而且，那多險啊！」

安妮將她如何和屈健士搏鬥的情形，眉飛色舞地敘述著，而當她講到一半的時候，高翔來了。

接著，木蘭花和雲四風也全接到了無線電對講機的通知，本來他們是全各自在快艇上搜尋著岩洞的，當他們全上了「兄弟姐妹號」的甲板之際，安妮又將事情發生的經過詳細講了一遍！

木蘭花是一個很善於控制自己情緒的人，但是這時，她卻也握著安妮的手用力地搖著，大聲道：「安妮，我不再堅持你一定要去讀書了！」

安妮的臉上立時現出了異樣的神采來。

木蘭花的話一出口，穆秀珍立時嚷叫了起來，道：「小安妮，你可知道蘭花姐那樣說法，是什麼意思麼？」

安妮還未曾回答，木蘭花已揮著手道：「那就是說，安妮完全可以和我們在一起，參加我們任何一項行動了！」

安妮高興得尖叫了起來，她盡情地叫著，以表示她心中的高興。

等她叫得連聲音都啞了時，木蘭花才道：「可是，安妮，在家中，你得嚴格地遵守我為你訂下的課程，我要你在兩年之內學完普通中學五年的課程，那可一點也不輕鬆。」

「我會努力的，蘭花姐，我會的。」安妮保證著。

高翔早已用無線電話通知了國際警方，在屈健士的船員還根本不知道發生了什麼事間，四架水上飛機已在海面上降落了。

當屈健士終於恢復了知覺時，他的雙手已加上了手銬，在他面前的，是兩個國際警方的高級人員，屈健士雖然是黑人，可是那時的臉上，卻是灰色的。

木蘭花來到了他的面前，冷冷地道：「再見了，屈健士先生，你是如何指使人去謀殺昆格隊長的，這件事可能已沒有證據。但是，你是如何炸毀了非克的船，炸死了他的船員，這件事，我卻是目擊證人之一，我們會在法庭上再見的！」

屈健士的嘴唇顫動著，看他的樣子像是想講些什麼，但是卻一點聲音也發不出來，穆秀珍狠狠地講了一句，道：「你完了！」

高翔接著道：「而且，你最後是失敗在一個小女孩的手中，在你殘剩不多的日子中，我想也足夠你去慚愧的了！」

屈健士突然掙扎著，吼叫著，猛地跳了起來。

他前面的兩個國際警方的人員，被他推得向外跌翻了出去，屈健士揚起了雙手，向離他最近的穆秀珍當頭砸了下來。

屈健士的發難雖然是突如其來的，但是穆秀珍是何等樣人物，她若是會被屈健士那一砸砸中，那倒是一件十分好笑的事了！

就在屈健士向她攻來之際，她身形一轉，已轉到了屈健士的背後，重重一掌，正砍在屈健士的後頸之上！

穆秀珍不但在空手道上的造詣相當高，而且，她下手的部位也認得十分準，那一掌，恰好砍在屈健士第一節脊椎骨之上！

那是脊椎骨和頸骨的接合處，被穆秀珍重重一拳砍了下去，只聽得「卡」地一聲響，屈健士不但身子向前跌了出去，而且頭也歪過了一邊！

他掙扎著爬了起來，然而他的頭仍側在一邊，豆大的汗珠自他的額上滾滾而下，在他的口中發出可怕的呻吟聲來。

那是穆秀珍的一掌令得他的骨骼錯了節，他所受的痛苦實是十分之甚！

國際警方的那兩人忙道：「穆小姐，我們希望他接受審判。」

穆秀珍立時揚起手掌來，「叭」地一掌，重重地摑在屈健士的臉頰上，屈健士的頸際間又發出了「卡」的一聲響，骨骼的位置已被打正了。

可是那一剎間的痛苦，卻令得他痛得險險昏了過去。

穆秀珍冷冷道：「那是為了你曾打過安妮！」

屈健士低著頭，非但不敢動，連胡亂說話也不敢了。

國際警方的人員押著屈健士和所有的船員，一齊上了水上飛機，只留下了一個高級人員在「兄弟姐妹號」上。

當水上飛機起飛之後，那高級警官才道：「屈健士在這裡，是為了尋找古代沉沒的『大將號』沉船中的寶物，對麼？」

穆秀珍最口快，道：「對，現在我們要繼續尋找，怎麼樣，難道國際警方對這些寶物也有興趣麼？那可不行！」

那位高級警官笑了起來，道：「說到有興趣，『大將號』上的寶物，在傳說之中，價值十分之驚人，那是人人都有興趣的。」

高翔笑道：「或許我用詞不當，但是我覺得我們是開門揖『盜』了！」

那位高級警官道：「我們來時，我曾和納爾遜先生聯絡過，他命令我，請你們之中任何一位，和他通一個電話，他在等著。」

高翔道：「我來和他通話！」

穆秀珍忙道：「不行，不論是誰，想要和我們作對的話，那可不成，『大將號』沉船上的寶物，應該是我們的！」

木蘭花笑道：「秀珍，聽你的口氣，倒像是你已找到了寶物，現在八字還沒有一撇，你著急什麼，他們如果認為藏寶不應歸我們，那也就算了！」

那高級警官忙道：「我想納爾遜先生絕不是這個意思。」

這時，高翔已然叫道：「大家靜一靜！」

他一面說，一面按下了一個掣，那可以使得無線電話的聲音，通過一個擴音器傳出來，那麼，就人人可以聽到納爾遜的聲音了。

他們先聽到了一陣「嘟嘟」聲。接著，過了兩分鐘，才聽到了納爾遜的聲音，道：「是高先生麼？好久不見了，蘭花她們全好麼，我真的十分想念你們。」

「謝謝你，」高翔說：「但是，這究竟是什麼意思？」

「你在說什麼？」納爾遜的聲音有點奇怪。

「我要問你，你似乎有意干涉我們的行動。」

「絕不是這意思，朋友，你們找對了地方，『大將號』沉船上的寶藏，的確是藏在褐石島的一個岩洞之中的，但那是過去的事情了。」

高翔呆了一呆，道：「你是說——」

「國際警方有最可靠的情報，在三年之前，某國的情報人員偵知了這一點，派出了一隊十分能幹的情報人員，出動了它僅有的兩艘潛艇，已將寶物取走了！」

「不可能，那不可能！」高翔急忙說。

「那是絕對正確的，那個國家和英國的關係可以說是敵對的，所以整件事在十分秘密的情形下進行，等到英國政府知道，派出情報人員來視察之際，卻已經遲了，也只好徒呼負負了。」

「是哪一個國家，你說！」高翔仍然不信。

「高先生，我不能說，我的職務限定我，使我不能說，但是我想，就算我不說，你也應該明白的，這個國家在找到了那筆寶藏之後，不是用來發展國內的經濟，而是去買了許多中程飛彈，幾乎造成了第三次世界大戰！」

高翔「哦」地一聲，他明白了。

不但他明白了，木蘭花、穆秀珍和安妮也全明白了！當然是那個國家，它的情報人員如果有了準確的情報，要取得寶藏，自然不是難事！

高翔呆了半晌道：「那我們不必再尋找了？」

「我想不必了，但如果你們有興趣的話，不妨到那個岩洞中去看一看，憑弔一下，也是很有趣的一件事。」

「你知道是哪個岩洞？」

「我知道，那岩洞本來是露在水面之上的，因為附近的一次火山爆發，使得它沉下了十多呎，現在要潛水才能進去，它的位置是在褐石島的西南角，在它的上面，有一個十分突出的懸崖，」納爾遜說著，「我們所以知道得如此詳細，是因為英國情報人員事後在偵查之際，曾和我們的人一起進過那岩洞，他們還找到了幾枚金幣，或許你們再去，也可以發現一點紀念品的。」

高翔和木蘭花等人到了這個時候，對納爾遜的話實在是不能不信了，高翔無可奈何地笑了一下，道：「多謝你告訴我們這一切。」

「別客氣。」納爾遜說：「再見。」

高翔放下了電話，那位高級警官道：「現在各位明白了，我準備駕著屈健士的遊艇離去，不知道各位是不是有異議？」

木蘭花道：「可以，但是請你留下潛水工具，我們準備到納爾遜先生所說的那個岩洞之中去看一下，總算也不虛此行了。」

「當然可以。」那高級警官答應著。

安妮將「兄弟姐妹號」駛得和屈健士的遊艇並泊在一起，高翔和雲四風將應用的潛水工具都搬了過來，那高級警官駛著屈健士的遊艇走。

木蘭花坐在甲板上，道：「會有這樣的結果，倒是事前絕對想不到的。」

穆秀珍道：「總之，以後如果再有什麼人說有寶藏，要我去找的話，我就先將他一腳踢出去再說，哼！一次也沒有找到過。」

木蘭花笑道：「你總共找了幾次？」

「連這次兩次了。」穆秀珍理直氣壯地回答。

各人都笑了起來。

雲四風道：「如果兩次尋寶，一定就要有一次找得到的話，那世上沒有人做別的事，人人都去尋寶了！」

穆秀珍瞪著雲四風，可是卻又想不出什麼話來反駁他。

各人看了穆秀珍的情形，都忍不住笑，只有雲四風，怕穆秀珍發惱，所以忍住了不敢笑。

在笑聲中，「兄弟姐妹號」已向褐石島的西南端駛去。

半小時之後，他們已看到了那個十分突出的懸崖。

安妮將船駛近那懸崖，在離峭壁只有三二十碼處，泊停了船，換上了潛水裝備，安妮已不必再特別提出請求，她自然而然成了他們中的一分子，別人下水，她當然也不例外。

木蘭花和高翔用油布將強力的照射燈包好，以備帶到岩洞中去照明。

他們五個人全下了水，每一個人都握著潛水推進器，木蘭花在最前面，接著便是穆秀珍和安妮，她們並排向前推進著。高翔和雲四風兩人在最後。

他們向前游進了二十多碼，就已看到了岩石，和一個又深又黑的大洞，木蘭花用水底照射燈向前照去，洞中的一大群魚受了驚，一齊向外竄來。

那些小魚在燈光的照射下，全身泛著美麗的紅色，當牠們大群向外衝來之際，就像是爆開了紅色的煙花一樣，極其美麗。

那的確是十分深邃的一個岩洞，木蘭花首先潛了進去，在潛進了大約十碼之後，她便向上升，浮上了水面。

岩洞之中，一片漆黑，什麼也看不到，木蘭花舉起了照明燈，向前游著，爬上了一塊岩石，將照明燈擱置在岩石上面。

他們本來還怕岩洞中沒有空氣，還帶了氧氣來，但事實上，岩洞中不但有空氣，而且還十分清新，足可供他們幾個人呼吸好幾個月！

不一會，高翔也爬上了岩石，在兩支強光的照射下，那岩洞中的情形已可以看得十分清楚，他們看到在一塊大石上還閃著金光。那自然是有極大的金塊曾放置在那塊大石上，而在移動之際，金塊和岩石的摩擦所留下的痕跡了。

木蘭花指著那些痕跡，道：「看，這可能就是著名的馬雅族太陽神鏡所留下的痕跡了，據說那面神鏡有好幾噸重，全是純金製造的！」

穆秀珍道：「可是我們只看到一些痕跡！」

木蘭花笑道：「納爾遜說英國的情報人員曾在這裡找到幾枚古代的金幣，我們不妨也找一找，看還有什麼剩下。」

木蘭花那樣一說，穆秀珍的興趣又高了起來。

她拿著電筒在岩石上跳來跳去，不斷地照向岩石的隙縫，一面還叫著道：「你們也來找啊，你們怎麼不動！」

高翔和雲四風正準備也開始尋找間，穆秀珍已叫了起來，道：「看，我找到了一隻盒子，你們看，我找到了一隻盒子！」

穆秀珍在岩石的縫中取出一隻盒子來。

她迫不及待地將盒子打了開來，她叫道：「看，是兩顆珍珠，是兩顆梨形的珍珠，恰好一樣大小，正好是一對，你們看！」

她奔向前來，各人都看到了，那是指甲大小的兩顆梨形的珍珠，色澤還十分好，難得的是，樣子和大小幾乎是一樣的。

「我們再去找！」穆秀珍放下珍珠，又奔了開去。

但是，他們又找了一個多小時，卻並沒有新的發現，穆秀珍還不死心，在木蘭花幾次三番的催促之下，她才肯離開那岩洞。

等他們又回到了「兄弟姐妹號」時，穆秀珍問道：「蘭花姐，我想將這一對珍珠送給安妮，你看她要鑲什麼才好看？」

木蘭花道：「我想送給另一個人。」

安妮忙道：「我也同意。」

穆秀珍、高翔和雲四風一齊用奇怪的眼光向她望去，又同時問道：「好啊，你倒已知道是想送給什麼人了麼？」

「當然知道，送給昆格隊長的遺孀，是不是？」安妮道。

木蘭花點了點頭，道：「是的，她失去了丈夫，這一對珍珠當然不足以補償，但總算也是我們的一點心意。」

穆秀珍「哈」地一聲，雙手一攤，道：「我們還是什麼都得不到，我發誓不再參加什麼尋寶了，一定不參加！」

她說著，自己也笑了起來。

「兄弟姐妹號」又已向前駛去，從加勒比海駛向遼闊的大西洋，駛向歸程！

無價奇石

1 怪異委託人

推開旋轉的玻璃門，穆秀珍走進大廈，大廈的大堂裝飾得十分華麗，四壁全是翠綠色的，有著各種花紋的義大利條紋瑪瑙，而地上，則鋪著淺黃色的地毯。

這幢大廈被定名為「雲氏大廈」，是雲家兄弟最新造成的。自從大廈落成那天，穆秀珍來參加過雞尾酒會之外，她還是第一次來。

而今天，她也不是特別前來的，她恰好有事到市區來，找不到地方泊車，想起雲氏大廈就在附近，就將車子駛進了雲氏大廈的停車場。

當她辦完了事之後，她忽然想起，既然來了，就該去看一看雲四風，和他也已有好幾天未曾見面了。

這幢雲氏大廈，是雲家兄弟屬下許多大企業的中樞，也是一切機構的辦公室。

穆秀珍一直向電梯走去，很多人都認識她，向她招呼著，而且，幾乎每一個人都告訴她：「四先生在設計室，設計室在六樓，穆小姐，可要我帶你去？」

穆秀珍微笑著，道：「謝謝你，不必了，我自己會去。」

穆秀珍進了電梯來到七樓時，她走了出去，可是，她在走廊中才走出了幾步，突然被兩個大漢攔住了去路。

那兩個大漢的面目呆板，聲音也是硬得可以，道：「小姐，你不能再向前去，前面是設計室，不可以隨便走近的。」

穆秀珍呆了一呆，她心想，那兩個守衛一定不認識自己，所以才會那樣說的。穆秀珍雖然性子急躁，但是她卻絕不是沒有修養的人。在那樣的情形下，只有沒有修養的人，才會突然之間大發其怒的。

穆秀珍微笑道：「我正是要到設計室去的。」

那兩個大漢十分沒有禮貌地打量穆秀珍，問道：「你到設計室去幹什麼？」

穆秀珍回答，「我去見雲四風。」

「四先生正在開重要的設計會議，不能見客！」那兩個大漢的聲調仍然是冰冷的，「你要見雲先生，應該先到傳達室去登記，再等他的秘書安排時間，你以為四先生是什麼人，隨隨便便的闖進來，就可以見到他了麼？快離開，這裡是不准閒人進來的。」

穆秀珍心中不禁又是好笑又是好氣，她道：「你去告訴他一聲，我是穆秀珍，他一定會出來見我的。」

那兩個大漢不耐煩起來，揮著手道：「走，走，什麼穆秀珍不穆秀珍，就算是穆桂英，也不准在這裡囉囉嗦嗦，走！」

那兩個大漢竟然已開始下逐客令了！

穆秀珍可以說不論在什麼地方，都未受到過那樣的待遇過，她反倒覺得好笑，心想那個守衛一定是新來的，所以不認識自己。

她正在想著，如何才能使對方明白，在「雲氏大廈」之中，自己是可以喜歡上哪兒去，便上哪兒去的，她還沒有開口，只見一扇門打開，走出兩個人來。

那兩個人走出來的樣子，十分特別，他們竟是倒退著身子走出來的。

穆秀珍一時之間，也不及去思疑為何那兩人走出來的姿勢如此之怪，她從那兩人的衣著上看來，那兩人應該是公司中的高級職員，那一定應該認識她是什麼人的，只要那兩個職員認識她，那麼，問題就不存在了。

是以她一看到那兩人背向著她退了出來，她便揚起手來，叫道：「喂，你們——」

穆秀珍揚手一叫，那兩人突然一呆，像是受了極大的驚嚇一樣，這令得穆秀珍陡地一怔，看出這兩人的行動十分蹊蹺了。

穆秀珍的心中已然起疑，是以她叫了一半，便突然停了下來，而就在此際，更意想不到的事情發生了！

在穆秀珍身前的兩個大漢，一個突然托地跳到了穆秀珍的背後，而另一個則突然伸手，抓住了穆秀珍的手腕，用力一扭！

這一切，全是來得突然之極，穆秀珍猝不及防，手腕已被身前的那大漢抓住，那大漢接著一扭手臂，將穆秀珍的手臂扭到了背後。

雖然變化倉猝，但是穆秀珍的應變何等之快，她的右臂才一被人強扭到背後，左臂已突然向後一縮，手肘重重地向後撞了出去。

那一撞，正撞在那大漢的胸前，那大漢發出了一聲悶哼，抓住穆秀珍手腕的手不由自主一鬆，穆秀珍不肯放過他，手臂一勾，勾住了他的頸子，身子一躬，用力向前一摔，將那大漢在她的頭頂之上直摔了過去，跌向她的身前。

那時，另一個大漢一開始就跳到了她的背後，正待狠狠向前撲來，被穆秀珍摔出的那人，向他疾撞了過去，兩人跌作一團。

穆秀珍已經知道事情十分不尋常了！因為雲氏大廈的守衛就算是新來的，不認識她，也絕沒有理由會無緣無故對她出手攻擊的，是以她不再理會那跌成一團的兩人，立時轉過身來。

她才一轉過身來，便陡地一震！

她對付了那兩個大漢，只不過是電光石火的一剎間，當她轉過身來時，那兩個人也在此際轉過了身來，他們兩人的手中，各握著一柄套著滅聲器的手槍。

而且，他們兩人的頭臉上，還各套著一隻女人的長統絲襪，還是黑色的有花紋的那種，以致於使得他們看來十分可怖！

穆秀珍在那一剎間，心中不知生出了多少疑問，那兩個人是什麼人，他們在這裡幹什麼，雲四風怎樣了？

由於對方手中有著武器，是以穆秀珍在剎那之間只得僵立不動，那兩個人中的一個，又轉過了身去，他們兩人背靠著背，向前走來。

穆秀珍略閃了閃身子，貼住了牆。

那兩個也不說話，其中的一個，手中的槍一直對住了穆秀珍，穆秀珍在剎那之間想了許多辦法，但卻沒有一個好辦法對付他們。

那兩人來到了跌倒在地的兩個大漢之前，才聽得其中一個沉聲道：「快起來，得手了，我們要快快離開這裡，快起來！」

那兩個大漢掙扎著站了起來，其中一個，在站直了身子之後，想是因為剛才一跌，跌得十分重，是以一個站不穩，又待向下跌來。

當那大漢向下跌來之際，一直用搶指住了穆秀珍的那人，連忙伸手去扶他，在那一剎間，他手中的槍並沒有對準穆秀珍！

那是千載難逢的機會！穆秀珍倏地伸手，捧起了就在她身邊的煙火盅，用力向前擲了過去，煙火盅一拋出，她身形一轉，向前飛奔了過去，肩頭一撞，「砰」地一聲，撞進了那兩個蒙面人剛才走出來的那扇門。

她撞進去的力道實在太大了，以致她在將門撞開之後，身子是滾跌進去的！但穆秀珍的身手究竟非同凡響，她在厚厚的地毯上打了一個滾，立時翻身，當她站直了身子之後，首先聽得雲四風一聲呼叫，道：「秀珍！」

穆秀珍這才看清自己是撞進一個會議室來了，在長方形的會議桌旁坐著不少人，主席的位置上，坐的正是雲四風。

雲五風也在，還有些人，穆秀珍有認識的，也有不認識的。

穆秀珍立即叫道：「四風，你呆坐在這裡做什麼？他們要逃走了！」

雲四風苦笑道：「秀珍，你遇到他們了？沒有辦法，只好放他們離去，大廈中職員太多，若是逼得他們急了，一定會出悲劇的！」

穆秀珍呆了一呆，連忙轉到門外去，走廊之中卻空無一人了。穆秀珍一頓足，道：「四風，你什麼時候變得那樣怕事了？」

「秀珍，我不是怕事，他們手中有槍，你遇到了他們，一定知道的，何必逼他們傷人，就讓他們離去好了，他們一定急於離去的。」

穆秀珍搖著頭，但是她也說不出什麼來。她不同意雲四風的做法，但是卻也感到雲四風的做法是十分有道理的，那樣可以避免他們殺害無辜。

穆秀珍略呆了一呆，又問道：「他們是什麼人？我聽得他們說已經得手了，他們搶走了什麼？你難道不準備通知警方麼？」

「我不知道他們是什麼人，」雲四風回答，「他們搶走了一份設計文件，五風！快通知警方，說我們這裡出了意外。」

雲五風剛拿起電話，便聽得走廊之中傳來了一陣呼叫聲，道：「有強盜啊，有強盜啊！」

穆秀珍和雲四風連忙衝了出去，只見兩個守衛，手足還被人綁著，從樓梯間滾了出來，一面滾，一面大聲叫著。

許多職員聽到了叫聲，都慌慌張張地趕了出來，一時之間，人聲嘈雜，亂成了一片。雲四風大聲道：「大家回到工作崗位去，稍有一些意外，我們已通知警方了，發生的事情和各位全然無關，各位不必大驚小怪，照常去工作！」

雲四風那樣一說，職員立時都散了開去。

早已有人將那兩個守衛解了開來，那兩個守衛十分狼狽，不住道：「四先生，他們一共有四個人，突如其來制住了我們，將我們綁了起來，口中塞上了布，我們一點抵抗的餘地也沒有，我們……」

雲四風安慰著他們，道：「你們不必自疚，他們突然偷襲，你們自然不是敵手，等會兒警方人員來了，你們照實敘述好了。」

那兩個守衛千恩萬謝，穆秀珍又到梯口去看了一看，那兩人忙道：「他們四人是從樓梯下去的，其中一個，好像受了傷！」

雲五風也已從地上拾起了一隻煙灰盅來，那個煙灰盅是仿古銅的，上面有著血漬，他揚著煙灰盅道：「四哥，你看。」

穆秀珍回過頭去，笑道：「那是我撞進門來之前拋出去的，一定拋中了他們中的一個人，我希望拋中在他的臉上，那也夠受的了！」

雲四風笑了起來，道：「看來那人的傷勢也不輕了！」

一隊警員已在這時衝了上來，由一位警官帶領著，他們在大廈上下搜索了半小時，除了在樓梯間找到了兩隻絲襪之外，沒有什麼別的發現。

高翔自己雖然沒有來，但是也打電話來問過。

穆秀珍看雲四風忙得實在可以，又問了雲四風一些問題，看不出那事情有什麼大不了，也就告辭回去了。

穆秀珍是心急的人，她一回到家中，自然便迫不及待地將在雲氏大廈中發生的事，向木蘭花和安妮講了一遍，講完之後，她又道：「真可惜，我竟未曾捉住他們中的一個！」

木蘭花笑道：「秀珍，你以一敵四，還佔上風，那已經很不容易了。四風沒有說被搶去的一份設計文件的內容是什麼？」

「他說了，那是一套很特殊的機械設備。」

「特殊到什麼程度？」

「最特別的是。這一套機械設備，全有一個外殼保護，這外殼的設計要求，是可以耐攝氏五千度以上的高熱，那倒不是一件容易的事。」

「哦？」木蘭花的雙眉揚了揚，「攝氏五千度的高熱？那有什麼用？除了太空船回返地球，經過大氣層時摩擦發生的高熱以外，很少有什麼情形會產生那樣的高熱了，你有沒有問雲四風，這些設備究竟是有什麼用途的？」

穆秀珍道：「我沒有問，那有什麼關係？」

木蘭花笑了起來，道：「你倒問得出奇，我怎知有什麼關係？只不過那是一份特殊的設計，而又被人搶走了，這其中，多少有點曲折在的。」

穆秀珍點頭道：「對，四風今天晚上一定會來的，直接問他好了。」

安妮插嘴問道：「珍姐，你和四風哥哥約定了？」

「沒有約定，但是我知道他一定會來的！」穆秀珍肯定地說：「他自然更知道事情可能不簡單，他難道不會找我們來商量麼？」

木蘭花不再表示什麼意見，只是道：「秀珍，你已打擾了我們近半小時了，安妮今天該學的課程還未曾學完，你別再來打擾她了。」

穆秀珍笑道：「蘭花姐，別那麼緊張，放一會兒假吧！」

木蘭花臉色一沉，道：「不行，你忘記了？我要安妮在兩年之內學完五年的中學課程，她自己也同意的，怎可以有絲毫的鬆懈？安妮，快做幾何題！」

安妮無可奈何地向穆秀珍望了一眼，控制著輪椅，來到了一張桌子前，拿起了圓規和三角尺來，開始去做她的習題了。

穆秀珍料得沒有錯，當天色黑了之後不久，雲四風的車子已停在鐵門之外了。但是穆秀珍所未料到的是，雲四風是和高翔一起來的。

穆秀珍替他們兩人開了門，便迫不及待地問道：「中午的那件事，可有什麼線索了？找到了那四個人沒有？」

「沒有線索。」高翔回答著。

他們一齊來到了客廳中，穆秀珍又道：「蘭花姐怪我未曾問清楚那設計文件的詳細內容，四風，你現在可以詳細說說了！」

雲四風坐了下來，道：「看你性子那麼急，我就是為了這個才來的。」

穆秀珍撇了撇嘴，道：「最好像你，坐在椅子上不動，等人家搶了東西走，還要算好了時間，讓搶東西的人從容離去！」

木蘭花笑道：「秀珍，別拌嘴了。」

雲四風也笑了起來，道：「蘭花，這事情十分玄妙，在事後，我調查那件設計是誰委託我們進行的，可是，調查的結果卻十分意外。」

他講到這裡，略頓了一頓，穆秀珍一張口又想問，但是雲四風立時揚起了手，不讓她再說什麼，接著他就道：「通常，特殊和重要的設計委託，都是由我親自去接頭的，但是當這份設計的委託人來找我們時，我卻和你們一起在西印度群島中。」

穆秀珍「哼」地一聲，道：「空花了那麼多時間，只不過找到了兩顆珠子，真是太不值得了！」

雲四風續道：「所以委託人是五風接頭的，設計的要求十分嚴格，而且，據五風說，委託人的要求，是不完全的。」

「不完全的？那是什麼意思？」

「只是一半，因為委託人開列來的草圖，並不成為一套完整的機械設備，而至多只不過是那套機械設備的一半而已。」

「那也應該可以看出來是什麼設備的了。」

「是的，那是一套在高溫中可以操作的設備，它包括一個可以耐高溫的囊，人在那個耐熱囊中，可以在攝氏五千度的高溫中做簡單的工作。如果是我接頭的話，那我一定拒絕那樣的委託，但是五風卻十分好勝，高溫操作機械又恰好是他專門的課題，他在這方面的成就也十分高。是以他就接了下來。」

木蘭花問：「委託人是什麼身分？」

「奇就奇在這裡，」雲四風攤了攤手，「委託人根本就未曾露面，一切全是託裴隆律師代表進行的。」

高翔接著道：「警方曾向裴隆律師查問過，是誰委託他來和雲四風接頭的，但是裴隆律師卻拒絕回答，而警方也無權逼他說出來。」

木蘭花笑了一下，道：「很神秘，是不？」

「是的，很神秘。」所有人都點頭同意。

木蘭花支著頭，想了片刻，問道：「五風可曾估計過，那套設備是要來做什麼的？」

雲四風道：「他有一個假設，說是有了那套設備，可以使一個人進入煉鋼的高爐，在熔化了的鋼水之中做簡單的操作。」

「可是，那是沒有意義的！」高翔立時說。

木蘭花皺著眉，道：「我的想法，和五風稍有不同，我認為這套設備，是為了方便人在火山之中進行某些工作，更來得合理些。」

各人都吃了一驚，道：「你是說人進入火山裡去工作？那是為了什麼？為了到地心去探險，像儒勒・凡爾納所寫的科學幻想小說『地心探險記』一樣？」

木蘭花道：「那只不過是我的猜想而已，現在，這份設計文件失去了，你們會受到什麼損失？委託人會對你們怎樣？」

「我和裴隆律師聯絡過了，他說他會將發生變故一事通知他的當事人，我要求和那委託人直接聯絡，但是他卻拒絕了。」雲四風說。

「那麼暫時只好等委託人出面再說了。」木蘭花忽然興致勃勃起來，「我們玩一會橋牌，怎麼樣？別再去想惱人的事了。」

「好！」高翔、雲四風和穆秀珍全部同意。

他們玩得興高采烈，一直到午夜，高翔和雲四風才告辭離去。

在他們兩人離去之後不久，木蘭花忽然道：「秀珍，有興趣遊夜街麼？」

穆秀珍愕然道：「什麼意思，蘭花姐？」

木蘭花道：「我想，那份設計的委託人的身分未免太神秘了，我們去揭開這份神秘，看看他究竟是怎樣的一個人！」

穆秀珍不禁大笑了起來，道：「蘭花姐，你說我會不同意麼！」

木蘭花道：「那麼你去準備一切。」

木蘭花說著向安妮望去，安妮道：「我在家中等你們回來。蘭花姐，你可是準備和秀珍姐到裴隆律師的事務所去？」

木蘭花點點頭道：「是的，如果你覺得疲倦的話，你可以睡覺，我想今天晚上是不會有什麼事情發生的，你不必太緊張。」

安妮道：「我知道了，我會照顧自己的。」

在經過了安妮獨力對付牙買加土王屈健士那件事之後，木蘭花對安妮的能力更有了進一步的認識，她也確知安妮是有能力照顧她自己的。

木蘭花換了衣服，從穆秀珍手中接過了一些應用的東西，她們一齊駕車離開了家，向市區而去。

那時已是將近凌晨一時了，郊區的公路上冷清得除了她們的車子之外，一輛也沒有，在進了市區之後，路上也是冷清的，木蘭花將車停在一幢商業大廈之旁。

車子停下之後，四周圍十分寂靜。

木蘭花叮囑道：「我們的行動要小心些，不要出了事，令高翔感到為難。」

穆秀珍笑道：「蘭花姐，到律師事務所去偷看一份文件，那實在是太容易了，我想不出有什麼可以值得小心的地方，難道我們還會給看更的人抓住麼？」

連木蘭花也覺得好笑了起來，她們一齊出了車子，繞到了那大廈的後面，沿著水管，向上爬了上去，到了二樓，弄開了窗子，便已置身在大廈之中了。

穆秀珍用電筒照射著，道：「蘭花姐，裘隆律師事務所在六樓，我看我們不必費手腳用電梯了，沿樓梯走上去，只有更快！」

木蘭花點頭道：「你說得是。」

她們兩人用十分輕盈快疾的步法向上奔去，不一會便到了六樓，而且立即就找到了裘隆律師的事務所。

穆秀珍來到門口，低頭用電筒向鎖匙孔照了一照，取出了一柄百合鑰匙來，但是她還未曾插進那柄百合匙，手在門上輕輕碰了一下，「卡」地一聲，門已被推開了吋許！

穆秀珍陡地一呆，低聲道：「蘭花姐！」

木蘭花就在穆秀珍的身後，她自然也看到了門並沒有鎖著！那實在是太不合情理的事，可是如今，這樣的事竟然發生了！

那只有一個解釋，便是在她們之前，已有人來過了！

木蘭花也立時想到：那比她們早來的人，可能沒有走！是以，木蘭花立時一拉穆秀珍，低聲道：「噤聲！」

穆秀珍被木蘭花一拉，連忙退了開來，和木蘭花一齊背貼著牆，站在門邊，她手中的電筒自然也早已熄滅了。

木蘭花向門內傾聽著，她聽不到什麼聲響。木蘭花自靴筒旁抽出了一支短棍來，那短棍只有一呎長，但是卻是可以伸縮的，木蘭花將之拉成了有四五呎長，輕輕地頂著那扇門。

她將那扇門頂了開來，卻仍然沒有什麼動靜。

穆秀珍看到了這等情形，已經一閃身想走進去了！但是木蘭花卻一把將她拉住，木蘭花將電筒按著了，掛在拉長的金屬桿上，慢慢地向門內伸了進去，在黑暗中看來，就像是有一個人持著電筒，走進了門一樣。

她的電筒才一伸了進去，便突然聽到裡面傳來了「撲」地一聲響。

那一下響聲，和打開一瓶汽水時所發出的聲音差不了多少，緊接著，木蘭花的手中一震，那隻電筒「砰」地一聲，跌在地上，熄滅了！

木蘭花也隨即聽出那「撲」地一聲響，是裝了滅音器的手槍所發出來的。但是木蘭花人並未走進門去，是萬萬沒有被射中之理的。

那麼何以木蘭花向地上倒了下去呢？穆秀珍幾乎已要大聲叫出來了。

但也就在那一剎間，她卻看到倒在走廊的木蘭花，向她做了一個手勢，穆秀珍在剎那之間，已經明白了木蘭花的意思。

她仍然貼牆而立，一動不動。周圍又恢復了寂靜。

約莫又過了半分鐘，才聽得事務所中傳來了輕微的腳步聲，不一會兒，穆秀珍看到一個人握著槍，自事務所中走了出來。

那人的行動看來十分小心，這時，眼前的光線十分黑暗，穆秀珍根本看不出那是什麼樣的一個人，只看到他握著槍，一步一步向前走來。

當他走到倒在地上的木蘭花身前之際，他才停了下來，然後，眼前一亮，那是他手中的小電筒發出的光芒，向木蘭花的臉上照去。

也就在那一剎間，木蘭花的身子突然向上坐了起來，一伸手，抓住了那人的右腕，將那人的手用力揚得向上，那人的手指連連勾動，在剎那之間，他手中的滅聲手槍連射出了三粒子彈，但是那三粒子彈，卻全射到了對面的牆上。

那時，穆秀珍也不客氣了，她踏前一步，雙手併在一起，重重地一掌，砍向那人的後腦，那人的身子立時軟了下來。

穆秀珍還不放心，又在他頸際的大動脈旁補了一拳，肯定他已昏了過去，才插進了那人的兩脅，將那人拖開了幾步。

木蘭花自地上一躍而起，她低聲道：「小心，那人可能有同黨，我先滾進事務所，你在門口替我接應，要小心一些！」

穆秀珍點著頭，木蘭花又道：「沒有帶紅外線眼鏡來麼？快戴上，那麼，我們在黑暗中行動，就可以佔不少便宜了。」

穆秀珍取出了兩副紅外線眼鏡來，遞了一副給木蘭花，木蘭花一戴上，眼前立時便現出了一片暗紅色來，她身形一矮，一個翻滾，就滾到了事務所中。

木蘭花在一張桌子後蹲下來，向前看去。

她看到好幾個文件櫃都已被打了開來，文件櫃中的文件已亂了一團，有不少還散落在地上，看來明天事務所的工作人員，要很花些工夫，才能夠整理妥當了。

木蘭花的心中十分疑惑，她和穆秀珍來，目的是為了搜尋文件，但是，居然有人先她們而來，目的為了搜尋律師事務所的文件！這不是太巧合了麼？

這樣的巧合，使木蘭花想到另一個更大巧合的可能性：前來搜索的人，和她們的目的是一樣，是想知道那個神秘的委託人究竟是誰。

那麼，事情真的十分不簡單了！

2 尷尬處境

那事務所十分大，在左首，還有另外兩間辦公室，門都關著，木蘭花觀察了五分鐘之後，肯定事務所中沒有人，她才站了起來。

她一直起了身子，便向在門口等著的穆秀珍招了招手。穆秀珍輕巧地竄了進來，低聲道：「蘭花姐，我在那人的衣袋中搜出了一疊文件，是用律師事務所的信封套著的，你可要看看？」

木蘭花揮了揮手道：「不必現在看，我們可以回去了。」

「回去？」穆秀珍有點不明白。

「是的，我敢說那人身上的文件，一定就是我們想要找的，要不然，事情絕不會如此湊巧的，我們打一個電話通知警方，叫警方將那人帶走就可以了。」

穆秀珍走向一具電話，拿起了電話來。

就在穆秀珍拿起電話的一剎間，木蘭花突然聽到了「卡」地一聲門柄旋動的聲音，木蘭花忙喝道：「快臥下！」

穆秀珍的身形突然一矮。也就在那時，自左首那間辦公室之中，疾衝出一個人來，那人一面衝出來，一面手中的槍向四下亂射，發出「撲撲」的聲響。

他的行動十分之快，轉眼之間便衝到了事務所的門口，木蘭花端起一把椅子，向他直拋了過去！

那人也不回身，反手向椅子又射了兩槍，人便奪門而出，木蘭花迅速地掩到門口，只見那人負起了暈過去的那人，自樓梯上飛奔而下。

木蘭花著地滾到了走廊上，但是那人像是知道木蘭花會追上來一樣，又向上連發了三槍，有一槍的子彈，就在木蘭花的頭頂上掠過。

那使得木蘭花不敢向下追擊，只是臥伏在地上。

而那人的行動十分快，轉眼之間便消失在樓梯的轉角處了。

穆秀珍也追了出來，道：「怎麼了，唉，給他們逃走了麼？」

木蘭花向穆秀珍一招手，她們也沿著樓梯疾奔而下。

可是她們一直來到大廈的最低層，卻還是未曾看到那兩個人，而這時候，她們已聽得大廈的守夜人在呼喝著問道：「什麼人？」

木蘭花拉了拉穆秀珍，兩人一齊縮在樓梯的一邊不動，接著，便是「砰」地一聲響，一塊玻璃被打碎了的聲音，和那大廈守夜人的一下驚呼。

從那一下驚呼聲中聽來，那守夜人顯然是被擊昏過去了。

木蘭花忙低聲道：「他們正在奪門而逃，我們快追上去，還來得及！」

她們兩人在黑暗之中，像貓一樣地竄了出去。

但是，她們的行動雖然快，卻還是遲了一步，當她們來到外面之際，只看到大廈門口有人影一閃，一輛車子飛駛到了大廈門口，兩個人一齊進了車子，那輛汽車一個急轉彎，已向前疾駛而去，木蘭花和穆秀珍無法追得上了。

穆秀珍頓足道：「還是給他們走脫了！」

木蘭花卻微笑著，道：「他們走不脫的。」

穆秀珍愕然道：「蘭花姐，你那樣說，什麼意思？」

「他們到這裡來的目的，是為了要得到那份文件，現在他們無功而退，已得手的文件又落到了我們手中，他們怎肯干休？」

「你是說他們會來找我們？」

「那倒未必，因為我們突如其來，他們吃了敗仗，糊裡糊塗，根本不可能知道是敗在什麼人手中。但這件事發展下去，一定還有熱鬧可看，我們先回到車中再說。」

她們貼著牆，向前迅速地走著，街道上靜到了極點，不但沒有行人，連車子也沒有，她們來到了車前，進了車子，穆秀珍已急不可待地道：「快看看我們搶到的是什麼，如果不是我們要找的東西，那麼我們還來得及回去，再找一次。」

木蘭花打開了那信封，自信封中抽出一疊文件來，但是她還未曾仔細去看那疊文件，便突然呆了一呆，道：「我們身邊有人麼？」

穆秀珍吃了一驚，連忙抬頭看去，街道上冷清清地，附近只有她們一輛車子，並沒有什麼人，她吸了一口氣，道：「沒有人啊！」

木蘭花皺起了雙眉，道：「可是……我卻感到車子好像有些異樣的聲響，好像……好像有人躲在我們車子的底下，秀珍，下車看看！」

木蘭花那樣說，穆秀珍實在是不同意的，但是她卻習慣遵從木蘭花的吩咐，是以她立即打開了車門。

也就在她打開車門，人還未及跨出去之際，她們車子的車頭突然向上升了起來，上升的速度十分之快，不到幾秒鐘便升高了兩呎！

車頭突如其來地升高，令得穆秀珍和木蘭花都身子向後一仰，在那剎間，穆秀珍的應變十分之快，她身子一側，已待向車外滾去。

但是，自車底出來的那人，動作卻比她更快！那人從車底下直竄了出來，他的手中持著一柄輕型的手提機槍，從打開了的車門中，對準了穆秀珍和木蘭花。

他的頭上，套著一隻有黑色花紋的絲襪，以致使他在路燈黯淡的光芒下看來顯得十分詭異。

木蘭花和穆秀珍被困在車中，她們的車子，車頭又被頂高了兩呎，使她們無法立即開動車子急駛而去，她們也不能跳出車子。

在突然之間，她們兩人陷入了困境之中！

而且，那樣尷尬的處境，在木蘭花和穆秀珍的冒險生活中，也是前所未遇的，因為她們此際連一點反抗的餘地也沒有！

那人沉著聲道：「好了，兩位，將那份文件拿過來，願上帝保佑你們，還未曾看到它的內容，那樣才可使我不至於逼得要殺你們！」

木蘭花的處境雖然不利之極，但是她的聲音卻仍然十分平靜。她道：「你出現得太快了，我只來得及將文件自信封中取出來而已。」

「快拿來！」那人呼喝著。

木蘭花將那疊文件又放進了信封中，她將信封向車門外遞去，同時，她的手肘在穆秀珍的身上輕輕碰了一下，左手向那人指了一指。穆秀珍立時會意，她聚精會神地等待著。

木蘭花笑道：「你何必那麼緊張，在現在這樣的情形下，難道我們還能不給你麼？拿去，但是記著，我還可能將它再搶過來的。」

「不會的，小姐，你不會有機會——」

那人一面說，一面伸手來接那信封，他的一隻手仍然握著那柄輕型的手提機槍，那種可以連續發射子彈的輕型機槍，不會比一柄大型軍用手槍更大些，一隻手是足可以把握的了。

木蘭花將信封交到了那人的手中，但是就在那人一接過信封之際，木蘭花的手臂突然向前一伸，又伸出了半呎！那使得木蘭花可以抓住那人的手腕，而木蘭花在一抓住了那人的手之後，立時手臂一縮，用力將那人拉得向近來！

而穆秀珍在得到了木蘭花的暗示之後，也已經知道木蘭花將要採取行動，她也有了準備，就在那人身子向前一靠，向前跌來之際，穆秀珍突然一抬腿，「砰」地一聲，膝蓋正撞在那人的面門上！

那一撞，令得穆秀珍的膝蓋覺得好生疼痛，那人被正撞在臉上，其痛苦更是可想而知，他立時發出了一下可怕的呻吟來！

而那種突如其來的痛楚，是足以令得一個人的神經完全麻木，在剎那之間，根本無法有任何行動的，所以木蘭花也就在那一剎間突然鬆手，在那人的手中，奪過了那柄輕型機槍來。

而木蘭花一鬆手，那人的身子便向後仰跌了下去。

就在那人的身子向後跌倒之際，穆秀珍一伸手，輕輕地將那封信自那人的手中取了過來。

她們兩人的動作配合得天衣無縫，雖然她們是在和敵人進行生死一線的相拚，但是在互相配合這一點上，卻是美妙得如同一件藝術品一樣！

那人「砰」地跌倒在地，木蘭花也已打開了她那邊的車門，道：「快下去，那人可能有同黨，我們不能被困在車中。」

她們兩人一齊跳下車，向前面奔了過去，到了對街，立時隱身在牆角的隱暗處，那樣，她們便處在極有利的地位了。

她們向前看去，看到她們的車子是被一個如同「千斤頂」的東西頂起的。但那當然不是普通的「千斤頂」，因為普通的千斤頂，不可能在那麼短的時間內便將一輛車子的車頭頂高的。

那個倒在地下的人，只是因為穆秀珍的那一撞所帶來的疼痛實在太甚，是以他才跌倒在地的，等到木蘭花和穆秀珍奔開時，他也從地上爬了起來，當他站直了身子之後，木蘭花和穆秀珍都可以看到自他的鼻孔之中還在流著鮮血。

那人四面張望著，像是想選擇該從哪一條路逃走，但這時木蘭花已出聲道：

「向我們走過來，服從我的命令，因為你在我的射程之內！」

那人陡地一震，他微微抬高著頭，那樣可以令得他的鼻血流得不致於太快，他向木蘭花和穆秀珍兩人慢慢走了過來。

「除去你臉上的絲襪。」木蘭花繼續命令著。

那人已到了離木蘭花只有三四碼處了，他停了一停，拉去了臉上的絲襪。木蘭花本來是想令那人在拉去了絲襪之後，看清他的臉容的。

但是，木蘭花發覺她並不能如願，因為穆秀珍剛才膝蓋的那一頂，實在太用力了，令得那人的鼻子歪在一邊，而且滿面是血，根本看不清他原來是什麼樣子了。

木蘭花冷笑了一下，道：「朋友，你很聰明，知道附近唯一的一輛車子可能是我們的，所以便伏在車下等我們前來，但是你卻疏忽了一點，你竟忽視了我的警告，以為你自己是可以穩佔上風了，好了，你是什麼人，快說！」

那人仍然抬著頭，並不出聲。

穆秀珍厲聲喝道：「說，你是什麼人？」

那人由於鼻子受了相當嚴重的損傷，是以他一開口，聲音也變得和剛才不一樣了，顯得十分模糊不清，但是還可以聽得出他在道：「小姐，你們問我是什麼人，但是我想問問，在你們身後的是什麼人。」

穆秀珍「哈哈」地笑了起來，道：「你想在我們的面前玩那樣的花樣，那不是太可笑了麼？你不說，我再給你苦頭吃。」

穆秀珍的話才一出口，她的身後突然又傳來了另一個男人的聲音，道：「小姐，不是玩花樣，我就在你們的身後！」

木蘭花和穆秀珍兩人同時一呆！

她們早知道對方是兩個人，但是一個是早在律師事務所的門外就被穆秀珍擊昏過去的，想不到在這時，那人已醒了過來，而且繞到了她們的身後！

穆秀珍的身形一動，但是身後的聲音立時警告道：「別動，你只要動一動，我手中的槍便立時發射，別拿你自己的性命從事沒有希望的賭博！」

木蘭花忙道：「秀珍，聽他的話。」

穆秀珍雙手緊握著拳，道：「蘭花姐，他手中可能根本沒有武器，我們如果就那樣被他嚇住了，那不是太不值得了麼？」

穆秀珍的話才出口，在她的身後，便傳來了「啪啪」幾下響脆的聲音。接著便聽那人道：「小姐，這是什麼聲音，你應該認得出來。」

穆秀珍沒有再出聲，她的確是一聽就聽了出來，那是子彈盒拔出槍膛又插進槍膛的聲音，她身後的人，手中的確是有武器的。

這時，在她們面前的那人又向她們走了過來，在木蘭花的手中奪過了輕型機槍，又伸手在穆秀珍的手中取過了那隻信封。

同時，他還道：「兩位小姐，你們的身手如此了得，我想，你們一定是大名鼎鼎的女黑俠了，對不對？」

木蘭花笑著道：「在現在這樣的情形下，你稱我們是『大名鼎鼎』的人物，這諷刺不是嫌太露骨一些了麼？」

那人取出了一條手帕來，抹拭著鼻血，身形向後退去，木蘭花和穆秀珍仍然站立著不動，而在她們身後，卻傳來了一下嘆息聲，道：「兩位，我們不是你們的敵人，你們將我們當成了敵人，那是一個錯誤，希望我們不要再誤會下去了！」

木蘭花心中疑惑著，一時之間，也不知道身後那人這樣說法是什麼意思。

只見受傷的那人迅速地退到了對街的陰暗處，又轉過了牆角，看不見了，而在她們的身後，也好久沒有聲音傳來，木蘭花突然轉過頭去，她們的身後早已沒有人了！

木蘭花苦笑了一下，道：「秀珍，那文件還是給他們搶回去了！」

穆秀珍憤然道：「我們一不小心，反上了他們的當。」

木蘭花蹙著雙眉，慢慢地向她們的車子走去，來到了車前，她檢查著那「千斤頂」，按下了上面的一個掣，「千斤頂」縮了下來，車子的前輪也著了地。

木蘭花和穆秀珍坐進了車子，木蘭花踏下了油門，車子向前駛去，直到此際，她才像是自己問自己地道：「那人說，他和我們不是敵人，這是什麼意思？」

「別聽他花言巧語，胡說八道！」穆秀珍立即接口。

「可是，」木蘭花說：「秀珍，你不能否認，他們得回了文件，就悄然而去，並沒有什麼對我們不利的行動！」

穆秀珍呆了一呆，道：「哼，他們不怕？」

「在剛才那樣的情形下，怕的應該是我們，在我們身後的人如果開槍的話，就算附近有警車，他們也可以安全脫身的！」

穆秀珍又呆了好一會，才道：「可是，那人用絲襪蓋著頭，和我在雲氏大廈中遇到的人一樣，他們怎會不是我們的敵人？」

對於穆秀珍的這個問題，木蘭花並沒有回答，看來，她像是正在專心一志地駕車，但是穆秀珍卻知道，木蘭花是在思索著。

穆秀珍知道木蘭花在想什麼，木蘭花是在想：那些搶走了設計文件，而又偷走了律師事務所文件的，究竟是一些什麼身分的人！

車子本來是在向回家的途中駛去的，可是突然之間，木蘭花卻將車子轉了一個大彎，又向市區中駛去，穆秀珍忙問道：「蘭花姐，你做什麼？」

木蘭花安靜地道：「我們去拜訪一個人。」

「什麼人？」穆秀珍大惑不解。

「裴隆大律師。」木蘭花的聲音仍然十分平靜，道：「如果那份文件中，說明著他委託人的身分，那麼裴隆律師應該十分清楚知道他的委託人是誰，我們去找裴隆律師，作用是和得到那份文件一樣的，只不過要多少用些工夫逼他講出來而已。」

穆秀珍對於那份文件的得而復失，心中本來十分沮喪，但是，這時一聽得還可以挽救，她就高興了起來，道：「你說得是，可是，你知道他住在何處？」

「我知道，我在家中查他的辦事所地址之際，也順便查過他的住宅地址，我們這次行動得小心些，如果我們再失敗，那就無可挽救了！」

像剛才那樣的失敗，在她們來說，也可以算是前所未有的事了，雖然那樣說的是木蘭花，但是穆秀珍還是紅了紅臉。

車子在寂靜的街道上，迅速地前進著。

不一會兒，轉進了一條十分寬闊的馬路，兩旁全是精緻的小洋房，然後，在一幢綠色的房子前停了下來。

車停之後，木蘭花並不立時走出車來，她先在車中側頭細聽了片刻，然後才輕輕打開車門，跨出了車子。

穆秀珍也跟著走出來，兩人並沒有費什麼工夫，就翻上了不到十呎高的圍牆，但是她們還未曾向下躍去，便惹來了一陣狗吠聲，有一頭狼狗，正由花園中向前直竄了過來，竄到了牆腳下。

穆秀珍蹲在牆頭上一抖手，抖出了一方方布來，她雙手抓住了那方布，向下直跳了下去，用布罩住了那頭狼狗的頭，手臂緊緊抱住了狗頸，用力將那頭狗壓在地上，狼狗雖然在竭力掙扎著，但是卻已不再有吠叫聲發出來。

木蘭花也一躍而下，她們兩人迅速地用皮帶將那方布束緊，然後再縛住了狼狗的四足，任由狼狗躺在地上掙扎著。

她們已經穿過了花園，來到了屋子之前。

四周圍十分寂靜，木蘭花和穆秀珍用百合匙弄開了門，推門而入，她們聽到一陣鼻鼾聲，像是在臥室中傳出來的。

她們從樓梯上走去，到了二樓，先打開了一間房間的門，向內張望了一下，看到有兩個十歲左右的小女孩，正睡得十分甜。

她們又將門輕輕關上，然後，又打開另一扇房間的門，她們看到了一個戴著睡帽的中年人，也正熟睡著。

那臥室中有兩張床，另一張床上，睡著一個中年婦人，那自然是裴隆律師的夫人了，她們閃身而入，將門關上，穆秀珍找到了電燈開關，「啪」地一聲弄亮了電燈，大叫了一聲，道：「起來！」

兩張床上的人突然坐了起來。看他們的神情，顯然根本不知道究竟發生了什麼事！

他們茫然地望著木蘭花和穆秀珍，穆秀珍已用槍對準他們，道：「裴律師，希望你別以為我手中的只是玩具！」

裴太太首先驚叫了起來，道：「你們……想幹什麼？」

「別叫，」穆秀珍沉聲喝著，「我們只不過想問律師幾句話而已。裴律師，你有一個十分美滿的家庭，很令人羨慕！」

「你……你們……」裴律師的聲音有些發抖。

「我們也不想破壞你美滿的家庭，裴律師。」穆秀珍立時接上了口，「但如果你不肯和我們合作的話，那就難說得很了！」

穆秀珍此際語氣是冰冷的，再加上她手中那柄手槍，更是令人不寒而慄，裴隆苦笑著，道：「你們……究竟想怎樣？」

「很簡單，裴律師，問你一個問題。」

「什麼……問題？」

「你有一個委託人，曾委託你向雲氏兄弟的企業機構，做出一件設計，是不是？」

「是……是的。」

「那委託人是誰？」

「小姐，那是我的業務秘密！」裴隆的聲音突趨莊嚴。

穆秀珍冷笑了起來，道：「裴律師，對於你重視你的業務道德這一事，我很欽佩，但是不瞞你說，我是殺人不眨眼的，你那兩個可愛的女兒——」穆秀珍講到這裡，故意停了一停。

裴律師的面色煞白。他的妻子則又發出了一下驚呼聲。

穆秀珍笑道：「如何？」

裴隆嘆了一口氣，道：「好，那委託人是誰，我也不知道，他是通過書信提出來的要求，用信將委託費用寄來給我的。」

木蘭花直到此時才開口，她問道：「信上難道沒有署名？」

「沒有，信上只是說，由於事情要秘密進行，所以他不說出姓名，他委託我進行的事並不犯法，而我又收到了委託費……」

「是的，沒有什麼人責怪你，但是你對於那個委託人真的一無所知？他那信中，對他的身分，難道一點線索都沒有留下麼？」

裴隆道：「那……我可未曾探究，這位委託人前後曾寄了三封信來，信還在我的事務所中，如果你們有興趣，可以給你們看的。」

木蘭花道：「我相信已被人偷去了。」

裴隆呆了一呆，不知木蘭花那樣講是什麼意思，而木蘭花已向穆秀珍使了一個眼色，兩人一齊退到了房門前。

木蘭花道：「非常對不起，我們打擾了你們，明天，我們會送兩隻大洋娃娃來給你們可愛的女兒，作為我們的歉意的，再見！」

她話一說完，便迅速地拉開了門，閃身而出。

她們知道裴隆一定會立即致電報警的，是以她們以極高的速度奔過了花園，翻過了圍牆，鑽進車子，向前疾駛而出。

等到她們駛出了三四條街後，她們已聽到了警車的「嗚嗚」聲，劃破了寂靜的夜空。

木蘭花忽然嘆了一口氣，穆秀珍問道：「蘭花姐，你可是說，又白走了一次？」

「不。」木蘭花簡單地回答著。

「我們有什麼收穫？」穆秀珍不明白。

但是木蘭花卻也沒有回答，她將車子駛得飛快，尤其是到了郊區之後，車子簡直像箭一樣向前射去，不一會就回到了家中。

安妮迎了出來，和木蘭花、穆秀珍一齊來到了客廳中，安妮第一句話就道：「蘭花姐，高翔哥哥已打了兩三次電話來了。」

木蘭花微笑著，道：「我開得那麼快，就是趕回來接聽他的電話的。」

穆秀珍更是大惑不解，道：「你怎知道他會打電話來？」

木蘭花還未曾再說什麼，電話鈴已經響了。

木蘭花走過去，拿起了電話，她立即聽到了高翔的聲音，高翔道：「蘭花，你和秀珍是才從裴律師那裡回來？」

「是的。」木蘭花直認不諱。

「有什麼發現？」

「我發現了很有趣的一件事，雖然那是我的推測，但我想離事實也不會太遠，在雲氏大廈搶走設計圖樣，和在律師事務所搶走委託文件的人，就是委託人本身。」木蘭花說著，不讓高翔插口，「這聽來好像是很不合邏輯的事。」

「是啊，你如何解釋這件事？」

「我的解釋是：那委託人為了要使一切在完全保守秘密的情形下進行，所以才會出此下策的，我相信不久，裴律師還會收到設計費，要他代付給雲四風的！」

高翔多少有點疑惑，道：「這……好像不可能吧，那設計圖樣本來就是委託人的，他為什麼不光明正大來取，而要搶劫？」

「如果按照正常的手續，設計圖樣自然是交給律師事務所，由律師事務所轉交給委託人，那麼委託人就非露面不可了。」

「難道不能採取郵寄的方式？」

「當然可以，但是那委託人卻考慮得十分周詳，郵寄可能失落，此其一，而郵寄又一定要有收件人的地址，那便是留下了線索，而他們是不想留下任何線索的，所以連委託的書信也要取回來，這件事情，發展到如今為止，總算可以告一段落了。」

「告一段落？」電話中的高翔，和木蘭花面前的穆秀珍一齊叫了起來，「這件事更神秘了，那些人為什麼行動如此鬼祟？」

木蘭花笑道：「我也不知道，當然是有理由的，高翔，我託你一件事，雲五風說他的設計委託是不完全的，那麼，在另一處地方，必然有另一個工業系統，也接受了一份那種不完全的委託，可能也發生了設計圖樣被搶走的奇事，你去展開廣泛的調查。」

「好的，但是……調查到了之後又怎樣呢？」

「調查到了之後，我們至少可以將那整個設計湊起來，看他們要那種可以耐高溫的囊，以及在高溫中操作的一切設計，究竟是做什麼用的。」

高翔沒有再說什麼，只道：「好的，再見。」

木蘭花放下了電話，穆秀珍立即道：「那麼，我們現在沒有什麼可做的了？」

木蘭花打了一個呵欠，道：「有的，你現在要去做的，就是去——睡覺！」

穆秀珍空歡喜了幾秒鐘，嘟著嘴，賭氣走上了樓，等到她們全睡下去時，天已經濛濛亮了。

3 聰明做法

接下來好幾天中，木蘭花像是將那件事完全忘了一樣，一直到一星期之後，高翔才突然在傍晚時分，來到了木蘭花的家中。

那是一個細雨霏霏的陰天，十分冷，高翔才一走進來，便脫下了帽子，道：「蘭花，你料得一點不錯，同樣的事，在加拿大的溫哥華和瑞典的斯德哥爾摩，都有發生，失去的是設計圖樣，而又毫無例外，是當地的律師接受委託，對工廠進行接頭的！」

木蘭花道：「可以知道那兩家工廠要求的設計內容麼？」

「暫時不能，但如果我們一定要知道的話，通過國際警方去聯絡一下，一定不是一件十分困難的事。」高翔回答著。

木蘭花道：「中國的古老傳說，說有的醫生，有一張獨步單方的話，他在開出那方子之際，必定將之分成三四分，叫病人到三四家藥店去配藥，好使藥方的內容不至於洩漏出去，而如今，他們也是採取了這個辦法，我看，這次可要雲五風走一趟，因為他對工業設計的知識十分豐富，不知道他肯不肯去。」

「我打電話給他！」穆秀珍忙自告奮勇。

在通了電話之後的四十分鐘，雲四風和雲五風兄弟兩人一齊來到，雲四風一進來就嚷道：「真奇怪，我們不是失去了一份設計圖樣麼？可是前兩天，律師事務所卻還轉來了設計費，真不知道是收下好，還是退回去的好！」

高翔、穆秀珍和安妮三人都笑了起來。

木蘭花道：「你只管收下好了，設計圖樣已到了委託人的手中，他們一定覺得十分滿意，是以才肯照付設計費用的。」

一向十分害羞的雲五風也不免氣憤道：「那麼，他們的行動實在太鬼祟了！」

木蘭花道：「同樣的事，還在瑞典和加拿大發生，五風，如果你到那兩個地方去一次，一定可以瞭解到整個設計是為什麼而服務的。」

高翔又將這一星期來的調查所得，補充說了幾句。

雲五風靜靜地聽高翔講完，才道：「好的，我去，我想不必通過國際警方，我也可以辦得成這件事，因為那兩個工業系統是和我們有聯繫的，我認識他們的總工程師，那是不會有什麼困難的。」

木蘭花道：「那自然更好了，但是五風，你行動可千萬要小心，如果發現有什麼人跟蹤你，你立時要求當地警方的保護。」

「有危險麼？」雲五風問。

「很難說，」木蘭花搖著頭，道：「因為那批人究竟懷著什麼目的，我們還不知道，而他們行動秘密，自然是不想人知道的。」

雲五風點頭道：「我明白了，因為我恰好是去探聽他們的秘密！所以如果他們知道了，就會對我不利。」

「是的，你最好帶些備而不用的武器。」木蘭花說。

雲五風笑了起來，他的神情既興奮又緊張，道：「我完全明白了，我會為自己準備一些武器的，請你們不必為我擔憂。」

木蘭花想了一想，忽然又道：「五風，你如果不是到了十分必要的關頭，最好不要傷害與你為敵的人。」

木蘭花忽然又那樣吩咐雲五風，這不禁令得所有的人都感到十分錯愕，一齊向木蘭花望來，木蘭花攤了攤手，道：「我很難解釋，但是那晚上，他們完全可以殺害我和秀珍的，他們卻也沒有下手，或者他們的行為，和法律並沒有牴觸——」

雲四風道：「但他們搶走了設計圖樣。」

「那是他們不想別人知道他們的秘密。」

「哼，」穆秀珍也不同意，「如果他們進行的事是光明正大的，為什麼要那樣鬼鬼祟祟，做些見不得人的行動出來？」

木蘭花道：「我早已說過了，現在。我很難解釋。」

還是雲五風的話結束了這場小小的爭論，他道：「我知道了，蘭花姐，我會聽你的話，除非他們先想傷害我，否則我不會傷害他們。」

木蘭花十分高興地笑了起來，道：「好，就這樣決定了，你明天一早就動身，最好隨時和我們聯絡，使我們能知道你的行蹤。」

雲五風道：「好，那我告辭了。」

木蘭花也不再挽留他，因為他明天還有遠行。雲五風離去了之後，高翔和雲四風和木蘭花姐妹又閒談了一會，也告辭離去。

第二天，雲五風中午時分離開了本市，三天之後，就接到他從瑞典打回來的長途電話，電話是打給雲四風的，雲四風將電話的錄音帶拿了來，放給木蘭花聽。

雲五風在瑞典已經得到了他所要的一切資料，那家受委託的工廠，進行設計的設備，是可以和他們的設計銜接起來的。

雲五風說：「我雖然還未曾看到那全套設備，因為我還未曾到加拿大去，但是，我從已得的三分之二的資料中，卻可以肯定，整套設計是前所未有的高溫操作工具，設計目的，是使兩個至四個人能夠在攝氏三千度的高熱環境中操作！」

聽完了電話錄音帶，木蘭花搖著頭，道：「那套機械設備究竟有什麼用處，我們還是不知道，很難想像它有什麼用處！」

他們互相發表著猜測的意見，最後還是木蘭花的意見被大家認為是比較接近事實的，木蘭花認為有可能是進行火山內部的探險之用。

因為除了火山口裡面，地球上實在很少地方會達到攝氏三千度的高熱，這樣的假設，看來是唯一的可能了！

他們知道雲五風已飛往加拿大溫哥華，他們繼續等待著雲五風的消息。

第三天上午，他們接到了雲五風到達溫哥華的電話。當天下午，雲五風又打了一個長途電話來，說他已得到了一切資料，證明他所料不錯，那是一套十分完善的高溫操作設備。

雲五風說他將在兩小時後，啟程回來。

雲四風也準備到機場去接他的弟弟，他向航空公司方面查詢飛機到達的時間，早早就到了機場，一切看來，似乎都很順利。

但是，到了那一班飛機降落之後，不尋常的事便發生了，旅客陸續下機，但是雲四風卻沒有接到他的弟弟！

雲五風沒有出現！

雲四風連忙向航空公司方面，查看旅客的名單，他看到有雲五風的名字，然而，在經過了一番查詢之後，航空公司的回答是：雲先生訂了座位，但是在起飛之前，他仍然未曾到達機場，是以雲先生未能搭上這一班飛機。

雲四風心中的錯愕，實在是難以形容的，他們五兄弟有一個共通的特點，那便是做事特別有規律，也特別遵守時間。

那也就是說，因為遲到而搭不到飛機，那樣的事，可以發生在任何人的身上，但是卻絕不會發生在他們幾兄弟身上的，而如今，雲五風卻沒有搭上飛機。

那毫無疑問，是有意外發生了！

雲四風匆匆走出航空公司的辦公室，心中十分亂，雲五風是他們兄弟之中最小的一個，一向沒有什麼冒險生活的經驗，但是如今卻遭到了不可預測的意外，那自然令得雲四風十分焦急，一時之間，他實在是不知道該怎樣才好，他茫然地站在機場的大堂中發呆。

也就在這時，忽然有一個穿著棕色格子呢大衣的男子，來到了他的面前，脫下了帽子，向他點了點頭，道：「雲先生，來接你弟弟麼？」

雲四風突然一呆，後退了一步，打量著面前的那人。

他從來也未曾見過那人，那人的樣子也十分普通，他當然是亞洲人，膚色很黑，在他的臉上，可以說找不出任何特徵來。

雲四風一呆之後，立即道：「你怎麼知道？」

「我只是猜想，你的弟弟本來是應該乘搭這班飛機來的，但是他卻沒有到飛機場去，他遭遇到了一點意外，我所能告訴你的是，那可以說不能算是意外，但是他卻要在半年之內不能自由活動，他在那半年之中，會受到很好的待遇，請你放心。」

雲四風突然伸出手來，抓住了那人的衣領，道：「你是什麼人？他在什麼地方，你別在我面前玩弄什麼花樣，快說！」

那人被雲四風抓住了衣領，他雙掌突然向雲四風的手腕切了下來，雲四風知道自己如果不放手，那實是非吃虧不可，是以逼得放開了手。

而他才一放下了手，那人便迅速地向後退了出去。

他一面後退，一面還道：「他太好奇了，雲先生，希望你不要學你的弟弟，一個人太好奇了，對他自己而言，是沒有什麼好處的。」

那人一面說，一面拔足向前奔去，雲四風連忙追了上去，他們兩人，一前一後在機場大廈中追逐著，立即就引起了人們的注意。

那人向前奔出的勢子十分快，轉眼之間，便看到他推開機場大廈的玻璃門，向外衝了出去，雲四風離他卻還有五六碼。

雲四風大叫道：「攔住他！攔住他！」

可惜，雲四風叫得太遲了！如果在那人一開始向外奔去之際，雲四風便揚聲高叫的話，那麼大廈中的人十分多，一定可以將那個人的去路攔住的。

這時，那人已到了大廈之外，雲四風的叫聲被玻璃門阻隔著，不能傳到外面去，外面的人只看到雲四風在大叫，卻聽不到他在叫些什麼！

等到雲四風也推開了玻璃門時，那人已跳上了一輛疾馳而來的跑車，那輛跑車一停不停，便向前衝了出去，轉眼之間，便消失在轉彎處了！

雲四風站在門口，心中亂成了一片，有兩個警員自機場大廈中推門出來，問道：「先生，發生了什麼事？」

雲四風忙道：「沒有什麼，謝謝你們。」

自然不是真的沒有發生什麼事，而是發生的事，絕不是那兩個警員所能幫助得了的，雲四風奔向自己的車子，直駛警局。

他和高翔見了面，將他看到的那輛跑車的車牌號碼告訴高翔，高翔立時下令調查，半小時之後，便已經有了結果。

但是當車主駕著那號碼的車子，被請到警局來的時候，雲四風不禁苦笑，因為他看到的是一輛紅色的跑車，而現在駛來的車輛，卻是一輛綠色的小型車。

那也就是說，他看到的那輛跑車，用了一個假的車牌，同樣的跑車，在本市至少有一千輛，那是根本無從調查起的！

木蘭花也聞訊趕到了警局，雲四風恨不得立時能飛到加拿大去，但是木蘭花在聽了雲四風的敘述之後，卻道：「四風，加拿大的地方那麼大，你如何去找五風？」

「我去了，多少可以發現一些線索的。」

「我想你不能發現什麼，四風。」

「那怎麼辦？讓他去麼？」雲四風顯得十分焦躁。

但是木蘭花卻出乎他意料之外地回答道：「是的，暫時只有讓他去，我深信那些人不會害五風的，你大可以放心。」

「他們不會害五風？他們已不讓五風回來了！」

「那是因為五風知道了他們的秘密，而他們不願這個秘密被洩露出去，所以不得不軟禁了他，如果他們要害五風，又何必來通知你？」

木蘭花的分析，雲四風知道十分有理，但是雲四風的心中卻十分生氣，因為木蘭花對於雲五風落在人家手中一事，似乎一點也不著急！

他大聲道：「不行，五風在人家手中，我一定要去將他救出來，蘭花，你可以不必去，但是我一定要去，他是我的弟弟！」

雲四風那樣說，多少是有點負氣了！那樣的情形，在他們相識以來，可以說是從來也未曾發生過的，高翔感到十分為難，他想勸幾句，可是也不知如何啟口才好。

木蘭花嘆了一聲，道：「四風，你誤會了，你以為我不關心五風的安危麼？你的弟弟，和我的弟弟可以說是一樣的！」

雲四風道：「那麼你——」

「我是認為，到加拿大去，根本沒有用，你們不會找到任何線索，留在本市，或者還可以使事情有進一步的發展！」木蘭花誠懇地說著。

「不行，我還是要去！」雲四風十分固執地說道。

木蘭花又嘆了一聲，道：「好，你一定要去的話，我叫秀珍和你一起去。」

雲四風的臉上本來充滿了不以為然的神色，但是木蘭花一提起穆秀珍來，雲四風的神色便柔和了許多，道：「好的，我和她一起去。」

「她現在在家裡，你去和她一起辦手續，既然決定要去，那自然是越快動身越好，可是你們要小心，別亂來，就算你們和敵人見了面，也盡可能別傷害他們！」

這句話，在雲五風臨走的時候，木蘭花囑咐過雲五風的，當時雲四風聽了，不過覺得驚訝而已，但此際，他卻覺得十分刺耳！

他並沒有回答，只發出了一下悶哼聲，轉身便走出了高翔的辦公室，高翔苦笑了一下，道：「蘭花，四風生氣了。」

木蘭花微笑著，道：「他以為我不關心五風的安危，其實我只是根據事實來分析，斷定五風現在只不過是被軟禁，絕不至於有危險的！」

「可是，難道就讓五風被軟禁半年麼？」高翔問。

木蘭花皺起了雙眉，道：「當然不能，我自有辦法使他們放走雲五風，可惜四風剛才不聽我的解釋，就已經賭氣走了！」

「你有辦法？」高翔驚訝地問。

「是的，我有辦法。」木蘭花一面說，一面推開了辦公室的門，也準備離去，

「我現在就準備去實行這個辦法。」

「不要我和你一起去？」

「不必了。」木蘭花已走了出去。

木蘭花離開了警局之後，來到了一家在本市頗負聲譽的報館。

她找到了總編輯李先生，提出了要求，道：「我有一篇特稿，希望能在你們報上顯著的位置刊登。」

李總編輯十分高興，道：「蘭花小姐，你肯為我們報紙執筆寫特稿，那實在太好了，我們一定刊在第一版，最顯著的位置。」

木蘭花笑道：「你先別高興，這篇特稿的題材，是有關高溫操作的，可能十分枯燥，但是和最近的設計圖樣離奇被搶案多少有點關係，所以很有新聞性。」

「歡迎！歡迎！」李總編輯搓著雙手，「稿子呢？」

「我想借你的辦公室用一用，即席揮毫。」

「可以，可以！」

李總編輯請木蘭花坐了下來，鋪了一疊稿紙在木蘭花的前面，木蘭花略一思索，便振筆疾書了起來。

兩小時後，木蘭花離開了報館，她寫好的那篇特稿，已在排字房中付排了。

她回到了家中，穆秀珍不在，只有安妮一個人在家。

安妮一看到木蘭花就叫道：「蘭花姐，四風哥和秀珍姐一起走了，他們說不等你回來了，他們是駕駛小型噴射機到加拿大去的。」

木蘭花無可奈何地搖著頭，道：「沒用的，事情和上次他自己在歐洲機場上出事不同，五風不會有危險，他卻一定要去。」

安妮關心地問：「五風哥哥怎麼了？」

「他被一些人軟禁了起來，因為他已探悉了那些人的一些秘密，但是那些人卻是不會有害人之意的，我已寫了一篇特稿，是有關那些人的秘密的，當那篇特稿發表之後，那些人感到軟禁雲五風也不會有保守秘密的作用，自然會將他放走了。」

安妮佩服地點了點頭，道：「那真是好辦法，可是如果他們知道那篇特稿是你寫的，他們不會來找你的麻煩？」

「我希望他們來找我。」木蘭花回答著。

「蘭花姐，他們究竟是什麼樣的人呢？」

「我也不知道，但他們一定不是一個犯罪組織的人，那是可以肯定的，而且他們還不慣犯罪，因為他們的做法十分拙劣！」

「可是他們卻有武器。」安妮說著。

「但是他們的武器卻未曾傷過人！」

安妮沒有別的好說了，她只是望著木蘭花，好一會，才道：「希望你的推斷像以前一樣，是和事實十分接近的。」

木蘭花並沒有回答，只是笑了一笑。但是木蘭花的笑容，卻是充滿了自信的。

第二天，木蘭花的那篇特稿，被刊在那份報紙的首頁，署名便是木蘭花。

但是這篇特稿，並沒有引起什麼大的轟動。

不但沒有轟動，而且很多人根本連看都不看，因為特稿談的題目太專門了，講的全是如果克服了高溫，人可以在如何情形下工作等等的情形。

但高翔倒是一看到了那篇特稿，便明白了木蘭花的用意，他和木蘭花通了一個電話。

那天的天氣仍舊十分寒冷，中午時，陽光普照，氣溫回升了一些，兩個穿著大衣的訪客，在鐵門前按著門鈴，安妮一看到，便叫道：「蘭花姐，他們來了！」

木蘭花不立即走出去開門，問道：「你怎知是他們？」

「當然，你看，他們之中的一個，大衣袋中插著一份報紙，正是刊載特稿的那份，而且，他們的行動多少有些鬼祟。」

木蘭花嘉許地拍了拍安妮的肩頭，按下了一個掣。

鐵門自動打開來，同時，擴音器也傳出了木蘭花的聲音，道：「請進來。」

那兩人並肩走了進來，到了門口，又停了一停，木蘭花打開了門，那兩人走了進來，其中一個立時從口袋中取出那份報紙。

他將那份報紙揚了一揚，道：「小姐，今天報上刊載的那篇特稿，是你寫的麼？」

那兩個人的面貌，一點也不相似，但是此際，在他們的臉上卻有一個共同的特點，那便是他們都十分的惱怒，怒瞪著木蘭花。

那人用力將報紙「啪」地拋在桌上，道：「小姐，原來你是一個專好探聽人家的秘密和管人閒事，妨礙他人的人，真失敬了！」

那人的話，對木蘭花來說，實在是很大的侮辱。但是，木蘭花卻不生氣，她淡然一笑，道：「兩位，你們忘記什麼叫禮貌了，我看你們需要冷靜一下，才是辦法！」

木蘭花勸他們冷靜些，可是他們卻更激動了，一個甚至大聲嚷叫了起來，道：「為什麼以揭穿人家的秘密而樂，為什麼？」

木蘭花道：「我沒有揭穿什麼人的秘密，兩位，事實上，是你們自己的做法不對，你們出動了四個人，首先搶走了設計圖樣！」

「那與你有什麼相干？」那兩人咆哮著。

「凡是違法的事，都與我相干。」木蘭花嚴肅地回答。

那兩人呆了一呆，才道：「可是事後，我們還是照樣付出了設計費用，我們只不過是取回自己的東西，這也犯法麼？」

木蘭花笑了起來，道：「你們若是在一家銀行中有存款，難道就可以蒙面持槍，去搶那家銀行了麼？朋友，你們顯然不是職業的犯罪者，而且，我也要不客氣地批評說，就算是業餘的，你們的做法也十分拙劣，包括了軟禁雲五風在內！」

那兩人被木蘭花的話，講得啞口無言。

一直不出聲的安妮，直到此際才道：「兩位請坐！」

她的聲音並不高，但是她的話，卻像是有一股魔力一樣，令得那兩人聽話之極地坐了下來。

他們沉思了片刻，其中一個才道：「我們今早看到了這報紙，便已放棄了軟禁那位雲先生，因為他所知道的，不見得會比你這篇特稿上所寫的更詳細一些。」

木蘭花笑道：「那才是聰明的做法，事實上，我這篇特稿，在你們看來，像是秘密全被洩露了，但是在局外人看來，卻是一點無關的。」

兩人一齊苦笑了起來，道：「但願如此。」

木蘭花又道：「事實上，你們現在手中所有的，只是製作圖樣，你們還得找基礎十分深厚的工廠，為你們製作這套設備，這是不能分成幾部分來做的，我想，你們還是要和雲家兄弟聯絡一下，委託他們進行，我看你們準備的資金一定很充足了？」

那兩人皺著眉，對木蘭花的問題，並不回答。

木蘭花的面色一沉，道：「若是你們因為資金不足，而在籌劃進行犯罪的話，那麼我要告訴你們，犯罪是一個泥淖，一腳踏下去，就越陷越深，很難自拔了！」

那兩人神色慌張地站了起來，雙手搖著，道：「不，不，我們……」

可是木蘭花的凌厲的目光一直注視著他們，令得他們覺得說謊是沒有用的，是以他們住了口，低下頭去，過了一會才道：「是的，我們的確在計劃著一樁犯罪，我們準備……搶劫拉斯維加斯或是蒙地卡羅的賭場，但……僅僅是計劃。」

「你們會將之付諸實施的，對不對？」

那兩人又無可奈何地點著頭，道：「但是，我們是準備歸還的，我們甚至於可以雙倍地歸還！」

木蘭花嘆了聲，道：「兩位，看來你們都曾受過高深的教育，但是你們講的話，卻完全是強盜的邏輯。你們應該感到慚愧！」

那兩人被木蘭花斥得面有慚色，過了好一會，才道：「小姐，你說得非常對，我們決定取消這兩個計劃了，謝謝你的忠告。」

木蘭花的臉色也漸漸緩和，道：「其實，你們可以採取較好的辦法，例如和工廠方面簽訂合同，分期付款，或遲半年一年付款。」

「唉，我們何嘗未曾想到過，但是，什麼工廠肯？」

木蘭花道：「如果我擔保的話，雲氏工業系統肯的。」

那兩人望著木蘭花，臉上出現十分難以形容的神色來。

木蘭花又道：「別以為我為你們盡了力，就是想得知你們的秘密，你們仍然可以保守秘密的。」

那兩人道：「那……那你是為了什麼？」

木蘭花一字一頓，道：「不為什麼，只是為了事情一發生，我就肯定你們不是犯罪者，你們一定在從事一種冒險，而不是犯罪。」

那兩人互望了一眼，道：「蘭花小姐，我們為我們剛進來時的態度道歉，請你接受我們的歉意。」

木蘭花揮了揮手，柔聲道：「算了，別再提這些了。」

那兩人向木蘭花鞠躬，然後告辭。

他們走了之後才五分鐘，雲五風的長途電話就來了，木蘭花忙告訴他，雲四風和穆秀珍啟程到加拿大去了，木蘭花要雲五風和機場方面聯絡，到機場去和他們會合，立時回來，雲五風將他的經歷說了一遍，表示莫名其妙！

木蘭花並沒有將其中的原委和他說明，一直到雲四風兄弟兩人和穆秀珍從加拿大回來，木蘭花才將事情經過詳細說了一遍。

雲四風十分不好意思，道：「蘭花，沒有聽你的話，結果我還是白花了時間，一下飛機，五風已在機場等著我們了！」

木蘭花笑道：「你和五風手足情深，自然格外關切，四風，那幾個人如果來找你，你肯為他們承製這全套設備麼？」

雲四風道：「當然可以的。」

木蘭花又向雲五風望去，道：「五風，你是已知道了全套設備的內容的，大約要多少製造成本，才能夠完成這套設備？」

雲五風略想了一想，道：「我看至少要五十萬鎊，它的許多部分，都要動用十分貴重的稀有合金，這種金屬可以耐高熱，但也十分昂貴。」

「天，」穆秀珍叫了起來，「他們花那麼多的本錢，究竟準備做什麼生意？難道竟可以賺得回本錢來麼？」

「那是他們的秘密，四風，我想，五十萬鎊的賬，對你們來說，不算是怎麼一回事吧！」

木蘭花又再度徵詢雲四風的意見。

「自然不算什麼。」雲四風豪氣干雲，「只要他們來找我，我一定答應替他們做，等他們賺回了製造的錢，再向他們收費！」

穆秀珍咕噥著說道：「這是正式的現錢換賒賬！」

各人都笑了起來。

木蘭花道：「秀珍，或許他們所做的事，是對人類的科學進步有著重大作用的，我們可以幫助他們，自然是好事。」

雲四風叫道：「走，天那麼冷，吃烤羊肉去，我請客！」

安妮叫了起來，道：「好啊！」

他們分乘兩輛車子，在嘻哈聲中離家而去。

4 冒險行動

第二天，雲四風接見了四個客人，那四個客人其實並不是第一次來到雲氏大廈的，只不過他們第一次來的時候，兩個擊昏了守衛。另外兩個，則套著絲襪，搶走了設計的圖樣而已。

他們四人一見到雲四風，便向雲四風致以最深的歉意。

然後，他們向雲四風介紹他們自己，他們四人的年紀都很輕，但是有兩個，是亞洲一所很著名大學中的物理學教授，有極好的學歷。

另一位的學歷更好，是專攻物質原子量變化程序的，那是一門十分尖端的新科學，而另一個，則是一個地質學專家。

他們四人自我介紹完畢之後，便提出了來意。

雲四風並沒有多問什麼，一口便答應了下來，他們四人交出了全套的設計圖樣，便告辭離去，自此以後，他們也沒有再露面。

只是每隔上十天，他們便會來一個電話，向雲四風詢問工程的進度，一直到了半年之後，他們知道全套設備都已完工，而且已裝箱待運了，他們才一齊來拜訪木蘭花，而且約齊了雲四風、雲五風和高翔等人。

眾人全到齊了之後，他們中的柯克教授用十分莊嚴的聲音道：「各位，我們宣布這套設備的目的，我們是準備深入亞洲最大的活火山中去——是在火山噴火的後期，進入火山口！」

木蘭花等人都吸了一口氣，這是一件十分驚人的事，是人類以前從來也未曾做過的事，但是木蘭花卻早在半年之前，便已經料定了他們的活動與火山有關。

高翔首先道：「那是極為危險的！」

雲四風也忙道：「各位，我們工廠承製的設備絕不保證安全，因為這樣的事，從來也沒有人做過，危險和不可測的因素太多了！」

柯克的臉上帶著十分鎮定的微笑，道：「做任何事情都有危險的，何況是從來也未曾有人做過的事。但有一件事。既然是沒有人做過，總得有人去做才是，在三百多年前，連潛水也是極危險的事，但是還是人有不怕犧牲，去從事潛水！」

木蘭花等人都不出聲，柯克停了一停，又道：「當然，我們也有個人的目的，因為我們研究的結果，認為在火山爆發之際，岩石化為熔岩。在火山將恢復沉靜之際，熔岩又開始凝結，在那樣的過程中，產生極大的熱量，和極大的壓力，這種熱量和壓力，都不是人工的力量所能達到的，在那樣的情形下——」柯克教授略頓了一頓。

木蘭花「啊」地一聲，道：「是啊，以前怎會沒有人想過這一點，人造鑽石正是根據那樣的原理，製造成功的！」

「鑽石！」穆秀珍叫了起來。

「蘭花小姐，你真是天下一等一的聰明人！」柯克教授由衷地稱讚著，「我只是講到了一半，你便已經明白我的意思了！」

穆秀珍急切地問道：「那你認為火山口中有鑽石？」

「鑽石是石墨的同素異形體，」柯克教授繼續說著，「人工可以利用高熱和高壓，將石墨轉為鑽石，但是，所形成的，只是微小的細粒。如果一個火山中，本身蘊藏著石墨礦，那麼，各位請想一想，在火山爆發，發生高熱和高壓之後，會有什麼後果？」

穆秀珍大聲叫了起來，道：「可以造成大量的金剛石！」

「是的！」柯克教授激動了起來，「根據我們的計算，所形成的鑽石，顆粒之大，將絕不是以『克拉』來計，而是以磅來計算的！」

雲氏兄弟齊聲道：「有這個可能？」

「在理論上是講得通的，」木蘭花站了起來，「但是我們不贊成你去冒這樣的險，鑽石即使像人那樣大，但也不如人的生命有價值。」

柯克教授等四人呆了半晌，然後，他們不約面同地各自搖了搖頭，柯克道：「巨大的鑽石在工業和科學上有巨大的價值，而且，我們將在火山的熔岩中工作，我們的發現，全是人類前所未有的發現，那也一定是很有價值的。」

木蘭花道：「我還是勸你們不要去。」

但是，從柯克教授等四人臉上的神情看來，木蘭花的勸告顯然是一點也未曾起到作用，因為柯克教授等四人正是在一種狂熱的情緒之中！

他們也不想多談下去，一齊站了起來，柯克教授道：「我們的行動，本來是一個極度的秘密，但因為得到了你們的幫助，所以……」

木蘭花打斷了他的話頭，道：「其實，你們的行動根本不必保守什麼秘密，冒那樣的險去取鑽石的蠢人雖然有，但是沒有你們的裝備，卻也是不行的。」

木蘭花竟然毫不客氣稱他們為「蠢人」，這和木蘭花平時的作風，實在是不相合的，但是高翔等人卻全都知道木蘭花的用意，是在阻止他們，希望他們四個人能夠放棄這個念頭。但是，木蘭花的話，仍然沒有起到應有的作用。

柯克等四人勉強笑了一下，柯克轉過頭來，道：「雲先生，在我們成功之後，我們會以大量的鑽石，來支付我們的欠款。」

另外一個更興奮地道：「到時，因為由於大量鑽石突然在市場上出現，鑽石的價格，至少要比現在下降一倍！」

雲四風笑了笑，用諷刺的語調道：「只怕我會什麼也收不到，那麼我便會損失五十一萬六千多鎊了，那是一筆很可觀的款項。」

「我們會還你的，一定還你！」柯克說著。

他們四人一齊告辭，在門口，柯克道：「由於攜帶的設備太重，所以我們要坐船走，希望你們能替我們保守秘密。」

高翔道：「你們要到哪一個火山去，我們也想像得到，但是你們用什麼藉口，去接近那個火山呢？沒有當地政府的許可是不行的。」

四人中，個子最高的一個道：「我是著名的地質學家，以考察火山為名，我們的四人考察團，已得到了當地政府全力支持的許諾。」

柯克教授補充道：「政府還派出了軍隊替我們搬運器材，而且還供應大型的直升機，以及種種人力和物力方面的方便。」

高翔嘆了一聲，道：「看來你們的決定是不可改變了？」

「當然，那是我們準備了將近四年的畢生工作呀！」

高翔道：「那麼只好祝你們成功了。」

四人頻頻向眾人鞠躬而退，離開了木蘭花的住所，登上汽車駛走了。

雖然木蘭花、高翔和雲氏兄弟都現出不以為然的神色來，但是穆秀珍的神色卻十分欽羨，她忽然叫了起來，「啊」地一聲，道：「唉，我們竟忘了一件事！」

各人都給她嚇了一跳，道：「什麼事？」

穆秀珍道：「四風，你不應該要他們還你欠款，你應該將你供應他們的設備作為股份，參加他們，那就可以和他們分享所得的鑽石了。」

木蘭花聽了，又是好氣，又是好笑，道：「秀珍，你在想些什麼？我剛才還在說他們所做的是蠢事，你倒反而羨慕起他們來了？」

穆秀珍不服道：「我怎麼不羨慕？蘭花姐，你想想，論磅重的鑽石，就像撿拾石子似地可以撿到，那簡直就是童話中的寶山，隨身俯拾，就可以得各種珠寶！」

木蘭花道：「可是你別忘記，童話中的寶山都是懲戒貪心的人的，貪心的人，可能永遠留在寶山上，變成一塊石頭。」

「那我不貪心好了，我只希望得到一百磅，不，兩百磅鑽石，那就夠了。」

雲四風不禁笑了起來，道：「聽聽，你這還不貪心！」

連安妮都道：「秀珍姐，他們說得容易，但是人要到熔岩中去，那可不是開玩笑的，說不定他們一下去，就給燒死了！」

一直不出聲的雲五風，這時才說了一句，道：「那倒不會的，耐溫囊可以使人在囊中達十小時之久，而不會發生危險。」

「你們聽！」穆秀珍像是找到了支持者，高聲叫了起來，同時，她又撩撥著木蘭花，道：「蘭花姐，置身於熔岩之中，你有那樣的經歷麼？」

「沒有，」木蘭花平靜地回答：「而且我也不想有，為了財富而冒生命危險，那是最蠢的蠢事，你再不肯干休，我們全不睬你了！」

木蘭花那樣一說，穆秀珍果然不敢再說什麼了，但是她仍然很不快樂，悶悶地坐在一邊，安妮過去和她說笑，她也不出聲。

木蘭花等人也不去理會她，他們討論著柯克等四人可能到哪一個火山去，他們的意見都是一致的，因為消息傳出，亞洲最大的一個火山，有大爆發的跡象，那當然就是他們的目的地了。

他們也覺得柯克教授的計劃，實在太過冒險，而且不是十分值得的。

當晚他們分手之後，以後相聚的日子中，也沒有什麼人再提起柯克教授他們四人來，漸漸地，他們也將這件事遺忘了。

又過了一個月。

新聞報導比較詳細的報紙上，有一則不為注意的新聞，報導一個由四位知名科學家組成的考察團，已經攜帶著許多新設備，準備登上大火山，去研究火山爆發的情形，由於火山剛經過大爆發，所以此舉是十分危險的云云。

但是因為那火山所在的地點，離本市十分遙遠，是以也沒有什麼人去注意那則新聞，但是穆秀珍在看到了之後，卻發了好一會呆。

早餐過後，她對木蘭花道：「蘭花姐，我在美國威斯康辛大學有一個學籍，校方曾說過隨時歡迎我去上學，現在我想去就讀，學些電腦的基本知識。」

木蘭花正在彈琴，她聽得穆秀珍那樣說法，雙手一齊按在琴鍵上，道：「秀珍，你為什麼突然想到要去上學了呢？」

穆秀珍笑著道：「蘭花姐，現在電腦充滿了每一個角落，如果我們不去學一些有關電腦的知識，那麼，我們就快要追不上時代了，蘭花姐，你說我的話對不對，嗯？」

木蘭花望著她，道：「如果沒有別的花樣，那你的話自然是對的。」

穆秀珍豎起了手來，道：「保證沒有。」

「好的，你去好了。」木蘭花蓋上了琴蓋。

安妮卻有些愁眉苦臉，道：「秀珍姐，你要去多久？」

穆秀珍一本正經道：「怕至少要兩年！」

安妮更不開心了，轉著輪椅，來到了窗前，要和穆秀珍分開兩年，那對她來說，實在是一個非常重大的打擊，她和穆秀珍的感情如此之好，心中自然難過。

木蘭花看到安妮那樣，便站了起來，道：「安妮，她要是肯靜靜去念兩年書，保證可以得到好幾個博士學位。我看，至多兩個月，她就待不住要回來了，你難過什麼？」

安妮忍不住笑了起來，說道：「那樣，就最好了！」

穆秀珍摸著安妮的頭，道：「真的，說不定兩個月，或者更短的時間，我就可以回來了！」

穆秀珍決定要去美國求學，也著實忙了好幾天，到她上飛機的那一天，大家都來送行，安妮是唯一流淚的送行者，而且她還哭得十分傷心！

穆秀珍踏上了飛機，直到飛機起飛，她才鬆了一口氣，她自己有自己的秘密計劃，而這幾天來，她處處提防，唯恐木蘭花識穿她的計劃。

但是現在她已起飛了，那證明木蘭花並不知道她心中的秘密，穆秀珍高興得低哼了起來，她在飛機上享受了十分豐富的一餐，然後又休息了一會。

等到飛機在夏威夷降落時，她本來是不應該下機。直飛美國去的，但是她卻下了飛機，和航空公司交涉妥當，當天就上了另一架飛機，飛赴她的目的地。

兩天之後，她已經來到了火山腳下！

她是瞞著木蘭花，來參加柯克教授的冒險行動的！

火山爆發的最高潮，雖然已經成為過去，但是火山專家一致認為，這座火山正是在空前的活躍時期，爆發高潮仍然隨時可以到來的，所以，距離火山二十里便被列為禁區，有軍隊布防，原來在禁區內居住的村民。也都撤出了居住的村落。

禁區是不准任何人進出的，但是穆秀珍一到，就設法和柯克教授通了一次無線電話，柯克教授對穆秀珍的來到，大表歡迎，親自駕車自火山腳下的營地駛出來，將穆秀珍接進禁區，當吉普車在禁區向火山疾駛之際，穆秀珍看到了前所未見的奇景。

整片大地之上，都被灰白色的火山灰覆蓋著，像是這裡正下過一場大雪，而雪花粒子全是灰白的。

火山灰十分之細，當火山灰覆蓋著大地之際，也給整片大地帶來一片死寂的氣氛，使人的心中感到一股說不出來的重壓。像是置身別的星球上一樣。

但是，當漸漸向火山接近時，卻又不同了！

地面上仍然覆蓋著火山灰，但是大地卻是在震動的，人的雙耳其實並聽不到什麼聲音，但是從那震動之中，卻「感到」了隆隆聲。

那種隆隆聲，的確是從感覺而來，而不是從聽覺而來的，那是一種十分奇妙的感覺，是穆秀珍從來也未曾有過的。

抬頭向前看去，大火山的火山口好像十分平靜，但是每隔幾分鐘，就有一大蓬濃煙冒出來，夾雜著許多閃耀的火星。

柯克教授道：「現在是白天，看來好像不怎樣，但是一到了晚上，整個火山口全是紅的，像是太陽不是下了山，而是跌進了火山口之中！」

穆秀珍笑道：「你形容得真好！」

柯克教授又道：「從現在起，已進入十分危險的區域了，隨時都可能有大量熔岩湧下來，也隨時可能有成噸重的石塊掉下來！」

不必柯克介紹，穆秀珍也可以知道，現在是進入了最危險的區域了，原來的田地、道路全已消失了，而代之以一片荒蕪，和遍佈地上的大大小小的石塊，像是已到了火星上一樣，而這時，她也的確可以聽到發自火山口的轟然之聲。

那種聲音，像是在山腹之中，有好幾萬人，一齊在擂著幾萬面大皮鼓一樣，真是驚心動魄。

柯克教授又道：「穆小姐，你聽聽這聲音，徹夜聽著那種聲響，而想起我們就要進入火山口之中，那是何等樣的壯舉，真是會使人為之失眠的。」

「你們的準備工作進行得怎樣了？」

「很好，設備正在被逐件搬上山頂去，穆小姐，我們已穿上防高溫衣囊，來到貼近火山門處觀察過，你一到營地，我們就為你安排那種觀察。」

穆秀珍這時早已將木蘭花的告誡拋到腦後，她只感到說不出來的興奮和刺激，歡呼了起來，道：「那真是太好了！」

「離火山太近了，呼吸會感到不舒暢，但是會習慣的，但是到了山上，非依靠壓縮氧氣的供應不可了，你看，那就是我們的營地了！」

穆秀珍循著柯克教授所指，向前看去，只見在離火山腳下只有半里許處，在足有八九呎高的石塊堆成的基礎上，是幾間屋子，屋子的頂棚，全是厚厚的石棉氈保護著，幾乎沒有什麼窗子，而在屋子附近，則有幾架大型直升機，正將大木箱吊起來向上飛去。

柯克教授道：「我們為了要使一切盡量接近火山口，所以那地方的溫度已十分高，木箱放了之後不久就變焦了！」

穆秀珍道：「那怎麼樣工作？」

「自然是穿石棉衣了！」

穆秀珍是最喜歡冒險刺激的人，她這時是想快些到火山口裡面去！車子到了營地的近處，其餘二人也一齊迎了出來。

他們唱著歡迎的歌聲，拉著穆秀珍的手，跳躍著。

穆秀珍受到了那樣隆重而且充滿了誠意的歡迎，她心中也十分高興，就在他們五人又唱又跳之際，一個高級軍官走了過來，道：「博士，我們要收隊了。」

柯克道：「好，請你們明天一早再來。」

穆秀珍忙道：「你不是說我一到，就安排我到火山口去，看火山口壯麗的景色的麼？軍隊如果收隊，我豈不是要等到明天才能去了？」

柯克博士笑了起來，拍著那個瘦長的地質學家的肩頭，道：「你放心，穆小姐，他們會留下直升機，而他，是十分出色的直升機駕駛員。」

穆秀珍道：「好，我什麼時候上去？」

「等天色黑了再說，天色越黑，越是壯麗！」

柯克教授那樣回答著穆秀珍，而這時，天色已經漸漸黑了，大型直升機在將木箱放下之後，逕自飛去，軍隊也撤退了。

軍隊是每天晚上撤退，第二天白天再來工作的。因為在火山腳下，沒有那麼多有保護性的屋子專供軍隊居住過夜。

事實上，柯克教授他們所建立的屋子，雖然可以抵禦零星爆發的侵襲，但如果火山大規模爆發起來，一樣是會被岩漿淹沒的。但是工作的狂熱，正在他們的體內燃燒，使他們根本不去想他們處境的危險！

當天色漸漸黑了下來之後，壯麗的景象開始在穆秀珍的眼前展開！

首先，晚霞應該已經消退了，但是天上卻還是紅的，那不是十分明朗的艷紅色，而是一種暗暗的鬱紅。

那種紅色，只有一塊燒紅的鐵被從爐火中鉗出來，將冷未冷似的那種紅色，才可以與之比擬，於是，那一片天空，就像是鐵燒成的一樣了。

天空被映得如此之紅，火山口應該更紅了，但是卻並不然，火山也是暗紅色，由於熱空氣的蒸騰，使得整個火山口看來不像是靜止的，而像是在蠕動的一樣。

如果向之注視得久了，整個火山口，就像是一個碩大無比的巨人，張大了口，等待著吞噬世界上所有的一切，令人不寒而慄！

穆秀珍的足跡幾乎遍及世界各地，她也不知曾看到過多少奇異瑰麗的景色，但是如此壯觀宏偉，不可思議的景色，她也還是第一次看到，再加上自山腹中不斷發出的隆隆聲，穆秀珍實在可以說看得呆了，好一會，她才長長吸了一口氣，道：「多麼奇妙啊！」

柯克教授接口道：「穆小姐，你再想想，那是天然的熔爐，它以人力無法達到的熱力和壓力，將石墨礦變為鑽石！」

穆秀珍感嘆道：「我真是不虛此行了！」

柯克教授接著又道：「其實木蘭花小姐也應該來的。」

穆秀珍一聽得柯克提起木蘭花來，她就吃了一驚，忙道：「教授，有一件事，我還未曾告訴你。我是偷偷來的，木蘭花不知道我來了。」

柯克教授呆了一呆，然後笑了起來，道：「我明白了，我們不將你的行蹤向報界發表，那樣，木蘭花就不會知道你在我們這裡了！」

穆秀珍道：「那就好了！」

他們在屋外，一面仰觀著美麗的景象，一面閒談著，另一人自屋中探出頭來，叫道：「快來吃晚餐，晚餐之後，我們有行動。」

柯克教授帶著穆秀珍，爬上了石塊和水泥砌成的屋基，走進了屋中，屋中的空氣很好，雖然沒有窗口，但是有純氧氣經過自動控制儀器，不斷地慢慢散發出來，那種空氣之清新，使得人如同置身在高山的森林之中一樣，身心都感到十分愉快。

她們五個人，圍著桌子吃完了晚餐，其中兩位負責在營地看守，那位地質學家負責駕駛直升機，柯克則陪著穆秀珍到火山口去觀察。

留在營地的兩人，自然不必換上什麼裝備，但是負責駕駛直升機的地質學家，卻也要換上輕型的防熱石棉衣。至於穆秀珍和柯克兩人，則要穿上重型的石棉衣，那種石棉衣，又笨又重，穿上了之後，猶如深海潛水的潛水衣一樣。

他們在穿上了石棉衣之後，頭上也套上球型頭罩，那頭罩是尖端工業的結晶，非但能供應壓縮氧氣，使他們呼吸如常，而且，有無線電對講儀使他們能正常的交談，而在眼睛部分，則有兩層一吋厚的耐高熱的石英玻璃，不但可以隔熱，而且可以觀看眼前的情形。

當柯克和穆秀珍穿上了重型的石棉衣（或者說他們的身子鑽進了重型的石棉衣中）之後，他們是一動也不能動的了。

但是他們的手卻可以在石棉衣袖子中，操縱兩個石棉衣之外的金屬手，那金屬手的動作十分靈活，可以伸長，縮短，揀拾面前的東西，甚至還附有小型的風鑽，可以鑽下堅硬的岩石來，那時，他們兩人看來，就像是一個機器人。

穆秀珍望著柯克，想想自己也是那樣的情形，她不禁哈哈大笑，道：「有趣，真有趣，但是我們一動也不能動，如何上直升機去？」

地質學家道：「直升機中有特製的傳送帶，可以伸進屋子來，將你們帶到直升機中，然後，你們將被吊在一條一百五十呎長的鋼纜上，吊到火山口附近被放下來。」

穆秀珍伸了伸舌頭，道：「鋼纜如果斷了，那怎麼辦？」

柯克笑道：「最好不要去想那些，鋼纜斷了，固然不得了，我們站在貼近火山口處，如果突然有岩漿噴上來，我們也完了。」

「為什麼？石棉衣不是可以耐高熱的麼？」

「是的，但是它的耐熱能力只是攝氏兩千度，一般來說，火山熔岩的溫度不止此數，就算耐得住熱，岩漿也會將我們凝在火山中，使我們無法離去，在那樣的情形下，我們就像是童話中的傳說一樣，要永遠變成一塊石頭，佇立在火山口了！」

穆秀珍忙道：「你可別嚇我！」

柯克笑道：「穆小姐，我不是嚇你，那是可能的，因為這火山現在十分之活躍。究竟什麼時候會爆發，是誰也不知道的。」

地質學家道：「所以，穆小姐，你還可以考慮退出。」

穆秀珍立時叫道：「豈有此理，當我是膽小鬼麼？」

地質學家道：「好，穆小組既然已決定冒險，那我去準備，你們等我，喂，先將他們兩人用平台送出屋子，等我來接他們！」

地質學家的最後一句話，是向留守的兩位科學家講的，那兩人在一個控制台前，按下了一個掣鈕，又扳下了一根控制桿，穆秀珍立時覺得地板移動起來，原來地板在向外升去，將她和柯克教授兩人送出了屋子，而地質學家的直升機也已飛了起來。

5 深入活火山

直升機在他們兩人的頭頂之上飛了一個盤旋，然後停了下來，自直升機的機腹上，兩塊鋼板打開，現出了一個大洞。

而從那大洞之中。兩股鋼纜垂了下來，鋼纜的一端，全有巨大的鉤子，當鉤子垂到了穆秀珍和柯克兩人胸前的時候，他們便利用機械手的操作，將鉤子鉤在石棉衣胸前的金屬環上，扣緊了扣子。

柯克教授道：「行了，你可以將我們吊起來了。」

直升機開始升高，一面升高，一面將鋼纜絞上去，轉眼之間，他們已被吊上了直升機，而直升機也飛行十分之高了。

向下望去，那幾間屋子，如同積木堆出來的一樣。

直升機向上升著，越升越高。

穆秀珍知道，普通的直升機不可能作那樣高空的飛行，這直升機看來雖然不大，但一定是特殊設計的。終於，直升機飛得比火山更高了！

直升機來到了火山口的上面，約有一百五十呎處停了下來，由於大量熱空氣洶湧上升，是以直升機雖然停了下來，但機身卻十分不穩定，非但左右傾側，而且忽上忽下，氣流的力氣太大，別說人還未曾下去，光是現在，已是十分危險了。

穆秀珍雖然喜歡冒險，但是在大自然的力量面前，人畢竟是太渺小了，穆秀珍的心中也不禁十分駭然，手心已在隱隱冒汗。

她向下看去，火山口的直徑足有幾百呎，那像是一個無底的深淵，而下面，則全是煮沸的火漿，才看了一眼，穆秀珍便目眩心悸！

而就在此時，她已聽到了地質學家的聲音：「請檢查鉤子的扣子是不是堅固，當你們站立在實地上之後，請立即放開扣子。」

「為什麼？」穆秀珍不明白。

「直升機停留在火山口，比你們站在火山上更加危險，放下你們之後，直升機便要飛走，直到你們通知，我再來接你們。」

穆秀珍深深吸了一口氣，她用機械手檢查著扣子，然後和柯克教授一齊道：「行了！」

他們兩個字才講出口，身子便突然向下一沉，因為直升機機腹的兩塊鋼板已被打開，鋼纜的絞盤開始轉動，他們一齊向下落去。

他們下落的勢力，開始時十分快，但是到了離高火山口只有二十呎左右時，便慢了下來，這時候，他們兩人猶如被吊在線上的傀儡一樣。

穆秀珍舉起了附在機械手上的溫度表看了看，離火山口還有二十呎，但是溫度的記錄已經是攝氏二百十六度，以後，每下降一呎，都不斷遞增。

當越來越接近火山口之際，穆秀珍向下望去，剎那之間。她突然驚惶了起來，吊住她的鋼纜已伸展了一百多呎，是以搖晃不定。而每一次搖晃，穆秀珍都像是會被拋進火山中去一樣！

越是接近火山口，熔岩的那種在火山口內滾動的勢子，看來便越是令人心驚，穆秀珍不由自主喘起氣來，她想叫：「吊我上去！」

可是她卻力不從心，叫不出來！

穆秀珍絕不是膽小的人，小時候她和人家捉迷藏，便敢一個人躲在墳墓之旁，有那樣驚恐的感覺，那可以說是她有生以來的第一次！

就在這時，她的身子突然一頓，她已碰到了火山口的岩石了。同時，她也聽到了地質學家的話，道：「選擇穩固的立足點！」

隨著這句話，穆秀珍的身子被吊上落下三次，直到肯定她的立足點是穩定的，地質學家才道：「請解開鋼纜的扣子。」

穆秀珍只覺得自己的手有點麻木，但是她還是努力工作著，她看到柯克已將扣子解開了，而就在這時，直升機突然向上升高了好幾呎，將鋼纜扯直，那一拉，將穆秀珍原來已站穩了的身子，拉得向前一仆，向火山口中直盪了出去！

穆秀珍的身子突然向火山口中盪了下去，剎那之間，她耳際嗡地一聲，幾乎什麼也不能做，而同時，她聽到了駭人之極的兩下驚呼聲！

那兩下驚呼聲，一下是柯克發出的，另一下則是地質學家發出來的。

穆秀珍在身子盪定之後，向胸前的鉤子看去，她不禁全身直冒冷汗！

她的鉤子自然還鉤在她胸前的石棉衣上，要不然她早已跌進火山口去了，但是鉤子上的扣子，在剛才已被她弄開了。

這時，鉤子只有寸許鉤在金屬環上，而她的手仍然在不斷搖晃著，有時，鉤子鉤得深些，有時，鉤子向外滑來，竟還不到半吋。

穆秀珍看到那種情形，像是她的喉際被人緊緊揑住了一樣，一句話也講不出，只是發出了一串莫名其妙的聲音來！

穆秀珍的一生之中，不知曾經經過多少驚風駭浪，但是她卻從來也未曾如此驚恐過，她的生命，就繫在那鉤子之上。而那鉤子，卻是隨時可以滑脫的。

鉤子一滑脫，她將跌進火山口去，被埋葬在幾千度高熱的火山熔岩之中，再也沒有人能夠找得到她，而她也變得不存在了。

穆秀珍因為極度的驚恐，已到了難以講出一句話來的地步。

而此際，不止是穆秀珍吃驚，連柯克教授也已出了一身冷汗！

他不由自主地喘著氣，穆秀珍的處境，他看得十分清楚，穆秀珍是隨時可以跌下火山口去的，此際，沒有人可以救得了穆秀珍，只有穆秀珍自己才可以救她，但如果穆秀珍要救她自己的話，她就必須要鎮定，極度的鎮定！

柯克在深深地吸了一口氣之後，開始想著如何對穆秀珍講話，但是儘管他勉力鎮定心神，他的聲音聽來也是在劇烈地發著抖的。

柯克先叫著駕駛直升機的地質學家的名字，道：「孟斯，你盡一切可能保持直升機的穩定，盡一切可能，穆小姐正在極度的危險之中！」

他立即聽到了孟斯的回答，孟斯的聲音也在發著抖，道：「看在上帝的份上，告訴我，她怎麼了？你知道，如果直升機猛烈地搖晃，我是無法可以控制的。」

柯克已來不及回答孟斯的這一個問題，他又叫道：「穆小姐，你聽到我的聲音麼？」

穆秀珍是聽到他的聲音的，不但他的聲音，連剛才孟斯的回答，她也聽到了，可是此際她卻無法回答柯克的這一句話。

她的身子在火山口上晃來晃去，有好幾次，防火衣胸前的扣子，和那鉤子只不過相差一分就要滑出來了，穆秀珍只覺得她自己已陷入了半昏迷的狀態之中，她只是發出一連串濃重的呼呼聲，然後，她才勉強講出了一個字，道：「聽……」

她連「聽到」的「到」字也講不出來，柯克則已接上了口，道：「穆小姐，你必須鎮定，防火衣的一切設備全是十分妥善的，你必須鎮定，控制你的機械手，將扣子扣緊。那你就沒有事，慢慢來，不必驚慌，你可以將機械手操縱得很好的！」

柯克的話說得十分緩慢，他一字一字地說著。當穆秀珍聽到了他的話之後，心中略為鎮定了一些，她的手開始在防火衣中慢慢地移動。

她突如其來，身子到了火山口的上面之後，由於極度的驚恐，她的全身似有一種僵硬麻木之感，以致此際在移動的，彷彿不是她自己的手一樣。

等到她的右手握住了操縱球桿，她的動作才變得漸漸靈活了些，她也可以有足夠的鎮定來講話了，她道：「我……正照著你的話去做了，我……正在做著……」

她轉動著球桿，機械手立時靈巧地接近防火衣胸前的扣子。

終於，機械手的「左手」，已然碰到防火衣胸前的扣子了！

但是，也就在那最要緊的關頭，在火山口中突然發出了一陣轟隆的聲音，岩漿開始向火山上面湧了上來。

火山口的岩漿並未曾湧出山口，自然也沾不到穆秀珍的防熱衣上，但是，當岩漿向上湧來之際，一大團強而有力的熱空氣，卻也向上湧了上來！

那一大團熱空氣，以極大的力道向上托著，將孟斯駕駛的直升機托得向上突然升了起來，鋼纜也隨之升了上去。

只要再遲十分之一秒就好了！但是事情偏偏在穆秀珍還未推上活扣的十分之一秒之前發生。

鋼纜向上升起，鉤子突然滑脫！

穆秀珍和鋼纜已分開了！

站在火山口的柯克不自禁地發出了一下尖呼聲，閉上了眼睛。

他緊緊地閉著眼睛，因為他實在不想看穆秀珍跌下火山口去的悲慘情景！

穆秀珍走了之後，屋子中靜了許多。

本來，穆秀珍在樓上哈哈大笑，連樓下也可以聽到她的笑聲，整幢房子也就充滿了熱鬧歡樂的氣氛，但是現在，卻使人有冷清清的感覺。

木蘭花倒還不覺得怎樣，但是安妮卻十分深切地感到了這一點，那是穆秀珍離家之後第二天的晚上，安妮因為耐不住屋中的靜寂，是以她來到了花園中，停在噴水池前，可是噴水池中泉水發出的單調聲音，卻更令得她有說不出來的惆悵。

安妮嘆了一口氣，順手扔了幾塊麵包給在池中游來游去的金魚，她心中在想：秀珍姐才去了一天，就好像已去了兩年一樣。

而她，卻要去整整的三個月！

安妮又扔了幾塊麵包進魚池，心中繼續地想著：秀珍姐到美國是去學習電腦知識的，自己如果不想和她分開，也一樣可以到美國去啊！

安妮幾乎一整天沒有開過口，當她想到這一點的時候，她不禁大是高興起來，同時，伸手在她自己的額上重重地打了一下，那是她自己在埋怨自己，為什麼早想不到這一點，而她的臉上在那時，也自然而然現出了笑容來。

就在此際，她聽得木蘭花的聲音自她的身後響起，道：「安妮，你想到了什麼，忽然間高興了起來，秀珍走了之後，還是第一次聽你笑呢！」

安妮忙轉過輪椅來，木蘭花是什麼時候來到她身後的，她一點也不知道，但她也不及去問木蘭花，立即道：「蘭花姐，我想……」

木蘭花突然伸出手來，阻止她再講下去，笑著道：「你別說，讓我猜一猜，看你是在想些什麼，好不？」

安妮接受了這個「挑戰」，道：「我想你猜不著。」

「猜不著？」木蘭花笑著，「我一定猜得著，而且，我只猜一次，我猜，你是也想到美國去，和秀珍在一起，猜對了吧！」

木蘭花一句話就道中了安妮的心事，那令得安妮十分忸怩，她有點羞怯地笑了起來，道：「我……可以麼？蘭花姐？」

木蘭花輕輕撫摸安妮柔軟的頭髮，道：「安妮，可以是自然可以的，但是我勸你不要去。」

安妮聽了木蘭花講的上半句話，臉上立時現出了十分高興的神色來，但是木蘭花的下半句話，卻又令得她莫名所以，道：「為什麼？」

「你是一個很重感情的人，安妮，」木蘭花緩緩地說著，「這自然和你自幼所處的環境有關，但是人總是不能不分離的。」

安妮著了急：「為什麼？蘭花姐。」

木蘭花笑了起來，道：「傻安妮，你怎麼那麼傻？你想，現在我們三個人在一起，秀珍離開，你就覺得悶悶不樂了，但是我們三個人是不能永遠在一起的，四風和秀珍已在議論婚事了，我想他們很快就會結婚，那麼，秀珍就不和我們在一起了！」

安妮聽了，呆呆地坐著，望著花園中的花卉，過了好一會，她才道：「我明白了，蘭花姐，你和高翔哥哥也快要結婚了？」

木蘭花笑了一下，道：「我愛他，他也愛我，我們當然會結婚的，但是我想總還不會那麼快，我如果結婚了，我還是住在這裡。當然仍和你在一起，但是秀珍就不同了，她得協助四風去管理龐大的工業系統，她會變得非常之忙……」

木蘭花講到這裡，沒有再講下去，因為她看到安妮的眼圈紅了！

安妮轉過了輪椅，木蘭花仍然站立著不動，但是安妮雖然是背對著木蘭花，木蘭花也可以知道，安妮已經在流淚了。

木蘭花可以說是故意惹安妮流淚的，因為這一次流淚，對安妮來說，幾乎是不可避免的，在穆秀珍走了之後，木蘭花就看出了一個十分嚴重的問題，看出安妮簡直像是換了一個人，可以整整一小時坐著不動，不說話，那證明安妮在心理上，在感情上，對穆秀珍，對自己，仍然有著極其嚴重的依賴性。

對任何人來說，感情上的嚴重依賴，都不是好事，人必須學會單獨生活。而且要有單獨生活的信心，而對於像安妮那樣的人來說，尤其重要！

所以，當木蘭花看到安妮獨自一個人來到噴水池之前發呆之際，她便來到了安妮的身後，用那番話是提醒安妮，告訴她應該如何做。

在安妮流淚的時候，木蘭花並不出聲，只是等著。

她並沒有白等，她只不過等了五分鐘左右，便看到安妮又轉過輪椅，她還是滿面淚痕，但是在她的臉上，已多了一種堅強的自信的神態。

她一面抹著眼淚，一面道：「我知道了，蘭花姐，你說得對，我時時說我自己已不是小孩子，可是在心理上，我還是小孩子。」

木蘭花微笑著，並不出聲。

安妮已抹乾了眼淚道：「我不想到美國去了，我想，秀珍姐一定很快會回來的，還有，她以後……就算再忙，也會來看我的，是不是？」

木蘭花忍不住笑了起來道：「當然是的——」

她那句話才講了一半，突然之間，只見她倏地轉過了身去，喝道：「什麼人？」

隨著她那一喝，安妮忙抬頭看去，也看到鐵門外人影一閃，向外避了開去，那人剛才顯然是在鐵門前向內窺伺的。

這時，已經是黃昏時分了，那人走得又十分快，木蘭花和安妮都沒有看清楚那人的臉面，木蘭立時向鐵門外衝去。

到了鐵門口，才看到一個人閃閃縮縮，已躲到圍牆的角落上，但卻又在慢慢向前走來，那人見了木蘭花，叫了一聲，道：「蘭花小姐！」

木蘭花此際已然看清那人是誰。那人原來是一個十分能幹的小偷，是不用鎖匙開保險箱的專家，但是在有一次犯案中，他用炸藥時不小心，炸斷了兩根手指，就成了一個小偷，曾投進一個犯罪組織之中，還被木蘭花擒住過。

他在服了幾年刑之後出獄，表示願意改過自新，而又因為他對犯罪分子的一切都相當熟悉，是以警方便留他，作了一個線人。

他在做小偷的時候，倒有一個十分好玩的綽號，叫作「花蛤蟆」，實際上，他姓花，名楷模。

木蘭花一看到是他，又是好氣，又是好笑，道：「是你，你鬼頭鬼腦作什麼？」

花蛤蟆尷尬地笑著，道：「蘭花小姐，我有事想要見你，但是卻又怕驚吵了你，所以想看看你是不是在家，剛才你一叫，倒將我嚇了一大跳！」

木蘭花正色道：「你現在又不做虧心事，大可堂堂正正地做一個人，何必自卑，又何必看到了人，就閃閃縮縮，裝出那種樣子來？」

花蛤蟆連聲答應著，道：「是！是！」

木蘭花這才問道：「你有什麼事？進來說。」

她一面說，一面打開了鐵門，花蛤蟆走了進來，道：「蘭花小姐，我聽到了一點和你有關的消息，那……那是很秘密的情形之下聽到的，我一聽到，就……就冒著生命危險來告訴你，蘭花小姐，我希望，嘿嘿……我希望你……能夠……」

木蘭花已知道他的意思了，是以木蘭花笑道：「去去去，你有什麼消息，去報告警方去，他們會給錢。」

花蛤蟆急了起來，道：「可是那和你有極大的關係啊，蘭花小姐，我又不向你要太多的錢，你聽了我的話後再決定不遲。」

木蘭花略想了一想，道：「什麼事，你說吧。」

花蛤蟆將聲音壓得十分之低，道：「蘭花小姐，有人要買凶手殺你！」

在任何人聽來，那都是十分嚴重的一件事，但是木蘭花聽了之後，卻立時笑了起來，道：「原來是那樣，那你的情報可以說一錢不值。」

花蛤蟆瞪大了眼睛，望著木蘭花，像是不相信他自己的耳朵一樣，木蘭花道：「世界上不知有多少歹人希望我立時死去，那有什麼稀奇？」

「可是這次不同啊，」花蛤蟆攤開了雙手，「我聽得那兩個人說，如果不殺死你，幾個名列世界豪富之首的人就要破產，他們出了十分高的價錢！」

木蘭花呆了一呆，花蛤蟆的話實在太不可思議了，自己生與死，怎會和出了名的豪富發生關係，為什麼自己不死，他們便會破產？

木蘭花立時皺著眉問道：「你這從哪裡聽來的消息，這不是太無稽了麼？我又不做生意，和人家破不破產，有什麼相干！」

花蛤蟆忙道：「那是千真萬確的，蘭花小姐，那兩個前來買凶手的人，住在最豪華的藍天酒店，是前天到的，已有很多人去見過他們，但是去的人一聽說他們是要對付你，就搖了搖頭走了，所以他們還未曾找到合適的人，他們是先找到郭老大，然後透過了郭老大，放聲氣出去引人前去見他們的。」

木蘭花的雙眉蹙得更緊，那是因為花蛤蟆提到了郭老大。郭老大表面上是一個「正當商人」，但實際上，他的魔爪控制著好幾個犯罪組織，那是警方和木蘭花所重視的，但是因為沒有確鑿的證據，是以警方和木蘭花才未曾和郭老大有過正面的衝突！

事情如果和郭老大有關，那麼就不是全不可靠的了！

木蘭花冷笑了一聲，問道：「郭老大也想害我麼？」

花蛤蟆道：「那我不知道，可……不敢亂說，我只知道那兩個人是從南非來的，據說他們的身分十分之高，是南非兩家最大的鑽石礦的董事。」

木蘭花陡地一怔，在那一剎間，她像是捉摸到了一些什麼了，南非，鑽石礦，破產……這一些事聯繫起來，就可以構成一個簡單的輪廓。

而那些簡單的輪廓，木蘭花也可以看出整件事件的梗概了，那便是：柯克教授等人雖然用盡了心機，但他們的秘密還是洩露了出去！

當然，柯克教授四人的保密工作還是做得十分好的，但是麻煩也就麻煩在這裡，一定有人知道了柯克教授等人想在火山之中尋找大鑽石的秘密，卻又誤會了她是這件事的主持人，所以才會想殺死她，而阻止這個計劃的進行！

的確，鑽石的價格如此之高，一大半是人為控制的，大財團的人為控制鑽石的價格，使得鑽石財團獲得驚人的巨額利潤。

如果大量的鑽石在火山口中被尋獲，並推出市場的話，那麼，人為控制的堤防便被沖破，鑽石的價格一定直線下降！那的確是可以使得許多豪富破產的！

從花蛤蟆所提供的那一些零零星星的消息中，木蘭花縝密的頭腦略一推理思考，便使她明白了整件事情的梗概了。而且，她也意識到，這的確是一件相當嚴重的事，那些豪富既然知道了這件事，那一定會千方百計地來阻止它的進行的！

而他們又誤認了她是事件的主持人，那自然一定會用盡一切可能來對付她的，他們出得起很高的價格，也一定有亡命之徒為錢來拚命的！

木蘭花想起以前，世界各地的大犯罪組織，曾聯合提出一筆十萬磅的獎金，獎給只要能殺死木蘭花的人，令世界上第一流的狙擊手、暗殺者全都來到了本市，木蘭花幾番死裡逃生，現在，這樣的事情又來了，而且，鑽石大財團所出的價錢，可能更高！

必須制止這件事再演變下去！

花蛤蟆的消息的確是十分有價值的，木蘭花道：「很不錯，你提供的消息很有用，他們兩個人，住在藍天大酒店什麼房間？」

「聽說是十二樓的大房間。」

「如何去見他們？」

「聽到消息的人都可以去，他們每一個人都見的。」

木蘭花卻並不出聲，進了客廳之後，她簽了一張相當數額的支票給花蛤蟆，道：「你從我這裡離去，可得小心些，說不定來殺我的人已經到了！」

一句話說得花蛤蟆面色發白，道：「不……會吧！」

木蘭花笑道：「你剛才不是說，是冒著生命危險來告訴我的麼？怎麼來的時候膽子大，現在反而倒膽小起來了？」

花蛤蟆又紅著臉，尷尬地笑著，道著謝，告辭而去。

花蛤蟆才一走，安妮便緊張地問道：「蘭花姐，有人要殺你，什麼人？」

木蘭花搖著頭道：「我也不知道是什麼人，但是我猜想一定會有人來的，而且，還絕不止是一個，安妮，南非的鑽石大財團誤會我是火山發掘鑽石計劃的主持人，所以派人來到本市，要找人對付我！」

安妮奇道：「蘭花姐，柯克教授他們四人行動那樣秘密，何以這件事還會傳出去的？」

「唉，」木蘭花嘆了一聲，道：「若要人不知，除非己莫為，任何事，你做了，以為一定沒有人知道，以為秘密守得極好，但是到頭來，一定還是有人知道的，他們在瑞典和加拿大委託設計，人家再從他們的行蹤來推斷，也不難知道他們是為了什麼。」

安妮頻頻點頭，道：「可是事情又怎麼會扯到你身上來的呢？」

「因為我和他們見過面，我想，鑽石大財團的密探和情報人員，一定早就在進行著監視了，只不過我們還不知道而已。我的名氣大，他們自然也知道我不容易對付，所以，他們才誤以為只要對付了我，那麼整件事就會瓦解，不能再實現了！」

安妮道：「蘭花姐，那我們怎麼辦？」

木蘭花早已有了決定，是以她立時回答道：「很容易，我到藍天酒店，去見那兩個鑽石大財團派來的代表！」

「那……不是自投羅網了？」

「我當然不是表明身分前去的，你在下面等我半小時，安妮，看看在我身上，會有什麼變化！」木蘭花說著，已上了樓。

安妮等在客廳中，她不時留意著外面，看看是不是有什麼動靜，給木蘭花那樣說了，安妮的心中自然而然緊張起來。

半小時後，安妮聽到樓梯上傳來一下咳嗽聲，她連忙轉過輪椅來，她看到有一個人，從樓梯之上慢慢地走了下來。

那是一個身形瘦削的中年人，穿著一套裁剪得十分講究的西裝，在西裝的背心口袋中，還露出了一截金錶鍊來，他的顴骨很高，眉毛很濃，下巴向前突出，看來像是一個權力欲十分強的人，當那人走下來的時候，安妮著實嚇了一跳！

她連忙伸手，將手指按在輪椅扶手的一個按鈕上，喝道：「別動，你是誰，如果你再向下走一級，那你一定得在醫院躺上一個月！」

但是那人卻笑了起來！

那人一笑，安妮便呆住了，那是木蘭花的聲音！

那人是木蘭花，是木蘭花所化裝的，這樣的化裝術，實在是太神奇，太美妙了！安妮仍然未能相信那竟會是事實！

但木蘭花已在繼續向下走來，道：「安妮，你認不出我，是不是？」

「真的認不出，蘭花姐，你看來完全像是一個男人，你的頸際……怎麼看來好像有一個喉核一樣？」安妮驚奇地問。

「那是貼上去的一塊軟膠，它的顏色和皮膚的顏色是完全配合的，我就準備那樣去見他們兩人，安妮你上樓去，你一個在家，千萬要小心。」

安妮點頭道：「我知道了，可是你講話的聲音——」

木蘭花的聲音突然變了，那是百分之百的男人聲音，道：「安妮，我看你不必替我擔心什麼，我的聲音現在不是很好麼？」

安妮睜大了眼，不信似地搖了搖頭。

木蘭花立時又回復了原來的聲音，道：「你覺得奇怪麼？其實，這並不是我的口技，而一個小小的儀器幫了我的忙，它壓在我的舌底，可以改變我講話聲音的聲波震頻率，使我的聲音可以變粗，講穿了，那和快速錄音的錄音帶用慢速來播放，聽來聲音變得很粗一樣，實不足為奇！」

安妮「哦」地一聲，道：「還是太奇妙了！」

木蘭花向窗外看了看，天色已相當黑了，她先推著安妮上了樓，使得整所屋子的一切警戒系統，都開始工作。

安妮就坐在一個電視螢光幕之前，通過電視攝像管，有人接近她們的房子，警告信號就會發出聲響，安妮也可以從電視上看到來人了。

木蘭花安排好了一切，才離開了住所。

6 職業凶手

藍天酒店是本市數一數二的大酒店，木蘭花這時的化裝，完全是一個十分有身分的中年紳士，所以，當她走進燈光輝煌的酒店大堂之際，受到禮貌的招待。

她來到櫃檯之前，伸手敲著桌面，道：「請通知十二樓大客房的住客，有一位霍人慧先生要來見他們，是郭先生特別介紹來的，要他們準備一下！」

櫃檯後面，酒店的職員看到木蘭花那樣的氣派，如何敢怠慢，連忙答應著，照木蘭花的吩咐去打電話，不到三分鐘，職員便道：「霍先生，請上去。」

木蘭花來到了電梯前，跨進了電梯，到了十二樓，她又大模大樣走了出來。叫住了一個侍者，吩咐他帶她到大套房的門前。

木蘭花舉手輕輕在門上敲了幾下，門便打了開來，那是整座酒店中最華麗的套房，開門的是一個五十上下，頭頂已半禿的中年人。

另外有一個胖子，挺著肥肚子，正站在一張沙發之前，木蘭花逕自走了進去，老實不客氣地在一張沙發上坐了下來，道：「就是你們兩人？」

那兩個人互相望了一眼，禿頭的首先說道：「閣下是——」

「我姓霍。」

「霍先生的大名是——」

木蘭花發怒了，大聲道：「你們是想弄清楚我的名字呢，還是想我能夠解決木蘭花？若是你們再廢話多多，我不談這交易了。」

那兩人齊聲道：「你能對付木蘭花？」

木蘭花翹起了一隻腳，說道：「那得看代價多少。」

「代價是十萬英鎊。」

「那是你們的條件，我的條件是十萬英鎊之外，再加上你們鑽石大財團屬下的鑽石礦，每年利潤的百分之五！」木蘭花像模像樣地說。

「霍先生，你在開玩笑了，」大胖子忙道：「不可能！」

木蘭花道：「好啊，不可能就不可能，我有什麼損失？當鑽石的價格下跌到了只有現在十分之一的時候，受損失的是誰？」

胖子和禿子的面色都變了一下，木蘭花的話，顯然已說進了他們的心坎中！

胖子的額角上微微有汗滲出來，道：「霍先生，如果你真能解決木蘭花，那麼，我們的價錢還可以提高一倍，整整二十萬鎊！」

「每年利潤的百分之五，先生，」木蘭花堅持著，「我們不是在買豆芽菜，我想，討價還價，那是十分無聊的事。」

胖子和禿子的面色變得十分難看，他們互望了一眼，木蘭花則老實不客氣地打開了銀色的雪茄盒，拿起了一支名貴的哈瓦那製造的「PUNCH」雪茄來，打開了鋁管，取出了雪茄，先放在鼻端上一聞，然後點著，深深吸了一口。

木蘭花平時是絕不抽煙的，但是她卻有這個本事，當她需要抽煙的時候，她絕不會驚駭的，她的樣子，就像是煙癮極深的人一樣。

而且，她在化裝的時候，也早在牙齒上了不少煙跡，再配合她那自然的姿勢，絕不會有人去懷疑她吸煙的資格的。

胖子和禿子兩人考慮了足有三分鐘之久，才由禿子發言，道：「先生，關於這一點，我們難以決定，要請示董事會的決策者。」

「那你們就快點去請示吧，我相信你們來了這裡之後，董事會一定不分日夜都在等候你們的回音，請吧，如果你們不想被我聽見。可以到房內去打電話。」

木蘭花話才說完，胖子和禿子已然道：「那麼，請閣下稍等一等，我們在長途電話中討論，可能要相當的時間，請閣下不要不耐煩。」

木蘭花笑了起來，道：「不會不耐煩的，這是大買賣啊，是不是？」

那兩人退進了房中，立時關上了門。

在他們關上門的一剎那，木蘭花還是以一個十分安靜的姿態坐在沙發上的，但是他們才一關上門，木蘭花就像一個彈簧人一樣跳了起來。

她一跳起來，便已放下了雪茄，來到了房門外，取出一具微聲波擴大儀來，吸在門上，將連在儀器上的一隻耳塞塞進了耳中。

她立時聽到了一陣「嗡嗡」聲，那是房間中空氣震盪的聲音，她也立時聽到那胖子道：「他行麼？他能對付得了木蘭花？」

禿子則苦笑著，道：「至少，他是到目前為止，唯一敢稱自己是敢對付木蘭花的人，不像別人，聽到木蘭花的名字就窒息了！」

木蘭花聽到這裡，心中多少有點自豪的感覺。

她想到自己出死入生的冒險生活，不但應付了許多大規模的犯罪活動，而且，她自己也建立起了極高的聲譽，至少在本市，這兩人的價錢出得如此之高，但是所有覬覦這筆資金的歹徒，也都知道她不容易對付，是以都望而卻步！

胖子悶哼一聲，說道：「可是他的條件如此高。」

禿子發出了「啪」地一聲，好像是在他的頭頂上，自己打了自己一下，道：「唉，我們只好和董事會商量，看看情形如何了，那總比破產好！」

接下來，兩人沒有再說什麼，只聽到撥電話聲，叫接線生聲，木蘭花的心中不禁暗自好笑，這兩人顯然並不是慣於犯罪的人，因為他們對她的身分竟然毫不懷疑。

木蘭花頗有不虛此行之感，因為她至少知道，對方並未請到凶手。

木蘭花在考慮第一步的行動計劃：如果對方在通了長途電話之後，竟然答應了自己的苛刻條件，那麼，自己應怎樣呢？

木蘭花想到這裡，忍不住微笑了起來，因為她已想到，一直和那兩人拖延下去，到頭來，如果那兩人知道出了高價，僱請來殺木蘭花的人，原來就是木蘭花本人時，想起來他們的神情，一定會是十分奇怪可笑的！

木蘭花正在想著，只聽得房間中的兩人忽然同時發出了一下短促的驚呼聲。那一下驚呼聲不是十分高，如果不是有儀器的幫助，木蘭花也是聽不到的。

那一下驚呼聲，令得木蘭花突然想到：有意外了。

只聽得在驚呼聲之後，兩人又道：「你……你是誰？」

隨著那兩人的問話，只聽得一個十分陰森的聲音笑了起來，即使是木蘭花那樣鎮定勇敢的人，聽到了這笑聲，也不禁感到了寒意！

木蘭花緩緩地吸了一口氣，事情果然是有變化了！

在那剎間，她真想立時推門進去看個究竟，但是一轉眼間，她卻又改變了主意，因為她現在可以聽到房中的一切聲響，但是房中的人卻是不知道的，那麼她是站有利的一方面，如果她突然衝進房中去，有利地位便消失了！

是以，她身子只是略動了一動，又全神貫注向房中傾聽起來，只聽得那陰森的聲音道：「我是布列治先生派來的人。」

那兩人一齊道：「原來你是董事長派來的！」

「是的，這裡是布列治先生的信。」

在一陣開信紙的聲音之後，又聽得胖子道：「原來布列治先生已聘請了你，為什麼他不先打一個電話通知我們？」

那人又怪聲怪氣笑了起來，道：「那是我的意思，我不喜歡現代的東西，一切現代的東西，我全都厭惡，你們看我的殺人武器，它不是現代的手槍，而是無聲無息之間就能制人於死命的東西，你們看到了沒有，它是多麼美麗！」

在那人講到最後兩句話時，只聽得胖子和禿子一齊驚呼了起來，道：「請將……你的工具拿開些……別讓它觸到我們！」

那人笑得十分得意，道：「你們看到了？我要的價錢並不貴，而且還替你們免費打發你們所討厭的人，外面那個漫天開價的傢伙，我現在就替你們去打發他！」

胖子的聲音有些發顫，道：「你……在這裡殺人？」

「對一個職業凶手來說，無時無地都可以殺人，只有在一種情形下，職業凶手才是絕不殺人的。」那人的聲音，堅硬如鐵。

胖子和禿子兩人，顯然都被那人震懾住了，因為在他們的聲音中，都有一種怯生生的感覺，他們問道：「在什麼樣的情形之下？」

「沒有錢，就不殺人！」那人斬釘截鐵地回答道。

「可是……可是你如果在這裡殺了人，會連累我們的，我們……卻不想被連累……那人到我們這裡來，連櫃檯也知道的。」禿子解釋著。

那人總算同意了，道：「也好，那麼我跟蹤他出酒店，在路上結果他的性命，和你們一點關係也沒有了，快去打發他離開酒店！」

木蘭花聽到了這裡，連忙拉下了聲波擴大儀，回到了沙發上，重又燃著了雪茄，看來她根本不像離開過沙發，而且她的神態也十分悠閒。

然而別看她的神態優閒，她的心中卻實在十分緊張！她知道自己又遇到一個勁敵了。

那敵人的本領十分高強，他當然是偷進房間去的，所以他的突然出現，也使胖子和禿子兩人突然吃了一驚，發出了一下驚呼。

而且，他在到了胖子和禿子的房間中之後，一定還做了不少工作，至少，他也利用過音波擴大儀，偷聽過客廳中的動靜，要不然，他又怎會知道自己的條件苛刻？

那個人是一個職業凶手，那已是毫無疑問的事了，而且他一定是職業凶手中的佼佼者，不然，鑽石大財團的董事長怎會找他來本市行刺？

那職業凶手不喜歡用槍，這一點並不令得木蘭花高興，反而令得木蘭花覺得不容易應付，因為這一類的凶手，不但有他們自己的凶器，而且一定有他們自己獨特的一套行凶方法。他們是冷靜、殘酷和沒人性的！

然而木蘭花在此際，也還是在十分有利的地位的，因為她知道自己一離開酒店，就會被跟蹤，那麼，她就可以將那個職業凶手引到適當的地方去加以對付！

木蘭花急速地思索著，胖子和禿子已經推門而出了！

木蘭花趁機向房門中看了一眼，想看清那職業凶手的樣子，但是走在後面的禿子，一出來就將門關上，木蘭花並沒有看到什麼。

木蘭花見到了他們兩人，便道：「討論的結果怎樣？」

胖子面上，堆起了十分虛偽的笑容，道：「真對不起閣下，董事會的決策人表示，閣下的條件，實在太過苛刻，難以接受。」

木蘭花道：「那不要緊，只不過我想警告你們，就算木蘭花死了，也不一定能使那個計劃付諸實行，你們明白麼？」

胖子和禿子呆了一呆，沒有出聲。

木蘭花揚了揚手，道：「再見了！」

禿子走前幾步，為她打開了門，木蘭花走出套房，來到了電梯之前，等電梯來了，她走進了電梯，可是電梯只下了一層，她便按鈕令電梯停止，而她也迅速出了電梯，又從樓梯上到了十二樓！

木蘭花那樣做。是因為她知道那個職業凶手會跟蹤她，那麼自然也會在她之後離開。木蘭花是想在那職業凶手離開之際，看看他的樣子，進行反跟蹤！

木蘭花一回到了十二樓，便全神貫注地注意著套房的門口。

可是，她足足等了五分鐘之久，竟然不見有人出來。

木蘭花緊皺著眉，這幾乎是不可能的！

那職業凶手急欲解決他職業上的競爭者，也為了要增加他僱主的信心，說要殺死自己，當然不是說著玩兒，他是要付諸行動的。

那麼，他為什麼還不出來呢？

在一個大城市中，要跟蹤一個人，別說遲了五分鐘，就算只遲五秒鐘，只怕也會就此失去了對方的蹤跡，難以跟得上了！

當木蘭花一想及這一點時，她的心中陡地一亮：是了！一定就在自己進入電梯之際，那凶手立時閃出了房門！

那凶手用什麼辦法可以追上自己呢？他一定是以極快的步伐走下樓梯去，按停電梯，再走進電梯來，那麼，如果自己還在電梯中的話，便一定以為他是下兩層的住客，而毫不起疑！

木蘭花甚至可以肯定，那職業凶手一定是奔下了兩層樓梯才按停電梯的，因為如果他只是走下一層的話，木蘭花走出電梯時，就會和他迎面相撞了！

那職業凶手為什麼要走下兩層，而不是走下一層，木蘭花猜想那可能是由於謹慎的緣故，他的謹慎，使他錯過了跟蹤自己的機會。

但是，當他走了兩層樓梯，按停了電梯，電梯的門打開，他發現電梯中竟空無一人的時候，那職業凶手會怎樣想法呢？

木蘭花一直沒有發現自己處在十分不利的地位，直到此際，她一步一步推想下來，才知道自己的處境已十分不妙了！

那職業凶手看到電梯中沒有人，只要他是稍有頭腦的人，他自然立即可以想到，他要找的人，在上一層電梯停止時離開了。

那麼，這職業凶手下一步的行動是什麼呢？當然是走上樓梯來，繼續搜索！

當木蘭花想到這一點的時候，她似乎感到四方八面都有眼睛在注視著她，在她躲在樓梯角的五分鐘內，那職業凶手早已看到她了！

職業凶手之所以遲遲未曾下手，自然是為了在酒店中發生命案，仍然會牽連到胖子和禿子的緣故！她以為在監視著那職業凶手的行動，可以等到那職業凶手從房間中走出來，但是卻反被對方在暗中監視了她的行動！

木蘭花心知那職業凶手一定就在附近，說不定離自己極近，但是，他在什麼地方呢？木蘭花裝著十分不經意地四面看了一下。

她看不見有人，但是她可以肯定，那職業凶手是在監視著她！

木蘭花知道現在她是處在不利地位之中，但不論她想到自己的處境是如何不妙，她都是不會慌張的，她想了片刻，吹著口哨，向樓梯下走去。

她裝出十分輕鬆的神氣來，像是什麼事也沒有一樣，她知道，當自己向樓梯下去之際，職業凶手一定仍會跟著她的。

她現在是十二樓，她準備走到十樓之後，就去乘搭電梯，職業凶手自然會故技重施，奔下樓去，在九樓或者是八樓，按停電梯走進來。

那麼，木蘭花至少也可以知道他的樣子了！

木蘭花來到了十樓，便不再下樓。她在滿鋪著地毯的走廊中走著，來到了電梯前，等了一分鐘，電梯自上面下來，木蘭花進了電梯。

當木蘭花在電梯中時，只有她一個人。

電梯在九樓沒有停，至八樓時，停住了。

在那一剎間，木蘭花的心神也不免十分緊張，因為她知道如果自己的推斷不差，那麼電梯門一打開，進來的一定就是那個職業凶手了！

可是，當電梯門一打開時，木蘭花卻一呆！

站在電梯門口的，竟是一個老婦人！

那老婦人看來已然十分之老了。行動也很遲緩，當電梯門打開之後，她遲疑了一下，才走進了電梯來，背對著木蘭花而立。

木蘭花在那一剎間，心中實在疑惑之極，她等待的是一個殺人不眨眼的職業凶手，但是結果，走進電梯來的，卻是一個老態龍鍾的老婦人。

這究竟是怎麼一回事？

電梯繼續向下落著，七樓，六樓，五樓，都沒有停，一直到四樓，才停了一停，有一對男女走了進來，那老婦人直到此時才動了一下。

木蘭花也趁機踏出了半步，用不經意的眼光望了老婦人一眼。

那時，她和那老婦人相距不過兩步的距離而已。

在這樣近的距離之下，精明如木蘭花，實在只要看上一眼就夠了。

在看了一眼之後，她的心中也不禁覺得好笑了起來。

她可以變成一個相貌陰沉的中年男子，那麼，一個職業凶手又為什麼不能變成一個老婦人呢？行動遲緩的老婦人是最不為人注意的，也是一個職業凶手最好的掩護身分。木蘭花已可肯定，那婦人是一個男人化裝而成的！

「那老婦人」的化裝術，也可以說是登峰造極的，但是木蘭花在一瞥之間，就看出了一個破綻來，她看到了老婦人的手！

女人化裝成男人，比較容易，因為纖細的手，可以加上極軟的肉色的軟膠手套，使手看來粗大，可以在頸際加上軟膠的托墊，使得看來像是有頸核。

但是，男人要化裝為女人，即使可以將頸部掩飾得十分之好，卻是絕沒有辦法將一雙粗大的手變成纖細的手的！

那職業凶手的手上，已經過了刻意的假扮，看來青筋綻露，像是一雙老婦人的手，但是它確是如此粗大，顯然不會屬於一個女人！

木蘭花仍是不動聲色，要進一步證明那婦人是不是職業凶手假扮的，十分容易，只要看在離開酒店之後，她是不是跟著來就行了。

電梯很快落到了酒店的大堂，電梯中的四個人一齊走了出來，木蘭花故意走在前面，不料那老婦人卻突然在她身後叫道：「先生！」

木蘭花突然一呆，那是她料不到的。

她以為那職業凶手只是暗中跟在她的後面而已，卻不料到他會公然叫自己。

木蘭花轉過身來，不耐煩地道：「什麼事，老太太！」

她雖然知道對方不會在酒店下手，但是她仍然全神貫注，以防萬一。

老婦人道：「先生，我想到一個地方去，你能送我去麼？因為我第一次來這個城市，我又老得幾乎認不清路，我要去的地方，是市中心區的……歌劇院。」

木蘭花「嗯」地一聲，道：「當然不能，你自己去吧！」

那「老婦人」道：「先生，你缺少禮貌。」

木蘭花突然一轉，轉到了那老婦人的身旁，壓低了聲音道：「對一個職業凶手，是不必有什麼禮貌的，在我前面走出去，走得慢些！」

木蘭花說著，已用一柄小型手槍抵住了對方的腰，那「老婦人」突然一呆，木蘭花又道：「在你腰際的，是你不喜歡的現代武器，但是只要我手指略略一動，它就可以結束你的凶手生涯了，所以，還是聽我的話，慢慢向前走去的好。」

「老婦人」吸了一口氣，沒有說什麼，就向前走了開去，這一次他的步子十分大，木蘭花立時警告他：「走慢一點，別忘記了，你是一個老太太！」

「老婦人」又放慢步子，他們一齊走出了酒店的大門，並沒有任何人對他們起疑，出了酒店之後，木蘭花仍逼著「老婦人」向前走著，同時木蘭花冷冷地道：「你壞了我們的行規，你知道麼？要不是你突然插了進來，他們已答應我的條件了！」

「你瘋了！」老婦人回答著，他已經恢復了男人的聲音，「你要求他們每年總利潤的百分之五，你以為他們會答應？」

「當然會的，如果木蘭花的計劃成功，他們手中的股票便只值現在的十分之一了，你想想，那時候，他們又會怎樣？」

職業凶手笑了起來，道：「其實，我要的代價也不低，我想，我可以和閣下合作，聽說木蘭花真的不容易對付，很多著名人物都栽在她的手中。」

木蘭花只覺得好笑，但是她卻一本正經地道：「如果合作的話，我佔九成，你佔一成。」

那職業凶手怪聲叫了起來：「你說什麼？」

木蘭花將手槍向前伸了一伸，道：「別那樣大叫，你現在是老太太，老太太是不會大叫的，我想，你不想惹人注意的吧？」

那凶手不敢再出聲，木蘭花冷笑著道：「再向前去，我們可以在前面比較冷清的地方，好好地談判一下條件的。」

「如果我只佔一成，那就不必談了！」

「是麼？」木蘭花一面反問著，一面已扳動了槍機。

一枚麻醉針立時射進了職業凶手的身子，他的身子挺了一下，木蘭花連忙扶住了他，急走了幾步，轉進一條十分僻靜的街道，然後，她將那凶手的身子拖到一個郵筒的後面，如果不是有人特地繞到郵筒的後面，是不容易發現有人的。

而在那樣僻靜的街道上，在這樣的時刻，只怕也不會有什麼人特地繞到郵筒後面的。

木蘭花快步離開，在最近的公共電話亭中，打了一個電話給值日警官，告訴他到××街的郵筒之後，就可以找到一個化裝成老婦人的職業凶手，一直等到她聽到了警車聲，她才離開。

十分鐘之後，她又在藍天酒店的大套房之前敲門了。

開門的仍然是禿子。

禿子看到木蘭花時，臉上神情之奇特，已經是難以形容的了，他道：「你……你為什麼……又來了？我們之間不是沒有事了？」

「是的，沒有事了，」木蘭花用力推開門，走了進去，「但是，我卻有一點消息，要奉告給兩位知道。」

「什麼……消息？」胖子和禿子同時問。

「那位由布列治先生聘來的職業凶手，就是化裝成老婦人的那位，他想殺我，但是卻事前被我制住了，現在，他正在一輛警車之中！」

木蘭花越說，那兩人的面色便越是難看，等到木蘭花講完，他們的臉上簡直成了一片死灰色。

木蘭花暗暗笑著，在沙發上坐了下來，道：「我想，你們那位董事長，布列治先生，一定不是十分精明的人物，因為他聘了那樣的一個人！」

胖子張大了口，道：「你……說的是真的麼？」

木蘭花一攤手，道：「我為什麼要騙你？我看你們還是快點和布列治先生通一個電話的好，要是那位凶手先生供出他的名字來，那你們全完了！」

胖子和禿子面面相覷，胖子取出了一條手帕來，抹著額上的汗，道：「他……他會不顧職業道德麼？他會那樣？」

木蘭花道：「那就很難說了，只不過，我請你們還是快快離開本市的好，雖然國際警方可能仍然會來找你們問話，但總比在這裡被捕好得多！」

禿子忙道：「謝謝你，謝謝你提醒。」

木蘭花揚手道：「再見！」

她站了起來，走出了房間。

這時，木蘭花的心情的確是很輕鬆的，因為她知道，這件事情已經可以說解決了！鑽石大財團一定不敢再用收買凶手的辦法來對付她，而會改用別的辦法，來挽救可能出現的鑽石危機，那就與她無關了！

木蘭花覺得十分好笑，因為整件事解決得如此容易，倒也不是她料得到的，尤其，當她想到了自己被人一直監視著之際，形勢還十分惡劣！

在半小時之後，木蘭花回到了家中。

她才一走進客廳，便聽到了安妮自樓上傳下來的尖叫聲，安妮在叫道：「蘭花姐，你快上來，蘭花姐！」

木蘭花呆了一呆，安妮的叫喚，尖銳而短促，那表示她的心中十分驚恐，然而，木蘭花卻想不出安妮為什麼而驚恐，因為事情已解決了，以後不會再有凶手出現了。

木蘭花三步併作兩步，上了樓梯，安妮已在門口，安妮的臉色蒼白得很可怕，她的身子也在微微地發著抖。不必是木蘭花那樣有經驗的人，任何人都一眼可以看出，安妮正在極度的驚恐之中！

木蘭花忙道：「安妮，什麼事？發生了什麼事？」

安妮的聲音，顯示她隨時可以哭出來，但是她必須忍住哭泣，才能對木蘭花說明究竟發生了什麼事，是以她的聲音十分難聽。

她道：「蘭花姐，我剛才十分無聊，我想……我們這裡是晚上，美國已經是早晨了，我想和秀珍姐通一個電話，她聽到了我的聲音，一定會很高興的。」

木蘭花立時問道：「秀珍怎麼了？」

安妮終於哭了出來，她一面哭，一面斷斷續續地道：「我不知道，蘭花姐……我不知道……電話接到學校，接到秀珍姐的那一系，但是我得到的回答是根本沒有這個人，蘭花姐，這一兩天中，這一系並沒有新報到的學生，秀珍姐她……」

木蘭花也陡地一呆，過了好一會，她的腦中仍然十分混亂，道：「你可曾問清楚了？秀珍或許不想別人的電話打擾她？」

「我問清楚了，我……說了，我是長途電話，請他們查一查，他們也查了，有秀珍姐的名字，她可以隨時入學，但是她沒有去！」

木蘭花一句話也不說，拿起了電話，撥了雲四風的電話號碼，經過了兩分鐘的等待，她已聽到了雲四風的聲音。

木蘭花劈頭便問：「四風，秀珍到哪裡去了，你可知道？」

雲四風完全摸不著頭腦，道：「秀珍不是到美國去了麼？」

「沒有，學校方面說，她根本沒有報到，四風，你且放下手頭的工作，繼續向美國維斯康辛大學查詢有關秀珍的事，情形怎樣再和我聯絡。」木蘭花說著。

「是，是！」雲四風也慌了，「那怎麼會呢？她到什麼地方去了？好，我立時吩咐接通長途電話，報上沒有飛機失事的消息啊！」

「你別著急，我想秀珍一定瞞著我們在做什麼事，」木蘭花安慰著雲四風，「我再通知高翔，請他到航空公司去查一查。」

木蘭花立即撥了號碼，當她和高翔通了話，將穆秀珍並不在美國的情形，告訴了高翔之後，她又道：「我看，秀珍一定是在中途下了機，那班飛機的第一站是夏威夷，你去航空公司查詢，秀珍是不是在夏威夷下了機，然後，進一步調查她去了何處。」

「好的，一有了結果，我就來。」

木蘭花放下了電話，安妮又想問她什麼，但是看到木蘭花那種不常見的發怒神色，她卻不敢講什麼，木蘭花只是來回地踱來踱去。

7 空中之狼

雲四風和高翔，幾乎是同時到達的。

高翔已從航空公司方面，查到了穆秀珍的轉機經過，木蘭花用力一拍桌子，道：「秀珍到大火山去找柯教授他們去了！」

木蘭花已猜到了穆秀珍的行蹤，是到大火山中去的，但是她卻再也料不到，穆秀珍在火山口已遇了險，她隔熱衣胸前的扣子，和鋼纜上的鉤子已經脫離了！

穆秀珍防火衣前的扣子從鋼纜的鉤子中滑出來之際，站在火山口旁的柯克教授，立時閉上了眼睛，不忍觀看慘劇的發生。

而在那一剎間，穆秀珍自己不像是在向下跌去，倒像是耳際突然響起了「轟」地一聲，一下子向天上飛了上去一樣！

她滑脫了鉤子，向下跌去！

穆秀珍的雙手這時正握在避火衣中機械手的控制盤上，在剎那間，她的手本能地向上提了一提，防火衣的機械手也揚了起來，就在那千鈞一髮之間，機械手的手指鉤住了鋼纜。

穆秀珍根本不知道發生了什麼，在那不到半秒鐘的時間內，她真正嘗到了死亡的恐怖，她完全不能想，也完全不知道如何應付。

直到她又聽到柯克教授的聲音，她才漸漸定過神來，只聽得柯克教授的聲音在發抖，不知道是高興，還是緊張。

柯克教授在叫道：「謝天謝地，你得救了，你別動，緊緊鉤住鋼纜，把穩機械手的控制盤，我叫孟斯吊你到火山邊緣來。」

穆秀珍那時幾乎已陷進了一半昏迷之中，但是柯克教授那幾句話是對她說的，她還是聽清楚了，以後柯克教授又對孟斯說了些什麼，她簡直無法回憶。

她緊握著控制盤，手心也不知道流了多少汗，然後，她覺得她的身子又盪起來了。

那時，她已經鎮定了許多，她看到防火衣外的機械手鉤住鋼纜之處，也只是極少的一點地方，她還是隨時可以跌下去的。

但是，直升機已開始向外飛去，將她帶離了火山口，當她又緩緩落下來之際，她落在柯克教授的身邊，那時，她已完全恢復鎮定了。

她轉動著控制盤，將鋼纜鬆脫，她聽到孟斯和柯克兩人都大大地鬆了一口氣，穆秀珍不由自主眼淚奪眶而出，道：「想不到我居然沒有死！」

柯克教授喘著氣，道：「別提了，再也別提起剛才的事了，只當剛才的事沒有發生過好了，我們來仔細觀察火山口情形。」

穆秀珍深深地吸了一口氣，剛才的經歷，只怕是她畢生難忘的了，她竟險險跌進火山口中！火山口的溫度足以令她化為氣體！

穆秀珍勉力定著神，問：「像剛才那樣的危險情形，在你們的工作中，可是經常遇到的？我真想不到會有那樣驚心動魄的場面！」

柯克緩緩地道：「穆小姐，當我們的探索工作正式展開之後，將在隔熱囊中，進入火山口中。那項工作的危險性，我無法說得出來！」

柯克教授雖然無法說得出來，但是對穆秀珍而言，那卻也是可想而知的事情了，她低聲答應了一聲，定睛向前看去。

這時，他們站立的地方，是一塊超高的大岩石，離火山口大約七八碼，由於大石是高起的，所以可以俯視看到火山口的情形。

柯克教授道：「這塊大岩石，就是我們停放一切設備的地方，進入火山口的防熱囊，將在這裡，由一個巨大的承軸吊著，由耐高溫的特種金屬纜吊下去，兩人在囊中，一個人如同我們現在那樣，運用機械手操縱一切，孟斯則負責直升機，最危險的，自然是在囊中的那個人！」

穆秀珍沒出聲。

柯克繼續道：「我們現在還無法知道在火山口的中心，溫度究竟是多麼高，現在我們所知的，只不過是一個大概的數字，如果岩漿中含有某一種金屬，這種金屬在燃燒之際，又會發出高熱的話，那麼，溫度就會在我們的估計之上了。」

穆秀珍大是駭然道：「那就怎樣？」

「那麼，特種金屬纜耐不住高溫，就可能被燒熔。」

柯克教授在講這句話的時候，他的聲音還是十分之平靜，但是穆秀珍聲音卻已在微微發抖了，她道：「那……又會怎樣？」

「那麼，整個防熱囊便會向下跌去，沉在岩漿之中，像是跌進了泥沼一樣，只不過那泥沼中的泥漿，是有著幾千度高溫的。」

柯克教授雖然在提及幾千度的高熱，但是穆秀珍卻覺得遍體生寒，機伶伶地打了一個寒顫！她沒有再問下去，因為問下去也是多餘的了。

她望著岩漿翻騰，不時迸出萬千點的火紅熔岩的火山口，過了好半晌，才嘆了一聲，道：「柯克先生，我覺得木蘭花的話是有道理的。」

柯克教授並不回答，只是「嗯」地一聲。

穆秀珍又道：「教授，你們冒著那樣的危險，只是為了取得大量的鑽石麼，那實在是不太值得了，我勸你們放棄這個計劃。」

「穆小姐，你到這裡來，不是為了參加我們這個計劃的麼？」

柯克教授反問道：「為什麼你竟勸我不要實行這計劃呢？」

穆秀珍據實道：「的確，在我來的時候，我覺得你們的計劃不但新奇，而且極具刺激，但是現在來看，那實在……實在……」

「太危險了！」柯克教授接下去說：「也可以說，穆小姐，你是給剛才發生的那意外嚇退了，是不是？」

「我不是一個沒有勇氣的人，而我剛才的確差一點死在火山口中，化為氣體，如果你說我是嚇怕了，我大可以自己退出，我只是為你們著想，你們的生命，全是有價值的生命——」

穆秀珍的話還未曾講完，柯克已突然打斷了她的話頭，道：「你說錯了，穆小姐，世上最有價值的東西，一定是永恆的，以這個標準來度量，生命就是最沒有價值的，因為生命是如此短促，它的平均數，還不到六十年，而鑽石卻是永恆的！」

柯克雖然也在避熱衣之中，但是隔著特種玻璃，穆秀珍可以看到，柯克在講那一番話的時候，他的雙眼之中閃耀著一種狂熱的光彩！

那令得穆秀珍的心中暗吃了一驚，因為從那種眼光看來，柯克的精神顯然有一些不正常，他是完全沉迷在他的計劃之中了！

穆秀珍緩緩地吸了一口氣，沒有再說什麼，而柯克教授則不斷地向穆秀珍解釋著他們計畫將如何進行的步驟。

過了足足二十分鐘，穆秀珍才提出來，道：「我想，我們該離開火山頂，回到營地去了，我……感到相當疲倦，想休息一下。」

「好的。」柯克教授立時回答，同時，他叫喚著孟斯。

不多久，他們又看到了直升機飛了上來，兩條鋼纜垂下，他們利用機械手將鋼纜緊扣在防火衣前的環上，直升機高飛，將他們兩人吊到了半空，然後拽進了直升機的機艙之中。

這一次，一直到直升機在營地之前降落，並沒有發生什麼意外。

直升機停在傳送帶之前，傳送帶又將穆秀珍和柯克帶進了屋子，他們從沉重龐大的避火衣中走了出來，另外兩人忙著檢查那兩件避熱衣。

孟斯緊緊地握住了穆秀珍的手，道：「穆小姐，剛才那一刻，是我畢生難忘的，你太勇敢了。」

穆秀珍忙搖頭道：「一點也不勇敢，我嚇得根本連自己在做什麼都不知道。」

「可是你及時利用機械手鉤住了鋼纜！」

「那只不過是我的運氣好而已！」穆秀珍掠了掠頭髮，「如果可以的話，我想休息一下，剛才的驚嚇，令我極需休息。」

「當然可以。」孟斯回答著，「請跟我來，我們已替你準備了住的地方，穆小姐，如果火山有間歇性的爆發，你別吃驚。」

穆秀珍苦笑了一下，道：「在經歷了剛才那樣的驚恐之後，只怕也沒有什麼值得害怕了。」

孟斯將穆秀珍帶到一間小小的房間之中，那房間大約只有六十平方呎，有一個小小的窗子，向外看去，恰好可以看到烘爐般的火山口。

穆秀珍向孟斯道了謝，在床上躺了下來。

她自從來到了這裡之後，新奇的興奮和刺激接踵而來，令得她根本沒有靜下來好好想一想的機會，直到此際，她才冷靜下來。

她開始想，自己欺騙了木蘭花和安妮，來到這裡，是不是對？

當她來的時候，她根本未曾考慮到這一個問題，只是想來，就來了。但是現在想來，她卻覺得自己做法是不對了。

以前，她認為柯克教授他們的行動十分有意義，但是現在她卻感到，支持柯克教授行動的，只不過是一股不可靠的狂熱，那實在是一件沒有意義的事。

穆秀珍一想到這裡，俯身從床上坐了起來，她想要盡自己的可能，去說服他們四人，放棄這個計劃。

她剛坐起來，突然聽得門上有人敲門聲，接著，便是孟斯的聲音，道：「穆小姐，你睡著了沒有？有你的長途電話。」

穆秀珍呆了一呆，她的長途電話？她到這裡來，根本沒有人知道，那會是誰打電話給她？她匆匆走了出去，來到了電話旁。

她向四人看了一眼，拿起了電話來。

當她才將電話湊到耳際時，她就聽到了木蘭花的聲音，一聽到了木蘭花的聲音，她心頭的吃驚，實是難以形容，幾乎連電話也抓不住！

但是，木蘭花的聲音卻出奇地平靜，她道：「秀珍，你還好麼？火山附近的空氣和別的地方是不同的，你能夠適應嗎？」

穆秀珍好一會講不出話來，才道：「我……很好，他們的營地中……有純淨的氧氣供應，是以我倒並不覺得什麼不同。」

「秀珍，請你轉告柯克教授他們，」木蘭花繼續說：「南非的鑽石財團已經知道了他們的計劃，還以為這個計劃是我主持的，來找過我的麻煩，當然他們沒有成功，但是他們一定會直接來找你們麻煩的，你們的工作本來就充滿了危險——」

木蘭花講到這裡，略頓了一頓，才又道：「我想你是知道我的意思的，秀珍，要千萬小心！不然我們可能難以再見了！」

雖然是長途電話，木蘭花遠在千里之外，但是穆秀珍還是可以在電話中聽出那股親切之情，她心中一熱，幾乎流起淚來。

她忙道：「蘭花姐，你的意思是贊成我參加這工作？」

「我當然不贊成，那是你早已知道的，我的意思是，你既然來了，而且有那樣的決心參加這工作，那就該好好完成它！」

木蘭花那樣說，那倒很出乎穆秀珍的意料之外，她忙道：「可是……可是我現在……卻感到……」

木蘭花不等她講完，便道：「不論怎樣，你一定要留下來幫助他們，他們四個人全是科學家，不會防範一切突變的事故，那就要靠你了！」

木蘭花語氣嚴肅，令得穆秀珍感到事情十分嚴重，她忙道：「蘭花姐，你也來吧，只有我一個人，恐怕……難以應付。」

木蘭花卻拒絕了穆秀珍的要求，道：「我們都不來，秀珍，既然是你自己的決定，你就應該獨力負起一切責任來！」

穆秀珍深深地吸了一口氣，她明白木蘭花話中的意思，木蘭花是要她對自己輕率的決定負起責任來，不要輕易改變自己的主意，成為一個沒有主意的人！

她呆了片刻，道：「我知道了。」

「再見。」木蘭花在講了那兩個字之後，就放下了電話。

穆秀珍也將電話輕輕放了下來。

柯克第一個問：「蘭花小姐說些什麼？」

「她說，南非的鑽石財團會對我們的工作進行破壞，要我小心提防——」穆秀珍轉述著木蘭花的話，「如果他們破壞成功，那就不堪設想了。」

柯克教授等人呆了半晌，孟斯才道：「那不必太擔心吧，我們有軍隊協助，而且，普通人是絕不能夠接近火山爆發地區的！」

穆秀珍皺起了眉，道：「那很難說，鑽石財團財雄勢大，他們可能想出我們意料不到的辦法來對付我們，因為在火山口中，如果找到了大顆的鑽石，對鑽石財團而言，會是致命的打擊，他們一定會千百計破壞我們的計劃，那是一定的事！」

穆秀珍剛講到這裡，一陣驚人之極的轟隆聲，令得屋子搖晃了起來，屋子中的一切東西都在搖擺著，杯子和其他的東西自桌上跌下。

穆秀珍等人連忙伸手扶住了桌子，柯克沉聲道：「火山又爆發了！」

他們一齊從窗口向外望去，看到大蓬的熔岩自火山口中噴了出來，緩緩向下流來，整個山頭都成了暗紅色。

熔岩在緩緩向下流來之際，就像是無數史前怪獸在向山下爬來一樣。

同時，在屋面之上，也傳來了「刷刷」地聲響，像是正在落雹一樣，那是大量的火山灰降落的結果，他們四人中的兩人，忙於察看火山爆發的記錄儀，將一卷紙帶慢慢拉了出來。

他們察看紙帶上的符號，又和許多圖表對照著。

對於他們在做的工作，穆秀珍一點也不懂，過了半小時，才聽得他們兩人發出了一聲歡呼，道：「太好了！太理想了！」

穆秀珍更是聽得莫名其妙！因為這裡，火山爆發正在漸漸加劇，每一次轟隆聲傳來，營地的屋子就像是搖籃一樣晃動起來，連站也站不穩！

那樣的情形，照穆秀珍看來，簡直是壞極了，如何那兩人還說又好又理想呢？

她忙道：「究竟怎麼了？為什麼好極了？」

那兩人中的一個道：「根據記錄，同樣的爆炸在四天之前，八天之前，十二天之前發生過，爆炸的級數是相等的，每次爆發的時間，是三小時。」

穆秀珍仍然有些不明白，柯克已接上去解釋道：「那就是說，在三小時的爆發之後，就有四天的平靜，可以供我們放心展開工作。」

柯克突然提高了聲音，道：「各位，我們現在，盡量去爭取睡眠，明天我們可能要日以繼夜地工作了！」

穆秀珍扶著牆，走回她自己的房間裡。

當她在床上躺下來時，她的身子仍然不停地左右搖擺著，她好像是睡在一鍋沸騰的水上一樣，當然沒有法子睡得著。

她思潮起伏，一直等到火山的爆發漸漸靜下來時，她才朦朧睡去，然而，她並沒有睡了多久，便被許多聲音吵醒了。

那是飛機聲，車子聲，人聲，以及種種機械發出來的聲音。

穆秀珍睜開眼來，天色已然大明，但是天空上卻籠著一重奇異的青灰色。

那種青灰色，是由於連續不斷的火山爆發所造成的，看來簡直像天上掛了一幅銀幕，軍隊已經開到，工作已展開了。

穆秀珍在忙碌的搬運工作中，幾乎沒有什麼事情可做，但是她卻又是閒不住的人，是以自告奮勇，駕駛著一架直升機，將器材搬上火山頂去，足足忙了一天。

她對於火山口的氣流突然升降已有了經驗，她操縱的直升機，穩定程度已可以和孟斯比美，是以博得了一致的讚賞，那令得穆秀珍很高興。

足足忙了一天之後，軍隊撤退了，穆秀珍也酣然入睡。

第二天，又是同樣地忙碌，那是最主要的一天，穆秀珍的責任更重，因為她已能夠適應火山上空的氣流突變，是以最接近火山口的飛行工作完全交給了她，孟斯則在火山口旁參加了設備的裝配工作。

第二天傍晚時分，一切都準備好了，所有的裝備都已運到了計劃中的地點，而且安裝好，明天一早，就可以開始人類歷史上從來也沒有過的火山中心探險了！

那一晚上，他們幾個人的心情都十分興奮，但是為了輕鬆一下神經，他們暫時放下了一切工作，彈著吉他，就在火山腳下，唱著歌，跳著舞。

這大概是世界上最奇異的舞會了，這個舞會的照明，是火山口冒出來的紅光，而這個舞會的鼓聲伴奏，則是來自火山腹中的隆隆聲。

穆秀珍幾乎是一刻不停地跳著舞，那真是令人胸懷壯闊，畢生難忘的一次歡樂的集會，一直忙到了半夜，他們才回到屋子內。

穆秀珍並沒有放棄木蘭花交給她的責任，她已和軍隊的保安官員聯絡過，保安官員已答應加強保衛措施，務使他們的工作不受破壞！

天亮了！

這是穆秀珍到達營地以來，最靜的一個早晨。

因為每一天，天一亮，軍隊便來到，光是十數輛載運士兵的大卡車，在崎嶇不平的道路上疾駛而來的聲音，就足以令人吃驚了。

但是今天，因為是他們幾個人正式展開工作的日子，軍隊的搬運任務已經完成，剩下來的只是警戒任務，離營地都有好幾里，是以當陽光普照之後，營地的附近仍是出奇地寂靜，像是完全在另一個環境之中一樣。

但他們幾個人還是依時醒了轉來，當一切全都準備好了之後，柯克教授才分配工作，他道：「一個人留在營地，負責一切聯絡，兩個人和我一齊到火山頂去，穆小姐則負責直升機的駕駛，我們先將隔熱囊放下火山口去，試驗一下隔熱囊的性能，然後，再由我和孟斯進隔熱囊去完成我們的計劃，各位有異議麼？」

沒有人出聲，這實在是十分莊嚴的一刻。

柯克等了一分鐘之後，才道：「好，那我們三個人先進防火衣去，穆小姐，請你準備。」

穆秀珍快步奔到了營地之外，停在不遠處的直升機旁。那是一個好天氣，由於火山的平靜，是以天色看來也十分明澈，和別的地方無異。

穆秀珍登上了直升機，不一會，傳送帶將已進入防火衣中的柯克等三人送了出來，送進了機艙之中，他們各自用鋼纜將防火衣扣緊，穆秀珍發動引擎，直升機「軋軋」作響，向上飛了起來。

穆秀珍的心中似早已想通了，不論鑽石的價值如何，他們此際的工作，其意義當然不是任何鑽石所能局限的，他們是在進行著史無前例的探險！

將柯克等三人放了下來之後，穆秀珍將直升機又升高了些，在上空盤旋著，從上空看下去，火山口是一個無底的深淵。

火山今天出奇的平靜，但是火山口裡面，仍然是通紅的，穆秀珍在上空盤旋了片刻，轉飛向營地，降落在營地之前。

他們五個人之間，都保持著最密切的無線電聯絡，是以他們雖然分開成三起，但是相互之間的講話聲還是可以聽得到的。

穆秀珍在直升機裡，等待著柯克進一步的命令。

她聽得柯克在發號施令，已將那隔熱囊由特種的金屬纜慢慢垂下火山口去。

柯克發出的聲音，在不明情由的人聽來，是全然平淡無奇的，但是，在穆秀珍聽來，卻有驚心動魄之感。柯克不斷地說著：

「一百呎，一百二十呎，一百四十呎……」

那是代表著隔熱囊垂下火山口去的深度！

等到柯克說到了「七百六十呎」這個數字之際，穆秀珍已忍不住叫了起來，道：「柯克，我們已成功了！」

「不，」柯克立即回答她，「我們的目標是八百呎！」

深入火山口八百呎！

穆秀珍一想起來，就禁不住興奮得身子微微發抖！

柯克的聲音變得遲緩了許多，他道：「七百八十呎……溫度……溫度超過計劃一百度，隔熱囊還可以支持，我們的計劃有修正，七百七十呎是我們所能到達的極限深度，絞起隔熱囊，準備下一步的工作。」

穆秀珍鬆了一口氣，她又有工作了。她的工作是將隔熱囊和柯克、孟斯兩人從火山口運下來，然後，孟斯和柯克進入隔熱囊之後，再運上火山頂去。

她發動引擎，直升機的機翼「軋軋」響了起來，就在這時候，只聽得留駐營地，負責聯絡的那人，用十分急促的聲音道：「據駐守部隊報告，有一輛國籍不明的飛機，正在迅速地接近本地區！」

穆秀珍吃了一驚，忙道：「快請軍方派空軍攔截！」

在她講了那句話之後，是幾秒鐘極其難堪的沉默，然後，那人又道：「來不及了，那飛機離我們已只有十二哩了，目標顯然是火山口！」

穆秀珍又聽到了柯克教授憤怒的聲音，道：「他們終於來了，他們竟從空中來襲擊我們，實在太卑鄙可恥了！」

穆秀珍大聲道：「柯克，你們照原來的計劃行事，我升空去迎截這架飛機！」

「你？」柯克等四人異口同聲地問。

「是的，我用直升機去迎截，直升機中有一挺機槍，我會使用它對付那架飛機的。」穆秀珍說著，扳下了控制桿，直升機已向上飛了上去。

「可是穆小姐，根據雷達報告，來襲的飛機，是一架性能十分好的戰鬥機！你用一架直升機去對付它，那……那是不可能的。」

穆秀珍鎮定地回答道：「但這是我們唯一的機會了，我會盡量應付一切的，請報告我飛機來的方向，我好對付他！」

「敵機的方向是東三十一度，速度每小時一百八十哩，現在，肉眼已可以看到它自東而來，迅速地向火山口接近了！」

穆秀珍連忙向東看去，她立時看到了一個小黑點，那小黑點以驚人的速度在擴大著，當她的直升機只飛到了火山一半的高度之際。那飛機已以驚人速度，在離火山口上空約有五百呎處掠了過去，機首上昂，迅速地沒入半空。

從那種飛行的姿勢來看，駕駛這架戰鬥機的，毫無疑問，是一個經驗極其老到的駕駛員，是極不易對付的空中之狼！

敵機在火山上掠過的時候，雖然短短只不過幾秒鐘，但是穆秀珍已然看清，那是一架二次世界大戰末期的小型戰鬥機。

那架飛機的機身是草綠色的，上面沒有任何標誌。但即使機身上沒有任何標誌，穆秀珍也可以知道，那一定是南非鑽石財團派來的破壞飛機。

那的確是極其毒辣的一個計劃！

一架飛機突然來襲，進襲的地區又不是國防的重點，那使得當地的空軍根本得不到時間來應戰，而這架來襲的飛機，只消破壞了火山口的裝備，他的任務就完成了，火山探索一事，也自然而然成為泡影了！

那架飛機在火山口掠過之後，沒入雲端，但是穆秀珍知道，它至多再低飛一次，就會開始它的破壞行動了！

以一架直升機去對付一架戰鬥性能相當好，有備而來的戰鬥機，這幾乎是不可能的事，但是穆秀珍卻立即想到，至少有一點，是對她十分有利的。

那便是，敵機一定要十分接近火山口，才能夠破壞一切，它必須飛得比剛才更低，來到離火山口不到一百呎處，才能達到目的。

穆秀珍一面迅速地轉著念，一面仍然操縱著直升機，向上飛去，在快到火山頂時，她卻不再向上升去，令直升機停在半空。

她估計，那架飛機又會從東面俯衝下來，是以她停在那架飛機可能飛來的方向，她準備在那架飛機一俯衝下來時，便立時展開射擊！

那架飛機的轟然聲又傳了過來，穆秀珍的估計不錯，飛機仍然自東而來，飛得更低，看來它不準備再一次觀察，而已準備展開攻擊了！

穆秀珍按動控制鈕，直升機的機槍，槍口向上昂了起來，轟地一聲響，那架飛機在直升機上只有二、三十呎掠過。

飛機掠過時所帶起的氣流，令得直升機突然向下一沉，也就在那時候，穆秀珍按下了按鈕，機槍口噴出了火焰，子彈呼嘯而出！

若不是直升機有那意料之外的一沉，那一次射擊，一定可以射中那架飛機的了，但這時，子彈卻全在機旁掠了過去，那架飛機受了突如其來的攻擊，立時向上升空而去。

穆秀珍一擊不中！

雙方所使用的飛行工具，無論在速度、機動方面，穆秀珍的直升機都是難以和對方的戰鬥機相提並論，作一比較的。穆秀珍可以說是在極度的劣勢之中。

唯一對穆秀珍有利的機會，就是她可以在對方未曾覺察之前，伏在火山口，趁對方俯衝低掠之際，進行一次奇襲。

但是，穆秀珍的那一次襲擊卻失敗了！

她的目標已經暴露，那架戰鬥機必然繞回來，對她展開攻擊！而她如果再停留著不動的話，那麼她簡直就是射擊的目標。

穆秀立時升高直升機，當她在升高直升機之際，她已經聽到了戰鬥機轟然飛來的聲音，她特地迎著戰鬥機飛了過去。

在那時候，她的心中已然有了一個決定。

那決定是極其危險的，但是她卻必須那樣做，事實上，她就算不那樣做的話，也是同樣的危險。

8 歷史創舉

當她迎著戰鬥機飛去的時候，她聽得柯克等四人一齊叫道：「穆小姐，你做什麼？」

穆秀珍無法向他們解釋自己想做什麼，她甚至一聲不出，事實上，她那時也緊張得難以出聲，因為她和那戰鬥機漸漸接近了！

這是一場以死亡作賭注的賭博，賭的是絕大的勇氣。

戰鬥機迎面飛來，直升機迎面飛過去，兩種飛行工具的戰鬥性能雖然難以相提並論，但如果雙方在半空中相撞的話，結果卻只有一個，那便是同歸於盡！

當直升機向著戰鬥機飛近的時候，那戰鬥機的駕駛員顯然猶豫了起來，因為飛機的速度減慢了，而且機身在左右搖晃著。

但是穆秀珍卻還十分堅定，直升機「軋軋」地響著，速度並不高，然而卻筆直向戰鬥機而去，雙方的距離越來越近了！

三百碼！二百碼！一百碼！

每一秒鐘間，都向死亡接近一分，等到雙方來到只有八十碼的距離時，雙方不約而同一齊開火，機槍子彈在空中呼嘯著掠過。

戰鬥機的機身顯得更不穩定，而穆秀珍則將直升機的速度提得更高，令得直升機看來，就像是切向飛機的一柄圓形飛刀！

突然之間，戰鬥機機首一昂，帶著一陣呼嘯聲，避開了直升機正面的撞擊，飛了上去，穆秀珍用力按下機槍的按鈕，射出了幾十發子彈，但因為戰鬥機的速度太高，是以穆秀珍仍然未射中！

但是這一下變化，卻令得穆秀珍信心大增。

對方在最緊要的關頭避了開去，那分明表示對方沒有同歸於盡的打算，或者是對方以為有別的方法可以取勝，不必與之同歸於盡。

但不論對方的想法怎樣，穆秀珍卻肯定了一點，那便是，只要她有和對方同歸於盡的打算，對方一定會退讓，而對方在退讓的時候，自己就有機會了！

穆秀珍本來可以將高度降低，以引誘那戰鬥機也低飛，在低空之中，直升機又比戰鬥機占便宜得多了，然而，穆秀珍又怕自己飛得低，戰鬥機便去攻擊火山口的裝備和那二個人，而他們是一點抵抗能力也沒有的，所以穆秀珍再擊不中，又向上升了上去。

她才一升高，戰鬥機的轟然巨響又從左面傳了過來，穆秀珍連忙控制著直升機轉向左，這一次戰鬥機衝過來的速度十分之快。

而且，在相距足還有三百碼的時候，對方已經開火了！

機槍子彈像是降雹一樣，向前飛來，穆秀珍仍在迅速地向前飛出，子彈已經射中了直升機的機艙，機艙前的玻璃立時碎裂。

碎玻璃迸散了開來，穆秀珍只覺得左臂突然一陣麻木。在那剎間，她也不知道自己左臂是被子彈射中，還是被碎玻璃濺中的，她的左手本來是緊握著高度桿，控制著高度的。

當她的左臂一陣麻木，喪失知覺之時，再也控制不住高度桿，直升機迅速地向下落了下去，穆秀珍連忙低頭看去，只見左臂上血流如注。

奇怪的是，在那樣的情形下，穆秀珍竟並不覺得痛，但是她一時之間卻難以控制直升機，直升機迅速地向下跌下去。

她似乎聽到了柯克教授等人的驚呼聲，但是在如今那樣的情形下，她根本無法去留意他們在叫些什麼，她必須全神應付正俯衝而下的飛機。

在直升機迅速地下墜之際，那架戰鬥機的機首向下直衝了下來，飛機上兩挺機槍的槍口，不斷地噴出火焰，子彈像是要將整架直升機都吞了下去。

直升機仍在下墜著，穆秀珍已騰出了右手來，但這時她看到，自己離地面只有兩百多碼了，她還有一下險著可行！

她一點也不理會直升機的繼續下跌，卻又連續地按下機槍控制鈕還擊著，那架飛機還是不顧一切地向下衝了下來。

等到雙方只有五六十碼之際，直升機離地只有五十來碼了，也就在那時候，穆秀珍一咬牙，用力扳動上升桿，直升機突然向上升了上去。

戰鬥機正在俯衝，絕提防不到直升機會突然上升，是以當直升機突然迎了上去之際，它立時昂起機首，向前衝了出去。

和第一次迎戰時的情形一樣，戰鬥機仍然不願意和直升機同歸於盡！但是這一次的情形，卻是大不相同了！

當戰鬥機才一飛出之時，穆秀珍又按鈕銜尾，射出了數十發子彈，那幾十發子彈仍然未能射中戰鬥機，因為飛機向前飛出的速度十分之高。

但是，也正因為飛機向前飛出的速度實在太高，而這時，它的高度又十分低，它是向著火山疾衝過去的！

那飛機的駕駛員，已可以說是世界上第一流的駕駛員了，但即使是第一流的駕駛員，在那樣的情形下，也是無法可想的了！

當飛機向火山疾衝而出之後，飛機已立時昂起機首來，看情形，駕駛員是準備以超凡的技術，令得飛機直地向上飛去，以求脫險的。

但是，當飛機的機首突然昂起之際，飛機離火山太近了，當飛機變成了機首垂直向上，疾衝上去之際，機腹在岩石上擦過，擦出了一串耀目的火花來。

緊接著，在飛機衝高了幾十碼之後，一下震耳欲聾的巨響聲響起，整架飛機化成了一團火球，迸濺出無數火星來，一架飛機已經成了碎片！

這一切，全是在穆秀珍目擊之下所產生的，而且，也正是穆秀珍想要造成的結果！

穆秀珍從來也未曾覺得如此之輕鬆過，她不由自主發出了一下歡呼聲來。

在火山頂上的三個人，只看到直升機迅速地向下落去，和戰鬥機俯衝追了下來，當直升機和飛機到了他們的視線之外以後，他們便看不到究竟是發生了一些什麼事了，當他們以為穆秀珍萬無倖存之際，卻忽然又聽到了穆秀珍的歡呼聲，他們的高興，實在是難以形容的！

他們三人齊聲問道：「穆小姐，你怎麼了？」

穆秀珍還未回答，便聽到了留守營地那人的聲音叫道：「太了不起，太了不起！穆小姐令得那飛機撞向火山，炸成碎片了，這真了不起，可以說是世界空戰史上的奇蹟！」

穆秀珍向下看去，可以看出那人奔出了營地，雙手揮舞著，穆秀珍控制著直升機，慢慢落了下來，直升機才一降落，那人就奔了過來。

穆秀珍跨出了直升機，當她伸手扶住直升機的機艙之際，她才覺得左臂一陣劇痛，一個扶不住，整個人都向下跌來。

那人連忙迎了上去，扶住了穆秀珍，他自然也看到了穆秀珍的一條左臂上，幾乎全是鮮血，他驚呼道：「你受傷了！」

穆秀珍定了定神，道：「不要緊的，只是外傷，包紮好了以後，一定可以繼續工作的，你快扶我到救急箱去，我自己會包紮的。」

從無線電對講機中，柯克等二人對穆秀珍的傷勢，不知發出了多少問題，穆秀珍一再告訴他們，傷勢並不嚴重，他們才算略為放心。

到了屋子中，穆秀珍割開衣袖，才看到手臂上嵌著七八片碎玻璃，她忍著痛，用鉗子將玻璃片一片片地鉗出來，洗乾淨了傷口，那人在一旁不斷地替她抹著汗。

當穆秀珍倚著身子，略為休息一下之際，那人突然低下頭來，在穆秀珍的手臂上深深地吻了一下。

穆秀珍吃了一驚，叫著那人的名字，道：「漢谷，你，你做什麼？」

漢谷的面上現出了十分虔誠的神色來，一個人若是和一個普通人在講話，他的臉上是絕不會有那樣的神情的，只聽得他緩緩地道：「在世界上最美麗的女子手臂上，將有幾個疤痕，但那仍是世界上最美麗的手臂！我禁不住要深深地吻它，請原諒我！」

穆秀珍紅了臉，她自然知道對方的行動是沒有什麼惡意的，只不過事情來得太突然了，是以才令得她感到吃驚而已。

穆秀珍笑道：「別傻氣了。」

漢谷的神情仍然十分嚴肅，他又道：「我從來只知道東方的女子美麗、溫柔，但是從來也不知道東方的女子竟也如此勇敢！」

穆秀珍笑道：「看你，誇獎得我臉也紅了，我還要去工作，柯克和孟斯還在火山頂上等著我，我要接他們下來。」

漢谷忙道：「你休息一會——」

穆秀叫道：「我不要休息！」

漢谷搦著手，道：「你不休息也可以，你可以接替我的工作，而由我駕駛直升機去接他們下來，工作就可以如常進行了！」

在經過了剛才的劇烈戰鬥之後，穆秀珍的確已十分疲倦了，她點頭同意了漢谷的辦法，道：「好，但是你要小心些。」

穆秀珍在漢谷的椅子上坐了下來，漢谷向外走了出去，穆秀珍立時接到了軍部查詢那架國籍不明的飛機的電話，穆秀珍將實際情形回答了他們。

她看著漢谷駕著直升機向上飛去，不到半小時，又吊著隔熱囊落了下來，穆秀珍連忙按動鈕掣，傳送帶伸了出去，將穿著防火衣的柯克和孟斯接了出來。

然後，在漢谷的幫助下，他們兩人從防火衣中走了出來。

本來，他們出了防火衣，應該立時去檢查那隔熱囊，並且進入那避熱囊的掇但是他們兩人卻不那樣做，一出了避熱衣，立時向穆秀珍走了過來。

穆秀珍已知道他們的來意，穆秀珍雖然十分開通，但是對於西方人的熱情多少有點不習慣，是以她連忙搖著手，道：「行了！行了！」

可是她一面搖著手，柯克和孟斯兩人還是一人握住了她的一隻手，在她的手臂深深地吻著。

柯克道：「穆小姐，你是我所見到的最了不起的人，以前，我再也想不到，一個東方女子竟會有那樣的勇敢，那樣的鎮定和本領。」

穆秀珍掙脫了手，道：「記住，我們要在火山爆發的四日之內完成工作，你們還不快檢查隔熱囊，準備正式工作？」

柯克和孟斯站了起來，他們兩人互望了一眼，柯克道：「穆小姐，由於你的勇敢，救了我們，我們有幾句話——」

穆秀珍笑道：「行了，你們的工作完了麼？」

柯克道：「不是，穆小姐，這次隔熱囊放下火山口七百七十呎，是人類歷史上的創舉，如果你不在隔熱囊中，那是不公平的。」

穆秀珍的心頭怦怦跳了起來。

柯克繼續道：「所以孟斯準備放棄那特殊的光榮，將他的位置讓出來，讓你和我作歷史上第一次進入火山口的兩個人。」

穆秀珍緩緩地吸了一口氣，在隔熱囊中，下火山口去，那是極其危險的事情，但是，在他們四人之中，卻是認為那是一件極光榮的事。

而今孟斯肯將這件事讓給她去做，穆秀珍自然知道那對孟斯而言，是一種極大的犧牲，如果不是他對自己的心中感激已到極點的話，是絕不會那樣做的。

穆秀珍自然也想到，如果拒絕了這件事的話，那不僅十分不禮貌，而且令得孟斯的一片熱情和犧牲落了空，那也是十分不好的。

但是穆秀珍卻沒有進入火山口的打算，這件事來得太突然了，令得穆秀珍一時之間不知如何才好。

她呆了片刻，道：「可是……可是我對於操作隔熱囊中的一切，一點準備也沒有，如果我進入隔熱囊，可能妨礙工作的。」

柯克道：「那不要緊，你很快可以學懂的。」

穆秀珍站了起來，道：「好，謝謝你，孟斯。」

孟斯高興得直跳了起來，叫道：「穆小姐，你肯答應，那是我們的光榮，更尤其是我的光榮，我實在太高興了，多謝你，我該多謝你！」

看到孟斯那麼高興，穆秀珍一點也不覺得後悔！

他們一齊向外走去，來到了隔熱囊前，柯克和孟斯兩人檢查著隔熱囊，他們用了半小時，才得到了完美的結果。

柯克讚嘆道：「那真是第一流的工業結晶，穆小姐，我們的探索雖然還有危險，但是可以說是相當安全的了，你只管放心。」

穆秀珍笑道：「我不怕，我們該進入了！」

柯克點了點頭。爬上了隔熱囊，在囊的頂部旋開了一個蓋子，他先落了下去，然後，穆秀珍也下去，進入了隔熱囊之中。

隔熱囊的內部空間十分小，像是只能容兩個人的深水潛艇一樣，在座位上坐了下來之後，並沒有多少活動的餘地了。

在座位之前，有很精緻的控制盤，那是控制隔熱囊外的機械手，柯克計劃在深入火山口時，搜尋大顆的鑽石之用的。

穆秀珍只用了十分鐘，便已學會了操縱機械手和操縱、檢查各種儀表，他們又試著和火山頂上的人通話，一切妥當之後，孟斯起飛了。

隔熱囊被吊在直升機下，向上飛去，他們在隔熱囊中，可以自一方極小的特厚特種玻璃中看到外面的情形，二十分鐘後，隔熱囊已被放在火山頂之旁了。

孟斯駕著直升機回去，柯克將手放在穆秀珍的手背上，道：「最榮耀的一刻就快到了，穆小姐，你的心中可緊張麼？」

穆秀珍點著頭。

隔熱囊已被扣在特種金屬纜上，柯克吸了一口氣，一字一頓道：「放下隔熱囊的準備開始，九、八、七、六、五、四、三、二、一、零！」

柯克的一個「零」字才出口，穆秀珍只覺得隔熱囊突然滾動了起來，剎那之間，有若天旋地轉之感，隔熱囊滾下火山口去。

突然之間，又是一下震盪，隔熱囊的滾動已停止了。穆秀珍和柯克都緊張得屏住了氣息，從深度表來看，他們已迅速地沉下了一百呎！

從玻璃眼中望出去，他們所看到的岩漿是橘黃色的，像是在緩緩地流動著，又像是靜止的，他們已在岩漿之中了！

但是在感覺上而言。他們卻和在空氣中並沒有什麼不同，那自然是由於隔熱囊超絕的隔熱性能在保護著他們。

柯克已緩過了氣來，道：「請繼續垂下去，我們一切都正常。」

隔熱囊繼續向下沉去，很快便到了五百呎。他們看到的熔漿顏色已經成了耀眼的白色，穆秀珍檢查著儀表，一切都正常。

她向柯克作了一個手勢，柯克的聲音有些發顫，道：「繼續下放！」

隔熱囊向下沉下去的勢子慢了許多，但終於到了七百呎的深度。有兩個儀表上，指針已接近危險的紅線了，柯克忙道：「暫時停止。穆小姐，我們開始工作，如果我的理論不錯，在這樣的深度，我們應該可以找到我們要找的東西了。」

穆秀珍點著頭，連忙轉動著操縱盤，從玻璃眼中。他們可以看到巨大的機械手伸出去，機械手開始左右擺動著，在開始幾分鐘，一切都很正常。

但，在突然之間，在玻璃眼中看出去，他們看到了一陣耀目的火花，四隻機械手突然之間在亮光之中消失了，接著，壓力儀表和溫度儀表上的指標都超過了危險的紅線，柯克教授大聲叫道：「快吊起我們，快吊起我們！」

隔熱囊迅速地向上升了上去。

穆秀珍驚問道：「發生了什麼事，柯克？」

「我不知道，我不能估計究竟發生了什麼，好像是濕度和壓力突然增加，我們希望能夠上去，希望金屬纜不致於……斷……」

穆秀珍注視著溫度表，他們是在上升。

隔熱囊既然在上升，那就證明勾住隔熱囊的特種金屬纜並未曾斷，上升的速度十分快，不到兩分鐘，隔熱囊便已被拉出了火山口！

孟斯的直升機也立時飛了起來，由於出了意外，是以柯克下令，不再在火山口逗留，而回到營地上去。

柯克和穆秀珍仍然在隔熱囊之中，當他們落地之後，漢谷和另一人用了足足半小時，才將隔熱囊的蓋子打了開來，使柯克和穆秀珍能從囊中走出來。

那是因為由於估計之外的壓力和高度，使得隔熱囊已略為變了形的緣故，當他們出來之後，發現隔熱囊外的機械手只剩下兩截呎許來長的殘餘！

柯克吸了一口氣，看著已變了形，分明已不能再用的隔熱囊，苦笑了一下，神情十分沮喪，道：「多少日子的準備，一下子便完了！」

穆秀珍道：「你難過什麼，只是為了未曾得到大顆的鑽石？還是因為沒有發財？」

柯克等四人都不出聲，穆秀珍揮著手，激動地道：「我們已經做了一件極偉大的事，我們到過火山口中七百呎的深處，這就已經夠了，要知道我們是第一個做這工作的人，已經有了那樣的成績，真是極其難能可貴的事了，在我們之後，人類必然將一步一步地展開對火山內部的探索，直到火山口內部毫無秘密可言為止！而我們就是第一批功臣！」

穆秀珍的話，令得他們四人的情緒比較開朗了些。

柯克嘆著氣，道：「我們自以為準備得很充分了，但事實上，我們還是在以生命作兒戲，那突然增加的壓力和溫度，我們根本料不到，也不知是從何而來的，我和穆小姐能夠活著出來，總算是好運氣了！」

孟斯道：「不管如何，我們這次行動，總應該寫成一個報告。向全世界公布，當然，我們不必提這次探索的真正目的……」

他講到這裡，突然聽得漢谷叫了起來，道：「你們看，那是什麼，在機械手上……好像有東西夾著，那究竟是什麼？」

那時，已經是夕陽西下時分了。

從西面照射來的陽光，射在隔熱囊上，那四隻機械手已只剩下了殘餘，在其中的一隻上，熔化了的金屬上，有著拳頭大小的一塊石頭，那塊石頭，在陽光的照射下，發出一種奇妙的，暗紅色的光芒來，好像是一團將熄未熄的火一樣。

漢谷一指，他們一齊奔了過去，孟斯伸手便待將那塊「石頭」放了下來，但是柯克大聲喝止，道：「別動，那可能是放射性元素！」

孟斯連忙縮回手來，漢谷奔進屋子，用一支長鉗將那塊「石頭」取了下來，放在一隻十分厚的金屬盒之中，他們不知道那是什麼，但那是他們此行的唯一收穫了。

七天之後，在一次十分隆重的集會之中。火山所在國的政要和高級將領齊集，在國防部長致辭之後，柯克、穆秀珍等五人，都得到了一枚最高榮譽勛章，以獎勵他們在探索火山口中這件工作中的努力。

這件事在報章上公布之後，引起了很多議論。

第一，為什麼這種獎給科學家的榮譽獎章，要由國防部來頒發？

其二，柯克教授的探險團究竟有了什麼成績，也未見公布。

當場在頒發勛章之後，就有記者提出了這兩個問題，但是該國國防部發言人的答覆是：「事關國防機密，無可奉告。」

在集會上，柯克等人全是容光煥發的，也絕沒有人知道他們在最近的四天，是在夏威夷防止輻射的專科醫院中度過的。

他們之所以會被秘密地送到那家專門的醫院中去，是因為他們都受到了輕微的輻射灼傷，但是經過徹底的檢查，已證明是無礙的。而他們之所以會受到輕微灼傷，那是因為他們都曾經離得那塊「石頭」太近的緣故。

那塊「石頭」一被送到檢查所，就被肯定是放射元素，但是，那種放射元素，和已被發現的放射元素，如鈾、鐳……等，卻有根本上的不同。

已發現的放射性元素，所發出的輻射線有三種，但是那塊「石頭」卻有四種射線，另一種射線，是任何放射性元素所沒有的。

那實在是極其驚人的發現，是以這塊「石頭」立時被送到最高當局進行進一步的檢查，以確定它是不是一種新的放射性元素。

這一次檢查，是由好幾個國家的放射性元素專家會同進行的，他們的結論是：那是一種放射性元素在特殊情形下的變態。

放射性元素本來就是極不穩定的，它們發出氦原子核和電子，能變成別的元素。例如鈾能一步一步變成鐳，而鐳能一步一步變成鉛等等。

那種由火山口帶出來的放射性元素，可能是由一種常見的放射性元素，在高溫和高熱之下所形成的另一種新的形態。

本來，這是科學上極其重大的新發現，也應該公布於世的，但是，從那塊「石頭」上，可證明那火山是蘊藏有豐富放射性元素的礦藏，而放射性元素卻又是核武器的原料，是以這件事便成了極之嚴重的國防機密，而決定不向全世界公布了！

柯克教授他們未曾在火山口找到鑽石，但是卻有了意外的發現，這全然是他們想不到的，他們除了得到勛章之外，還得到了一筆極為可觀的獎金，而該國的國防部，又同意替他們支付過去的一切費用，因為放射性元素實在是無價之寶！

穆秀珍在受勛之後的第二天，飛回了本市，本市的新聞記者群集機場，穆秀珍眉飛色舞，向記者敘述著她三次遇險的經過。

在機場上足足耽擱了一小時，雲四風、高翔、木蘭花和安妮他們，才簇擁著穆秀珍，回到了家中。

穆秀珍在沙發上坐了下來，鬆了一口氣，道：「最舒服還是回到自己的家了！」

木蘭花笑了笑，道：「可是你騙我們到美國去的時候，就根本未曾想到最舒服的是家，你只想到大顆的鑽石，連我們都瞞騙起來了。」

穆秀珍紅著臉道：「蘭花姐，那算我不好，以後我再也不會有那樣的情形了！」

木蘭花搖了搖頭，道：「別問我，以後，隨便你怎樣。我都不管你了，自然有人來管你的。」

穆秀珍呆了一呆，道：「什麼意思？」

安妮一面拍著手，一面叫道：「秀珍姐，讓我來告訴你，四風哥已經下定決心，等你回來之後，向你正式求婚了！」

穆秀珍的臉更紅了，向雲四風望去，雲四風突然伸出手來，拉住了穆秀珍，硬將她拉到了花園中，安妮想跟著出去，木蘭花忙阻止了她。

沒有人知道雲四風是如何求婚，和求婚的時候講了一些什麼話，只有他們自己知道，但是別人卻都知道了雲四風求婚的結果。

在十分鐘之後，雲四風和穆秀珍手拉著手走了進來，雲四風的臉色是極之興奮的，穆秀珍雖然紅著臉，但是卻也不減一貫爽朗作風。

他們才一走進來，穆秀珍便已大聲道：「我們已決定結婚了！」

木蘭花、高翔和安妮一齊歡呼起來。

高翔笑道：「秀珍，這消息應該由四風宣布，如今你搶先說了，那算是什麼？」

穆秀珍道：「誰說不是一樣，我們定在下個月結婚！」

歡樂的氣氛立時洋溢了整幢房子，他們幾個人的歡叫聲，甚至傳到了屋外，令得正在鐵門外公路上經過的人，都好奇地向這所精緻的小洋房看上一眼。

請續看《木蘭花傳奇》20 黑洞

倪匡奇情作品集

木蘭花傳奇 19 奇石（含：沉船明珠、無價奇石）

作　者：倪匡
發行人：陳曉林
出版所：風雲時代出版股份有限公司
地址：10576台北市民生東路五段178號7樓之3
電話：(02) 2756-0949
傳真：(02) 2765-3799
執行主編：朱墨菲
美術設計：許惠芳
業務總監：張瑋鳳
出版日期：2024年3月
版權授權：倪匡
ISBN ：978-626-7369-13-5
風雲書網：http://www.eastbooks.com.tw
官方部落格：http://eastbooks.pixnet.net/blog
Facebook：http://www.facebook.com/h7560949
E-mail：h7560949@ms15.hinet.net
劃撥帳號：12043291
戶名：風雲時代出版股份有限公司

風雲發行所：33373桃園市龜山區公西村2鄰復興街304巷96號
電話：(03) 318-1378　　傳真：(03) 318-1378
法律顧問：永然法律事務所 李永然律師
　　　　　北辰著作權事務所 蕭雄淋律師

行政院新聞局局版台業字第3595號 營利事業統一編號22759935

定價：299元　

國家圖書館出版品預行編目資料

奇石／倪匡 著. -- 臺北市：風雲時代出版股份有限公司, 2023.11　面；　公分.（木蘭花傳奇；19）

ISBN : 978-626-7369-13-5（平裝）

857.7　　　　112015069